The
Little
Hearts
Club

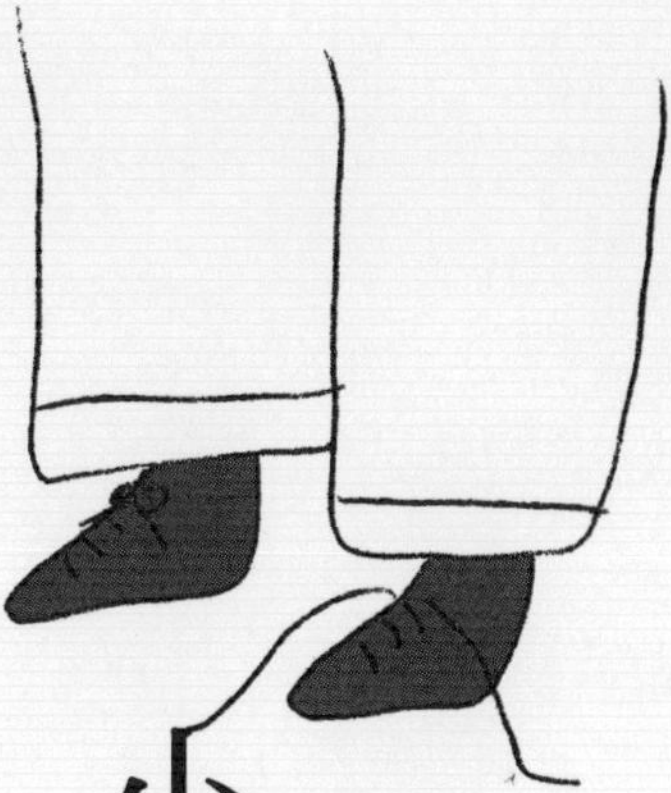

小さな心の同好会

ユン・イヒョン
古川綾子＝訳

亜紀書房

小さな心の同好会

目次

The Little Hearts Club

작은마음동호회(LITTLE PRECIOUS MIND CLUB)
by 윤이형(尹異形)

This book is published under the support of
Literature Translation Institute of Korea (LTI Korea).

装丁　鳴田小夜子(坂川事務所)
装画　庄野紘子

小さな心の同好会

私は心が小さい。だからひとり答えが出せなくて数日かけて考えた。後悔が押し寄せてくる。大体なんで私が編集長になったんだろう。どうして序文を書くって言ったんだっけ。序文では「小さな心の同好会」がどんな集まりなのか、私たちが何者なのかを明らかにして、本を作ることになった趣旨を簡単に紹介しなきゃいけない。えーっと、私たちって何者だろう。なんなのだろう。

こっちが悲壮になると周りが笑う。だからまずは自分が笑うことにした。笑顔でベストを尽くして悲壮感を覚えていた。

事務的な言い方をするなら、私たちは文章を書いて本にする母親だ。メンバーには童話を書いてる人や翻訳者、外注の編集者、フリーランスのウェブデザイナー、ファッション雑誌に寄稿してる人もいる。有名人はいないけど、みんな書くことには自信がある。斜陽産業と言われる韓国の出版界で最後の誠実な読者、ファン、毒舌を浴びせる批評家でもある。もちろん社会制度の中の文学とは縁もゆかりもないまま、詩や小説をひとり書き散らすだけの私みたいなのもいるけど。

私たちは妻で、嫁で、娘だ。歴史的な初著作に載せる原稿を書きながらも正気の沙汰じゃないって気持ちを捨てきれず、「コップの中の嵐」「釈迦の手のひら」って言葉を一度は思い浮かべ、今この瞬間も自分自身をあざ笑い、鼻で笑う声が心の中から聞こえてきてる人たちだ。同好会を作って数週間後にようやく、「セギョンのお母さん」「双子のジュヌ、ジュニョンのお母さん」みたいな通称の代わりに、互いをフルネームで呼ぶのに慣れていった人たちでもある。

私たちは不当な権力に対抗する大規模な集会が開かれる土曜はいつも、がらんとした家で子どもと向き合っている人たちだ。子どもと塗り絵をしたり、キムチを漬けに来いという姑からの急な呼び出しに駆けつける人たちだ。そんなに参加したいならベビーカーにでも子どもを乗せてくればという意見に、そんなことしたら「ママ虫」扱いされるんじゃないかと拗《す》ねて言い返しながらも、実は人ごみの中で押し合いへし合いになって子どもが怪我するんじゃやっていう怯えとか、冷たい初冬の風が子どもの頬を凍らせるんじゃやっていう心配は、自作の弱気な言い訳で劣等感なんじゃないか、自分は政治的な存在にはなれないんじゃないか、そうやって自分で自分を検閲しながら傷ついた心を抱え、夜中の二時に机に向かいながら缶ビールを開ける人たちだ。

私たちは朴槿恵《パククネ》大統領の弁護人の「大統領である前に女性としてのプライバシーがあるという点を考慮してほしい」発言をみんなが批判してるとき、ピンクのルージュやスキンケア、花柄のワンピースを諦めていったい何年になるんだろうと思い返しながら、そんなこと言える場所はどこにもないと気づいて口をつぐむ人たちだ。非正規労働者の劣悪な勤務条件を報じるニュースを見ながら、「それでもあの人たちは一日に十二時間だけ働けば終わるんだなあ」「お昼休みが一時間もあるんだ。ごはんは座って食べられるんだろうな」みたいなことを思っては、恥ずかしさと自己嫌悪に陥る人たちだ。ひとりでカラオケに行ってありったけの声でわめき散らし、子どもに手を上げまいとキッチンのごみ箱を代わりにぶっ潰し、精神科を予約してはキャンセルし、証明できないなにかを証明するために日記を書き、フルーツシロップを作ってから時計に追われるようにベッドに向かう人たち、うろうろするのは部屋の中だけの愛すべき知識人たちだ。「賢いママ」「義親に孝行する嫁」みたいな言葉には全身を掻きむしって炎症を起こすけど、「フェミニズム」という単語を見ると子宮に痛みを感じる、その痛みを人知れず鎮めることをなんとも思わなくなった人たちだ。

私たちは入念に選んだ単語を宙に投げて優雅にジャグリングしてると思ったら、いきなり観客のいないステージから飛び降りるピエロだ。老化するみたいにどんどん貧しくなっていくボキャブラリーの残高を日々見守っている会計士で、正直と見栄の両側から訴訟を起こされ、手厳しく非難されている被告人だ。「我々の敵はおかずだ、洗濯だ」って言葉を聞いて笑わない人なんている？　だからそのせいで本物の涙を流すこともよくあるっていう事実を必死に隠す。私たちの悲しみはユーモアを幾重にもかぶせて凹ませないと、表現できないし伝わらない。私たちは鏡を見て笑うけど、誰かがこっちを見て笑ったり、反対に見る影もないみたいな表情を浮かべると、胸ぐらをつかみたくなる人たちだ。

私たちはバイリンガルだ。言葉の半分ほどは自分のものだけど、もう半分は私たちを苦しめる人のものだ。たまに闘おうとしてた相手を弁護しながらくずおれる。そして腹が立ち、苦しくなって、自分を傷つけ、ついには血を流したりする。どんなに嫌だと思ってても、私たちの口からはしょっちゅう「おばさん」って言葉が流れ出す。自分を卑下するその言葉が。

そういうのが嫌だった。だから目標を立てた。これ以上、自分を苦しめるのはやめよう。最初の具体的な目標は子どもを預け、参加したい政治集会に出かけることだった。そうするためには各自の立場と思いを綴ってまとめた本が必要だった。集会への参加を妨害する人たちに、それを渡して読んでもらおう。説得しよう。彼らを、そしてなにかにつけて、「こうまでして私が参加する必要あるのかな」ってつぶやこうとしてる私たち自身を。そう簡単には受け入れられないだろうけど、うまくいかなかったら、そのときはまた別の共同行動を考えよう。

ここまではよかった。でも、やっぱりそう簡単には書けなかった。そろそろ私たちが誰なのか説明できそうなものだけど、もうひとつ別の理由があった。

ソビンも私たちの中のひとりなのかな?

こんな序文が書かれた本の最後に、私たちの一員としてソビンの名前を入れてもいいのか確信が持てなかった。

原則を守るなら入れるべきだ。ソビンがいなかったら、私たちの初著作『小さな心』vol.1は作られなかっただろうから。広場での集会と家での労働という長く退屈な日々が続き、フェイスブックで互いの苦境を訴え合っていた私たちがひとり、またひとりと集まって二十五人まで増え、集える場を作ろうという提案からオンラインカフェができ、いろんなやり取りをしていると、ウニョンさんがソビンの話を聴いてきたと言った。町内の人向けに地元の住民センターで開催された小規模な講義で、いわばメンタリング・クラスみたいなものだった。ソビンはイラストレーターで個人出版の本の発行人としてマイクを握り、文章を書いてイラストを描き、自分だけの本を作り上げる意味と喜びについて語ったようだった。三人の子を持つウニョンさんは、その日は眠れなかったと言った。

——見回してみたら、私みたいに子どもが学校とか保育園に行ってるあいだに参加してる母親ばっかりでした。話が終わって質問タイムになったんだけど、ある母親は学校で薦められた本を子どもがちゃんと読まないってカウンセリングを依頼してたし、別の人は夫と喧嘩ばかりなんだけど、愛してるってメッセージに絵をつけた手紙を渡したら、夫の気持ちが和らぐだろうかって質問してました。文章を書いたり絵を描くことには興味ないんだけど、姑に本を作ってあげるのはどうか、点数を稼げるかもと参加した人もいました。そしたらカン・ソビンさんが、ほかの人のためじゃなく、自分のために書いて読みましょう、絵を描いてみましょう、自己中になりましょうっておっしゃったんです。穏やかな言い方だったけど、なんであんなに涙が出たのかなあ。

その話を聞きながら、どうして私は爪切りを思い浮かべたんだろう。子どもの爪を切ってたら泣き出した。皮膚を切ってしまったのかとよく見てみたけどなんともなくて、私は少し腹が立った。なんで泣くの？　なにがどうしたって言うのよ？

本を作ろうと言いだしたのもウニョンさんだった。ウニョンさんはソビンに連絡を取って、その日の講義で聞ききれなかった個人出版の本の詳しい作り方を短期間で伝授してもらい、私たちはそれを会議の席でウニョンさんから教わった。初著書のイラストをソビンに頼もうという提案にも全員が迷うことなく同意した。多忙で有名なイラストレーターだから相応の額を支払うべきという意見が出て、結局メンバー全員で少なくない金額をカンパして代金を払うことにした。ソビンは快く引き受けると、私たちの原稿をじっくり読んでから全体の挿画を描いた。

期待以上の出来栄えだった。イナさんはエッセイと一緒に子ども二人の写真を送ったが、それをソビンはすてきな細密画に仕立てた。私がイナさんだったら額に飾りたくなるほどだった。黄色じゃなくて青や紫、銀色の銀杏の葉が風に舞う散歩道が幻想的に広がり、そこに置かれた無数のハードルの前に一冊、二冊と本を運んで積み上げている女性たちを描いた表紙のイラストも非の打ち所がなかった。ソビンは本の隅々に描きいれる同好会のキャラクターも作ってくれた。『オズの魔法使い』をモチーフにしたらしい、臆病だけど勇敢になりたいライオン、服装はドロシーだけど愛らしくも可愛くもない、でも私たちみたいに見えるたくさんの女性。

序文以外の原稿はもう編集が終わっていた。印刷に入る前に最終のラフ原稿をプリントアウトして確認しながら、ソビンがいなかったらこういう本は作れなかっただろうって思った。ソビンがいなかったら、私たちは午前二時にひとり飲みしながらチャットで会話する、ただの仲良しグループのままだったかもしれない。

ソビンを個人的に知ってることは同好会の誰にも言ってなかった。ソビンは気づいたかな？いや、それはないはず。ウニョンさんが編集長だと私の名前を伝えはしたけど、キム・ギョンヒって特に珍しい名前でもないし。


ソビンが描いてくれた最初で最後の、今はもう失くしてしまった私の肖像画を思い出す。A4サイズのスケッチブックに鉛筆で描いた絵だった。七年間もはめていた歯列矯正器具は一度も好きになれなかったけど、絵の中で歯を見せて笑う自分は嫌いじゃなかった。ソビンは矯正器具をなくすことも、簡略化もしなかった。私のそばかすも、整えていない眉毛も、くせ毛のロングヘアも、あるがままに描きいれた。絵の中の私は頭が良さそうでも美しくもなかったけれど、スペシャルに見えた。自分だけのストーリーがある人、つねに書いてる人みたいだった。ソビンがノートパソコンも一緒に描いてくれたからだ。「キョンちゃんへ」。端っこにソビンはそう書いた。キョンちゃんへ、ビン。

ソビンがはじめて週刊誌のレギュラーコーナーを担当し、イラストレーターとして名を知られるようになったころだった。カフェの窓辺に差しこむ陽光、その中で小さな妖精みたいに舞っていた塵、私たちが飲んでいたさつまいもラテの甘さまでありありと思い出される。一時間ほどかかった。完成した絵を受け取った瞬間よりも、自分が誰かのモデルになって笑みを浮かべたり、顎の関節がぷるぷるしてるのを感じながら歯を見せて笑ったり、体が痒いのを我慢したりしながら視線を浴びていた一時間のほうに何倍も心を奪われた。ゴヤに向かってポーズをとるマハになった気分だった。その誰かがソビンでうれしかった。私が愛する、才能豊かな友人で。

どうやってお返ししようか、しばらく考えた。お腹の中にミンソルがいた私は胎教に編み物をしていたので、ちょうど冬も近づいてきたことだしマフラーを編むのはどうだろうと尋ねた。ソビンは小説を書いてほしいと言った。自分が登場する物語を。忘れないで、私はあなたの書く文章がほんとに好きなの、そう言った。私は笑い、ラテを飲んで咳をした。それがソビンと会った最後になった。

その次になにがあったか。こういうのっていくら説明しても面白くないし、きちんと話すのも難しい。本を作りながらメンバーも似たようなことを言った。

――文章にしてみたら、なんか変な気がして。私って、ほんとにこんな人間だったたっけ？女性だっていう理由でどんな目に遭っているかを正直に書いたつもりだったんだけど、実際はもう少しマシな存在だし、こんなに無知でも臆病でもないように思えてきて。自分を卑下すぎなんじゃないかって気もしたんです。でも自分の言葉で正確に「私」を表現できなくて。どう書いてもなんか不自然なんです。

私もそうだった。それでも不自然なりに言葉を選んでゆっくり書き記してみるなら、ソビンと最後に会ってからの私は少しずつ重くなり、いろんなことが思うようにいかなくなった。感覚は変わらず鋭かったけど少しずつ鈍くなっていき、体を丸めて体内の生命が過酷な環境にさらされないよう本能的に気をつけていた。知恵や鋭敏さを失いはしなかったけど、それらを表現する機会はなんの予告や告知もなく失った。感情は大きさと深みを増し、豊かになったけれど、誰もそれを知ったり感じたりしてくれなかった。私は出産し、全身全霊の愛で育て、その喜びによって笑い、泣き、努力したけれど作家デビューはできなかった。特別な理由もなく私をずっと非常識な人間だと追い詰めてきた義妹に、はじめて真っ向から言い返して婚家を後にした日、これで私も少しは声をあげられる人間になったのかなあと、ひとり満ち足りた気持ちでツイッターにあれこれ書いたり消したりしていたら、どういうわけかふっと、ほんとにふっとソビンが思い出されて名前を検索し、見つけたアカウントでこんな投稿を目にした。

「あなたとの間に距離ができたのは、たぶんそっちが育児で忙しいからだと思ってたんだけど、ほんとは違ったのかも。あなたにとって私はいつも面倒くさい存在だったんじゃないかな。男なしでは生きていけない友人とひとり、またひとり疎遠になって気づいたのは、私はつねにブライズメイドでしかなかったってこと」

なにもなかったのに、なにも間違ってないのに、いつの間にかたどり着いてた場所がある。いや、そうじゃないのかな。私がなにか間違えたんだろうか。自分でも気づかないうちに鈍感になって、安全しか求めない依存体質な人間になって、そのせいで誰かを排除してたんだろうか。生まれてはじめて完成させた短編小説にソビンが描いてくれた挿画を見ながら、私は彼女の言葉をまた思い出していた。切れ味抜群の冷たいナイフに切りつけられた心から流れる血を、ほかほかの蒸しタオルが拭い続けてくれている気がした。

——素敵な絵をありがとう。

私はそう言うとテーブルに本を置いた。私たちがはじめて作った本は予定より少し薄くなったけど美しかったし、かっこよかった。私は説明した。冗談みたいなはじまりだったけど、ほんとうにこの本が役に立ったし、全員が家族に読んでもらって、完全とまではいかないけどかなりの変化があって、来週の集会には半分以上のメンバーが堂々と子どもを預けて参加できるようになったと。あ、もちろん揉めた家も多くて、何人かは同好会を辞めてしまったけど、それでもこうやって最初の一歩を踏み出すことになったと。

——あなたの名前を私たちの序文の下、ほかのメンバーと同じ場所に入れるか会議をしたんだけど、意見が半々にわかれたの。超有名人で、私たちと違ってプロだし、子どももいないのに「小さな心の同好会」みたいなとこに名前を入れたら迷惑になるから、最後のページにコントリビューターのような呼び名で載せようって意見もあったし、それでも本の半分以上に貢献したんだから、当然メンバーの一員じゃないかって意見もあった。賛成のほうが多かったから、最終的には同じ場所に名前を入れたんだけど。あなたの意見も訊くべきだったのに、私の考えが浅くて。失礼にあたったらごめん。

編集長のキム・ギョンヒがイラストレーターのカン・ソビンに言った。私は堂々としてたし、恥ずかしくなかった。それからギョンヒに戻ってソビンに言った。

――結婚したんだってね。妊娠も。おめでとう。今さらだけどウニョンさんから聞いた。あなたは私と違って賢いから、なんの問題もなくちゃんとやってけると思う。体はまだ大丈夫だよね？　つわりはあるのかな。無理してでもマタニティ旅行は絶対行ったほうがいいよ。私は行かなかったことをほんとに後悔したから。楽しいことだけ考えて、いいものだけを見るようにね。今がいちばん幸せなときだと思うから、たぶん。

隣の席に置いた紙袋を差し出し、ソビンの顔をはじめてまともに、じっと覗きこんだ。ソビンは相変わらず美しくて、若くて、ソビンのままだった。

――ミンソルが小さかったときに着てた服が家にたくさんあったんだけど、あなたが嫌がるかもと思ったから新品の肌着を買ったの。でも子どもはすぐ大きくなるから、服はそんなに買う必要なかった。私はほとんどお下がりを着せたし。わかんないこととか、アドバイスが必要なことがあったら言ってね。そんなのないと思うけど。胎名［お腹の赤ちゃんにつけるニックネーム］は？

答えが返ってこないのでしばらく座っていた私は席を立った。背を向けて歩きだすと、ギョンヒと呼ぶ声が聞こえた。ソビンは座ったまま私を見て言った。

――小説、読んだわ。面白かったし……ううん、よかった。「赤い足」の子が出てきたから、あなただってすぐにわかった。昔、書くって言ってた小説だよね？ ずっと前に。

――そうだっけ。あのころは主人公が女の子だったでしょ。それが子どもを捨てて旅に出たら、どこも怪我してないはずなのに足跡に血の跡が残る女に変わったけど。まだわからないよね、いないと生きていけない存在ができちゃうってこと。でも自分の意思とは関係なく、もうすぐあなたも知ることになると思う。

私は大袈裟なくらいの笑みを見せると、好意的な意見をありがとうと言って店を出た。ソビンが描いてくれた小説の主人公は太い毛糸で編んだ赤いマフラーをしていた。

地下鉄で帰る間ずっと、目を見開いて斜め上を見つめ続けた。目尻に偏狭な心が押し寄せてきて当惑していた。ソビンに再会できて心からうれしかったし、ソビンのことが心から憎かった。

その晩、ウニョンさんと話した。チャットだから見えなかったけど彼女の指がひどく震えてるのがわかった。

――編集長、カン・ソビンさんですけど。私、話しませんでしたっけ？ あぁ……稽留流産、されたんです。そう聞きました。すごく苦しんでらっしゃったのに。どうしましょう？

ジウンさんが旗を作った。同好会の名前と一緒にソビンがデザインした臆病なライオンと女性たちの絵を入れ、色とりどりの刺繡で飾った旗だった。スジョンさんは使い捨てカイロを用意し、ヒョンジュさんは徹夜で焼いたマフィンを六つの保存容器いっぱいに詰めて持ってきた。共同制作したワッペンをそれぞれ胸につけ、みんなで歌を口ずさんだ。誰もなにも言ってなかったのに、もう何度も読み返したはずの『小さな心』を全員が鞄に入れてきたのがわかって一緒に笑った。

はじめて子どもなしで踏みしめる広場は大きくて、夕刻の風は激しいけれど涼しかった。私たちは昨晩の時事問題を扱った番組や最近に観た映画、高校生たちが書いた宣言文、次の本の話をしながら歩いた。誰も夕ごはんのおかずの話はしなかった。ぶ厚い冬服で武装してきたのに空気は少しずつ熱を帯びてきた。どこからか伝統楽器の鉦《かね》と太鼓の音が聞こえてきた。誰かが叫んだ。あっちに行こう！　人びとが走りはじめた。整然としていたけど速かった。私には速すぎた。

深く考える余裕もなく私も走った。こういうことだったのかなあ。こういうことだったんだなあ。実は大したことでもなかったのに、だからこそ大したことだったんだなあ。なんでかわからないけど気づくと笑顔になってたし、涙も出そうだった。最初はこういうことに疎くなるまでほったらかしてた自分自身に申し訳ないと思ってたはずなのに、みんなと一緒にスローガンを叫んでいるうちに、ほんとうに大統領を退陣させるために自分はここへ来たのか怪しくなってきた。これが私の限界なのかな。ハードルなのかな。でもいくら考えてみても、もう二度と会えなくなったある人と路上でばったり会いたくてここにいるとしか思えなかった。くらくらした。

忘れてしまいたかった。でも忘れられなかった。私はちっぽけな人間だった。人としてあの態度は許されるものではなかった。体から透きとおった熱いものが悪露《おろ》みたいに流れ出し、点々と跡を残しているような気がして振り返ったけど、アスファルトの上にはなにも落ちてなかった。

周囲は闇に包まれた。ミンソルは眠っている時間だった。午前零時までには帰らないといけなかった。みんな散り散りになった。何度もスニーカーの紐がほどけて結び直してたら道に迷った。旗を見失って見つけた。またすぐに見失った。三度目に旗を見つけて近づいたとき、そこにあの人がいた。身を切るような風で頬を赤くして、トントンと足踏みしながら、ほかのみんなと一緒に。

夕方からずっと頭を離れなかった言葉を口にしようと思うのに、上下の唇が張りついたみたいに出てこない。

ソビンが微笑みながら使い捨てカイロを差し出した。

私はそれを受け取ると両手で包んだ。自分が寒かったことに、ものすごく寒かったことに、ようやく気づけた。

※「小さな心の同好会」という言葉は、詩人ユ・ヒョンジンのフェイスブック投稿からお借りしました。

スンへと

ミオ

イホのお母さんから電話があったのは午後五時になろうという時刻だった。すみません、急に残業になって九時か十時くらいになってしまいそうです。十時までには帰りますので。雨もこんなに降ってるのに、ほんとにすみません。そうだ、おかずも残ってなかったと思うんですけど、イホには出前のジャージャー麺でも食べさせてもらえますか、酢豚と一緒に。それか、ピザを頼んで一緒に食べてください。お金はあとで払いますから。スンへはわかったと答えて電話を切ると、イホを迎えに保育園へ向かった。

ママ、今日はちょっと遅くなるんだってと告げると、イホは別に期待してなかったし、と言うようにほんの一瞬だけ唇を尖らせてからスンへが広げてやった傘を受け取った。梅雨のどしゃ降りだった。肩に掛けた保育園の鞄に雨が当たらないよう傘をさしてたら、Tシャツの前がすぐにじっとりと濡れてしまった。ズボンの裾も濡れていた。前髪や眼鏡にも雨のしずくがついていた。濡れた服から寒気が伝わってきた。カーディガンでも着てくるんだった、スンへは鳥肌の立った腕をさすりながら足を速めた。家を目指して歩いていたが少し考えてから行き先を変え、イホの手を握ってスーパーに向かった。

ワーキングマザーでシングルマザーのイホのお母さんは料理をするには忙しすぎた。そういうわけで冷蔵庫には週に三回デリバリーされるメニューが保存容器ごと入れてあった。契約内容に料理は入ってなかったから、スンヘはそのおかずとごはんを用意してあげるだけでよかった。どう見てもそんなにおいしそうじゃないそれを不味そうに食べるイホの姿に、スンヘは妙に胸が痛くなったものだった。スーパーをゆっくり回りながら肉と野菜をカゴに入れた。デリバリーを頼んで食べてもよかったけど、今日は雨もひどいし、とても寒かった。温かいスープのある料理を子どもに食べさせたかった。いつかイホに料理を作ってあげたいと、ずっと思っていた。それが今日になるとは想像もしてなかったけど。それがこのメニューになるとも。奇妙で執拗な衝動がスンヘを動かしていた。

イホにおやつのビスケットを何枚か用意し、ｉＰａｄを渡してからスーパーで買ったものを広げた。昆布と煮干しで出汁を引く間にもやしを洗った。こすり洗いしたミニ白菜の葉をまな板に広げ、その上にしゃぶしゃぶ用の牛肉とエゴマの葉を順に載せた。また牛肉を敷いて白菜を一枚、布団のようにかぶせた。こうやって重ねたものを適当な大きさになるよう包丁で切ると、まな板の上に肉の血が染み出した。

スンヘは包丁を置いて目をこすった。結膜炎になるときのように瞼《まぶた》が赤く腫れあがり、目尻には涙が滲んだ。泣きすぎると何日も目の腫れがひかないことがあった。おかしいな、私は泣かなかったのに。泣いたのは私じゃなくてミオだったのに、なんで私の目が痛いんだろう? スンへは思った。二日前、通勤途中にミオは涙をぽろぽろ流しながらスンへに向かって怒鳴った。なんで私にこんなことするの? 私にどうしろって言うの。ねえ? どうしろってのよ。あれ、大声を上げたのは私だったのかな。大泣きしたのも私だったのかな。怒りが頂点に達すると記憶は白く消えていった。考えるだけでも頭が痛くなったスンへは目をぎゅっと閉じてから開いた。

浅めの鍋の底にもやしを敷き、出汁を入れる。白菜と牛肉、エゴマの葉を重ねてパイみたいにした固まりを、大きな花の形になるようにきちんと向きを整えながら重ねた。「ミルフィーユ」は千枚の葉って意味だけど、この鍋に千枚の葉がほんとに入ってるわけではない。隙間なく鍋を埋める作業に思ってたより時間がかからなかったのは少し意外だった。

丸く空けておいた真ん中の部分にひらたけとえのきをたっぷり入れ、十字に飾り切りした椎茸をいくつか載せてふたをすると火をつけた。それで終わりだった。形を作るのに二時間はかかると思ってたのに、簡単すぎて拍子抜けするほどだった。

「ミルフィーユ鍋」という、前はフランス語、後ろは日本語の奇妙な名前をしたフュージョン料理をはじめて見たのはフェイスブックだった。友だちの誰かが「いいね!」を押した投稿に写真が載っていた。友人たちと集まったときに作ったらしかったが、写真はこれ見よがしな雰囲気をにわかに漂わせはじめた。無理もなかった。あんなの、どうやって作るんだろ？　華やかな花の模様をはじめて見たスンヘもそう思ったんだから。

その瞬間から幻想がはじまった。もしかすると執着、フェティッシュって呼ぶほうが正しいのかもしれなかった。よりによって、なんであのメニューだったのかは謎だ。ただ、重ねられた赤い肉と白い白菜が鍋でぐつぐつ煮えてる写真がスンヘには決して手の届かない遥かなる世界の象徴、永遠なる不可能の標識として、奇妙なことに一瞬にして心に刻みつけられてしまったのだ。レシピを覚えるのに大して時間はかからなかった。スンヘは想像の中で何度もこの料理を作った。

それはひとりで、もしくは二人で食べるメニューじゃなさそうだった。最低でも三人だった。じゃないと侘しくなりそうだった。いや違う、侘しくならずに食べられそうな人だけが作れるメニューに見えた。二人の話が二人だけの小部屋に留まり続けて変色する前に窓を開けて換気し、誰かを大声で呼び、こっちに来てうちらの話を共有してよと自慢げに宣言できる人だけが。それがどんなに大きな特権なのか知りもしないくらい当たり前にできる人たちだけが。

投稿の下には感嘆とともに、「夫の誕生日に作って婚家の人たちに恩に着せるのに役立った」「新居のお披露目会のメニューにぴったり」といったコメントが寄せられていた。確かにそうだなあとスンヘは思った。私はいつかこの料理を作れるんだろうか。たぶん無理だろうな。理由はいくつかあった。
①ミオには友だちがたくさんいるけど、スンへにはミオしかいなかった。ミオの友だちが自分と似たような部類の人たちなのか――いや、正確に言うなら自分がミオの友だちを失望させないだけの人間なのか――スンへは確信が持てなかったし、これを考えるたびに劣等感なのか羞恥心なのかわからない妙な気持ちになったが、ミオもそれに感づいたのか誰も家に招待しなかった。
②鍋料理が好きなスンへの母親ならミルフィーユ鍋もおいしいと食べてくれるだろう。愛情深い目でミオとスンへをかわるがわる見ながら、二人の将来に励ましの言葉をかけながら。でもそれは実現不可能な夢のわけで、スンへの母親は娘が誰かと同居してること、もっと言うなら娘が同性とつき合ってることも当然ながら知らされていなかった。
③決定的な理由として、ミオはヴィーガンだった。スンへはミオのために動物性食品を食べない生活ができるけど、ミオはスンへのために動物性食品を食べる生活はできなかった。これは一方向だけに向かうよう定められている矢印なわけで、スンへはこの矢印の方向性に不満を覚えたことは一度もなかった。だから、よりによって肉が入ったこのメニューに奇妙なほどの秘めたる執着心を抱く自分に気づいたときは動揺を抑えられなかった。でも自分の力ではどうしようもなかった。

「どうしようもないんだよ」

自身の口から出たその言葉がどれほど残忍に、そして甘美に響いたか、スンヘは覚えていた。ミオのために前の恋人に別れを告げたとき、路上の真ん中に座りこんで涙に暮れる彼女に向かって放った言葉だった。その日から事実と異なる噂が広まり、オンラインコミュニティで知り合った全員を失った。それでもどうしようもなかった。おかしな言葉だった。これほど正直な言葉もなかったけれど、責任を放棄してしまうのにうってつけの言葉でもあった。不公平すぎる言葉だった。でもスンヘにはひとりの人と別れて別の相手とつき合う以前に、より成熟した人間になるため、最後にどうしても言わなきゃいけない刃《やいば》みたいな言葉でもあった。

ミオは大学で助教として働いていて、助教の期間が終わったら市民団体で働く計画だった。前の恋人と参加していたコミュニティのいつ終わるとも知れない無意味な争いや陰口、仲良しごっこにいつの間にかうんざりしてたスンヘに、ミオの目標が明確に見える生き方やシンプルで健康的な生活スタイルは新鮮な衝撃として迫ってきた。ミオと出会ってから、自分は大人になりつつあるのだとスンヘは慎重に考えた。今までとは少し違う生き方ができそうだったし、分別のない真似ともおさらばできそうだった。少し手ごわい挑戦校を受験するような気持ちでミオとつき合いはじめた。

もちろん、それが理由のすべてではなかった。ミオのぼさぼさ頭やまつ毛の長い一重瞼、おどけた笑顔、緑茶のようにしっとり落ち着いた表情、陰湿さのかけらもない物静かな雰囲気が好きだった。ミオの隣にいると本の内容がするする頭に入ってきたし、空気の澄みわたる竹林の真ん中に座ってるみたいに集中できた。その一方で、絶対にそんなことできないだろうと思ってたミオがMAMAMOO《ママムー》の振りつけを完ぺきに真似して見せたとき、スンへは驚きと同時にこの世にひとつしかない、この上なく愛らしいプレゼントをもらったと感じずにはいられなかった。ミオと出会ってからのスンへは、自分の細くない体は悲惨なんじゃなくて、美しく自然でもあるのだと生まれてはじめて思うようになった。少しずつ自分を好きになる方法を学んでいったし、一日一日と死に向かってるんじゃなくて、生きていく途中にあるんだとも思えるようになった。

――お姉ちゃん、ぼくとポケモンカードバトルしようよ！

イホがスンへの手を引っ張った。肉のスープが沸く温かい空気が、梅雨のせいで冷え冷えしていた室内の空気をゆっくりと押し出していった。スンへはガスコンロの火を消すと、リビングに敷かれたマットの上にイホと差し向かいに座った。イホはどれも同じように見えるポケモンカードを四セットも持っていた。なくしたりしなかったのかな？　一セット百五十枚だから四セットだと六百枚になるけど、なくしちゃったカードとかないのかな？　あるんじゃない？　どれがなくなったのかイホのお母さんは知ってるのかな？　イホはわかってるのかしら？

お姉ちゃんはカードゲームうまいから楽しい、イホがカードをシャッフルしながらつぶやいた。お母さんも上手じゃない？　スンヘが尋ねた。お母さんはルールもわかってないもん。無理やりやってるふりしてるだけだよ。お母さんは帰ってくると寝てばっか。お休みの日もずうっと寝てる。

　イホは五歳という年齢にふさわしいやんちゃ坊主で、爆発しそうな内面、顔の半分はありそうなぱっちりとした目、青リンゴにかぶりついたような爽やかな笑い声、たまにこっちがびっくりするほどの真剣な表情を持った子だった。ユーチューブをたくさん見てるせいか頭がよく、ボキャブラリーの豊富さは際立っていた。スンヘが見たところでは子役になってもよさそうだった。ひとの子にこれほどの限りない愛おしさを感じている自分が新鮮だった。子どもがずっと好きだった。なんとなく好きなんじゃなくて面倒をみてあげたい、なにかをしてあげたい、買ってあげたいくらいの感情だった。古い建物の漏水を探知する仕事に向いている人、ピアノの音程を正確に調律する仕事をするために生まれてきた人がいるように、自分に与えられた小さくも重要な使命のように思えた。道で小さな子どもを見かけると、スンヘはそのまま通り過ぎることができなくて笑顔で話しかけたりした。歩みを止めて長いこと一緒に遊ぶときもあった。知らない人の子どもを写真で見てるだけでも幸せだった。他人にとっては頭痛とイライラの種だという子どもの泣き声やぐずる声、中間反抗期を迎えた独裁者たちの話にならない行動や要求、駆け引きもどうってことなく思えた。私が母親になることは絶対にないはずなのに、スンヘはたまに考えた。なんで私の中に母性にも似た部分があるんだろう？　私にどうしろって言うんだろう？　わからなくて混乱したスンへは、その部分を保存容器に詰めて冷凍庫に入れるみたいに自分の奥深いところへ押しこんで放置した。ほかの人はともかく心から愛する人に出会ったら、その人にだけは理解してもらいたいと思いながら、おずおずと開けて見せられる日が来るまで。

私、保育士の資格取ろうかな？　スンへが切り出したとき、ミオは保育士？　と聞き返した。うん、保育園で働く先生。スンへが答えるとミオはにっと笑いながら言った。スンへみたいなの雇ってくれるとこはないと思うけど。

そうかな？　スンへはつぶやいた。その日、その話題はそれで終わった。

これといった危険を感知したわけではなかったから、ミオの言葉にがっかりすることもなかった。だからフェミニズム・ブックカフェで『The Baby Formula』上映会のお知らせを見たとき、深く考えずに一緒に行こうとミオの手を引いた。その映画は幹細胞を使って互いの卵子だけで妊娠するレズビアンカップルの物語で、見る前から完全に興奮していたスンへは会場を出てから熱狂に近い態度で映画の素晴らしさを語りまくった。少し前に読んだ、精子を得るためだけにひとりの男性と順番に関係を持ち、やはり順番に子どもを産んで四人で幸せに暮らすレズビアンカップルが出てくる小説の話もした。家父長制に縛られずに済むし、女性同士でも別れることなく子どもを産んで育てられるのは、非常に理想的な生き方のように思えたのだ。スンへの熱のこもった反応をコーラを飲みながら黙って見ていたミオは、かすかな笑みを浮かべながら短く言った。

——ほんとに子ども好きなんだね。

うん、そうみたい。スンヘは無邪気に応えた。私たちさ、いつか養子をもらおうか？

ミオは笑った。スンヘの心を傷つけまいと無理してるような笑みだった。それからしばらく黙っていたミオは、このままじゃダメだと言うように短く言葉を濁した。私は特に考えてないんだけど、そういうの……。

あ、スンヘが言った。そうなんだ。子どもが嫌いってことなのか、スンヘと一緒に生きる遠い未来まで想像したことがなくて焦ってるってことなのかは——これは理解できないわけでもなかった。どっちにしても二人はまだ二十代後半でしかなかったから——知りようがなかったけど、訊くのもどうかと思ったし、そのまま納得するしかなかった。ほかに反応のしようがないじゃない？　特に考えてないってミオが言ったのに。

その問題についてミオがより明確な意思を見せたのは数ヵ月が過ぎてからだった。スンヘへの瞼がいま赤く腫れあがっている理由であり、二人とも互いの携帯電話に不在着信の嵐を残してるくせに、いざ電話がかかってくると出ないという「私は傷ついた、あんたにそれを見せつけてやりたい、でも傷が癒えることは望んでない、あんたが罪悪感に苛《さいな》まれるのを望むだけ」って感じの馬鹿みたいな真似をくり返す元凶となった、一連の事件の発端。

スンへは二ゲーム続けてイホに負け、最後のゲームで勝った。時計を見ると七時半だったのでごはんを用意しようかと尋ねたが、子どもは断固とした調子で首を振りながら、「お母さんが帰ったら一緒に食べる」と答えるばかりだった。丸いお腹を撫でてみても、どういうわけかお腹はすいてなさそうなので、浴槽にぬるめのお湯を溜めると汗と湿気でべたべたの体を洗ってやった。ばた足しながらきゃあきゃあと声をあげる子どもと遊び、きれいに拭き、さらさらの綿の下着を着せ、ユーチューブをつけてやってから、さっき蒸しておいたとうもろこしを二つ皿に載せて出した。そうしてアイランドテーブルにぼうっと座ってると、そんな自分の姿が奇妙に思えてきた。習慣のような、もしくは傷口のかさぶたを剥がしてみたい気持ちのような、ひりひりする想像がふたたび訪れた。イホがミオとの間の子どもで、自分は仕事に行ったミオを待っているという想像。いやいや、それはダメだった。イホはイホのお母さんの子どもだった。そうやって他人の人生を勝手な幻想に置き換え、こっそり乗っかろうとするなんてよくないことだ。まず遺伝的な面で話にならなかった。しかもミオはそういう生き方を望んでないってことがこうして明らかになったのに。スンへは家の中を見回した。室内はきちんと整理されているほうだったけど、あちこちに手の行き届かないくたびれた生活の気配が漂っていた。シンクの隅は磨き残した水あかがこびりついていたし、蛍光灯の上は埃だらけ、浴室サンダルの片方は甲の部分がとれてぼろぼろだった。スンへの目にイホの母親はベストを尽くして歯を食いしばり、生き抜いている人に見えた。たまに気を失う直前まで疲労困憊してるようにも見えた。

自分がイホの母親だったら、決してあそこまでやり遂げられないだろうという気がした。子どもを育てる人生は羨ましいけれど、それなりに大きな代償も支払うものなんだろう。

八時になったのでミルフィーユ鍋を温めて器によそい、ごはんとキムチ、簡単なタレを子どもに出した。お姉ちゃんと一緒に食べない？　もう一度イホに訊いてみたがやっぱり、やだ、お母さんと！　と答えるだけだった。

スンヘはイホの器を覗きこんだ。透明なスープの中の白菜と肉からほかほかと湯気が立ち上っていた。ミオはどうしてあそこまで肉を嫌うようになったんだろう、ふとそう思ってから、自分がそういう疑問を持った事実に驚いた。少し前までは一切気にならなかった。ミオは日焼けした浅黒い顔のまま、好きすぎて首回りが伸びてしまったTシャツを毎日着てれば着てるまま、スポーツが好きじゃないなら好きじゃないまま、ただそのままのミオだったし、スンヘも同じようにそのままのスンヘだったのに、少しずつ互いの「そのまま」を気に入らないことが増えていった。

つき合って四年、一緒に住むようになって三年ちょっとだった。それくらいの時間が経つと、こうなるのが当たり前なのかな？　スンヘは気がかりで切なくて不安だった。でも一度そういうことを考えだすと、まるで心の奥深くに押しこめておいた邪悪な心が一気にこみ上げてくるみたいに、少しずついろんなことが思い出されてきた。例えば『オクジャ／ｏｋｊａ』を観たとき。ミオは観終わってから具合が悪いと言い出した。スーパーピッグが工場に閉じこめられてるシーンがつらすぎて、あれだけでも涙が出そうだと。スンへからすると誰でも知ってるような工場式畜産の問題点を少し典型的な形で見せたシーンだったし、だからショックもなかった。ほかの命の流す血がスンへに与える影響はそこまでだった。人間はすべてを知りながらも肉をおいしく食べる。悲しいけれど、それが人間の持つ忘却の力、目を背ける力だ。忘れたり、目を背けたりする余地がひとつも残っていない世界で生きていくのは、お前は罪人だと隣で泣き喚く誰かの声を、二十四時間ひたすら聞かなきゃならない生き地獄を味わうのと同じだとスンへは思った。案の定ミオはオクジャがタンパク質を採取されるシーンを観ながら、鋭い金属の棒が自分の肌を突き通ってタンパク質を抜き取りでもするかのようにうめき声をあげ、汗をかきながら苦しんでいた。一緒に観た日はそこまで敏感に反応して苦しむ姿が気の毒で、ミオが苦しむのがとにかく嫌で、そんなふうに敏感なところを愛おしいと確かに思ったのに、今のスンへの中でそんなミオを「理解できない」という気持ちが頭をもたげているのだった。

ミオは何ひとつ忘れたり、目を背けたりしない人だった。いや、少なくともそうやって生きようと努力する人のように見えた。自分にとって重要なことは絶対に忘れないし、捨てるべきものは容赦なく捨てる人間だった。どこに行っても自分がクィアであることを誇らしげに打ち明け、家族がそれを受け入れないと絶縁した。ヘイト発言を見かけるとそのままにしておかず、決まってコメントを書いたり抗議していたが、スンへの目には時間とエネルギーの消耗にしか見えないそうした行動を決して無駄だと思わなかった。

もちろん、当然のことだけど、スンヘがクローゼット［性的指向や性同一性を公表していない状態］であることに対してミオはなにも言わなかったし、なんの不満も持ってなかった。ミオが少しでもスンヘに向かって、「私はこうなのに、あなたはどうしてそうなの、どうしてこうできないの」みたいな反応を示す人だったら、最初からスンヘはミオを愛していなかっただろう。ミオは自分が性的少数者を嫌悪する家族とすぱっと縁を切れたのは、逆説的に言えば子どものころに愛されて育ったという確かな過去もひとつの要因だと認識していた。スンヘの家はそうじゃなかった。父親は酒癖が悪くて飲むと妻を蹴るような人間だったし、結局スンヘが中学生のときに家を出ていった。そのときから自分を育てようと、ひとり全力で――おそらく今のイホの母親みたいに――必死に生きてきた自分の母をどんな形であろうと、けなしたり憎んだりすることは到底できなかった。だからテレビを観てたときに同性愛、あれって頭のおかしくなった子たちがしてるんじゃないの、みんな捕まえて病院に監禁しなきゃダメなんじゃない、ほらあれ、あれってつぶやく母になにも言えず、夜中の公園でひとりブランコに乗りながらおんおん泣いた。母にはとても打ち明けられなかった。ショックを与えるなんて不可能だったし、泣かせるなんて論外だった。母の言葉に反発して喧嘩することも無理だった。それはできない話だし、考えるだけでも息が苦しくなって気が遠くなる、自分の力ではどうにもできない難題だった。

ミオと同棲するために実家を出て部屋を探すときもそうだった。お前ひとりで暮らすのに二部屋もいるの？　広すぎるんじゃない？　贅沢だねえ、贅沢だよ、けちをつけながらも、スンへの母は十年以上も寝食を削って貯めこんだ預金を崩し、二部屋あるよさそうな家を娘のために契約してくれた。早く彼氏を作って紹介するのが条件だった。実家を出て三ヵ月、今から行くという母からの急な電話をもらったスンへは真っ青になって家の中を整理し、ミオの持ち物をまとめてぐるぐる巻きにするとダンボール箱に詰めこんでタンスに放りこみ、風邪で寝ていたミオを起こすと説明する余裕もなく近所のカフェに追いやった。母を見送って気の抜けた状態のままカフェに駆けつけると、ミオはアイスコーヒーを飲みながら何事もなかったように本を読んでいたけれど、表情は明るいとは言い難かった。

怒った？　スンへが訊くと、ミオは馬鹿みたいな質問してという顔になった。

――……ごめん。

――謝らないで。この家の保証金払ったの、スンへじゃん。

ミオはそう言うと熱で赤くなった顔で笑った。ミオがそうやって冷たく笑うたびにスンへの心は耐えられないほどの痛みを感じた。もしかするとミオのことがこんなに好きなのは、この痛みのためかもしれなかった。

イホが手もつけなかった器をシンク台に戻しながらスンへは思った。私って、普通の家族イデオロギーに染まりきってるのかな。だから、こんなに子どもが好きなのかな。これまでの人生で学習した概念の数々が体内の神経一つひとつに影響を与え、特定のホルモンを分泌するように命じ、ビミョーなやり方で私を導き、雨降る夏の夜に他人の家で他人の子を眺めながら、あの子がミオとの子だったらなんて、自分でも理解不能の想像をするまでにさせたのかな。私にとってはこんなにも心がぽかぽかする想像がミオにとっては全然そうじゃなくて、なんの味もしなくて、しかも避けたいとまで思ってるとしたら、私はどうするべきなんだろう。頭が痛かった。深く掘り下げて考えるほど心は痛むし、誰かに頭をえぐられてるみたいな気がしてきて、スンへはとにかく失望することに決めた。ミオを愛してたし、ミオも私を愛してるから、その思いをはっきりと確かめ合えていたから三年の月日をともに過ごしてきたのに、ミオは私とは違ったんだ、それも全然違ったんだといった具合に、単純で白か黒しかないから哀しい、でもだからこそ楽な結論を下してしまった。どこから間違えてしまったんだろう。いったいどこから。

どこからはじまったんだっけ？　ミオの元カノだ。そう、あの人。ロングヘアで、手足がほっそりしてて、丸眼鏡をかけてて、もの静かで可愛らしい印象の、でも口を開くとしっかりしたことしか言わなかった、あの小さな女。ずっと人権団体で活動してきたという彼女はいろんな面でスンへとは対照的な感じの人だった。ある日、ミオの大学で開かれた学術発表会に行ったらあの人がいた。助教のミオはその日の進行係として参加していたので、発表が続いている間ずっと音響設備をチェックしたり、次のページに進まなくなったパワーポイントをいじったり、要約文が書かれたプリントを配ったりと忙しく動いていて、スンへのほうに目をやる暇もなかった。発表会が終わってスンへがミオを待とうと席を立ち、どうしようかなと思っていると、遠くでミオがあの人と向き合って話してるのが見えた。こっちに背を向けてたからあの人は後ろ姿しかわからなかったけど、ミオの表情はばっちり見えた。ミオは「悲しげな笑み」を浮かべていて、こんな言い方笑っちゃうんだけど、まさにそうとしか言いようのない顔をしていた。二人はそんなに長く話してたわけではなかった。大した内容の話でもなさそうだった。聞こえはしなかったけど、元気？　うまくいってるみたいね。うん、私は元気。そっちは？　私も。体調もよさそうでよかった。まあ、そんなとこだろう。

スンへはミオとつきあいながら漠然と、こういうことが一度は起きるんじゃないかって想像していた。そして世間にありがちなこういう想像こそが、スンへにとってはミオとの愛という脚本を完成させる必須要素でもあった。この世に高潔で優雅なだけの愛なんてあるはずない。どの愛にも幼稚だったり、くだらない不純物が混じってるのは当たり前だと思っていた。それに誰にだって過去はあるものだし、大人なら恋人の過去も自分の過去同然に受け入れて認められるはずだと、わざわざ決意を胸に刻みながら小学生みたいに誓う自分の可愛らしさに陶酔して、にっと笑ってしまったりもした。予想外の出来事があったとすれば、別れた恋人を前にしたミオが脚本を上回るとびっきりの悲しげな笑みを見せたのと、その笑みに対するスンへの反応も予想以上に激しかったことだ。ミオの笑みには――スンへの心のもっとも幼稚な部分を動員して言うならば――「何ものにも代えがたい」が明らかに含まれていた。手にはぐるぐる巻いたマイクと残りのプリントを持ち、コーディネートに気を遣えなかったせいでしわだらけの黒いポロシャツと古いジーンズという姿で、化粧っ気もないまま昔の恋人の前に立つミオの顔に浮かんでいたのは、明らかに自分の惨めさを見るに堪えないと感じている人の表情だった。

発表会の数日後、ミオの携帯電話の画面にあの人からのメールが表示されていた。「ミオ、話したいことがあります。時間のあるときに電話ください」。それ自体はなにも表してないように見える短いメールからスンヘは危険を感知したが、こういう不安は明らかに自分の力不足に対する自虐から来ていた。実際にあの人とミオはツイッター上で有名なカップルだったし、ミオのツイートを下へ、下へ——これ以上は手首が痛くてマウスのスクロールホイールを回せないところまで下へ——遡ると、今も彼女との自撮りのカップル写真が見られる。メールを見たスンヘはツイッターであの人のアカウントを探してクリックしてみた。当たり前かもしれないがミオとばったり会ったというような話はなく、ただ彼女のこざっぱりとした暮らしが緑茶みたいにしっとりと、竹林に吹く風の音のようにもの静かに、ここかしこに残されていた。つまり一言でいうなら彼女はミオにそっくりだった。

そのメールは数日後に削除されていた。

ミオはどうしてメールを削除したんだろう。消す前に電話したのかな。電話した後の通話記録まで消したのかな。どうして消したんだろう？　申し訳なくて？　それとも隠したくて？　二人、なんの話をしたんだろう。

興味はあったけどスンへはなんの反応も見せなかった。幼稚さのどん底まで落ちたくなかったのもあるが、怖いっていう理由のほうが大きかった。そうやってちゃんと感情を抑制できたつもりだった。でも自分で思うほど万事うまくいってるわけではなかったようだ。そのまた数日後、ミオが急にもどかしそうな顔でこう訊いてきたから。

——なんなの？　私がなにしたっていうの？

——なにが？

——私のこと、怒ってるじゃん。何日もずっと。

——いつ？　なにに？

——いや……もういい。

ミオはため息をつきながら言った。なんであんなふうにうんざりって感じでため息ついてるんだろう。スンへは泣きそうだった。でも、ぐっとこらえた。二人の間に沈黙が流れた。ミオはジャンパーを引っかけると、どこへ行くとも言わずに夕立の降りしきる外へ出ていってしまった。

ベビーシッターの面接に受かったと言うと、ミオはよかったねと短く答えてから、それでイヤーカフ外したの？　それともまた失くした？　と訊いてきた。失くしてはいなかった。でもいきなり指摘されたような気になったスンへはなにも答えられなかった。いつも着けていたミオからのプレゼント、リボルバーの形をしたシルバーのイヤーカフ二つを左の耳から外し、ほぼスポーツ刈りのツーブロックカットで通してきた髪も、もじゃもじゃ頭くらいまで伸ばして整えた。毎日のように着ていたアロハシャツの代わりに紺色でおとなしめのシャツを着た。それでもその家のイホという名前の子は母親を見ながら尋ねた。お母さん、このお姉ちゃん、なんでお兄ちゃんみたいなの？　男じゃないの？

イホのお母さんはスンヘへの容姿なんかを気にしてる暇はなさそうだった。ただ慌てたような表情で、そういうこと言ったらダメでしょと子どもに注意するだけだった。でもこれからも気をつけたほうがよさそうだとスンヘは思った。雰囲気に慣れようと初日に親子と一緒に公園に行って座っていると、日本のアニメに出てくる魔法少女のコスプレをした二人の若い女の子が現れた。並んで座る母親たちの間に動揺とひそひそ声が広がった。確かにスンヘの目にもあまり真面目そうには見えない服装だった。少なくとも育児の世界には不似合いな服装だった。セーラー服のスカートは短かったし、その下からはガーターベルトが覗いていたし、ピンク色のウィッグはこの町では浮いてたし、化粧も濃かった。でもスンヘも十代のころは、日曜日になるとあんな感じのコスチュームに身を包んであちこち出歩いていた。イホのお母さんは声こそかけなかったけど心配そうな表情で何度もベンチから立ち上がったり座ったりしながら、イホがその女の子たちのほうに行ってないかようすを見ていた。私がどんな人間か知ったらこのお母さん、私をクビにするよね？　そう考えたスンヘは、こんな思いをしてまでベビーシッターのアルバイトをしようとしてる自分が嫌になりながらも、息を潜めて警戒しながら座り続けていた。

この世にはベビーシッターを仕事にするくらい子どもが好きな、でもあんまりそれっぽく見えないレズビアンもいるのだ。そんなベビーシッターいるわけないって言い張る人もいるかもしれない。そんなレズビアンがほんとにいるのかって不思議がるかもしれない。重なる部分のまったくなさそうな二つの世界に片足ずつかけて生きようと苦心する姿は、他人からしたら珍妙で憐れかもしれないけどスンへはパニックになってたし、いつも違和感があって結論から言うとかなり持てあましていた。そして自分が他人の視線に影響を受けない、完全にオリジナルの視線だけを持って生きる人間にはまだなれていないことも知っていた。それがミオとスンへの異なる点だった。でもスンへはそういう人間だし、いるかもしれないとかいるべきだとかいう問題の前に、この世にもう存在「していた」。だから自分はおかしいとか、どこか間違ってるって気がするときほど、もっと心を強く持たなきゃと気を引き締めた。他人《ひと》がなんと言おうと、しっかり両方の地に足をつけて立たなきゃいけなかった。やりたいことをやるべきだし、だからこそ自分だけの小さな取り柄を作るべきだった。その取り柄が、たとえ愛する人にとっては気に入らないものだったとしてもだ。

だからある日、大学が早く終わったミオが連絡もなしに公園にやってきたとき、そしてイホにしゃべってしまったとき、スンへは激怒した。

——こんにちは！

ミオは平然とした顔で公園のベンチに座るとイホに声をかけた。

お姉ちゃん、この人だれ？　イホが目を丸くしてスンヘに尋ねた。お姉ちゃんの友だち？

——友だちじゃなくて恋人。愛し合ってるから一緒に住んでるんだ。

スンヘの顔が曇っていくようすを眺めていたミオは鞄からチョコバーを取り出してイホにあげると、スンヘにはなにも言わずに立ち上がってバス停のほうへと歩み去った。

その晩、帰宅するや否やスンヘは問い詰めた。

——なんであんなことしたの？

——……なにが。働いてるとこ見たくて行ったんだけど。

——その話じゃないでしょ。どうして子どもにあんなこと言うの？　五歳なんだから、こっちの言ってることも全部わかるし、あとで母親にしゃべるんだってば。

——アウティングでもしたみたいな言い方だね、私が。

——アウティングでしょ。五歳は人間じゃないとでも思ってんの？　それに私は人間扱いする必要もないってわけ？

——……あのねえ、キム・スンヘ。じゃあ、私はどうなのよ。お母さんがいらしたとき、あんたも私を人間じゃないみたいに扱ったじゃない。隠したじゃない。ばれるかもってびくびくしてたじゃない。

スンへは絶句した。ようやく口を開いて言った。

——あれが、そんなに不愉快だったんだ。

——……そっちの状況は知ってるけど、でも、それでも、自分が疚《やま》しい存在になったみたいで悲しかった。不愉快だったし。なんか、ぼろすぎて人に見られるのが恥ずかしい靴にでもなったみたいだった。

——だからって、あんなことする必要ある？　私がこの仕事をするのがそんなに嫌？　クビになるのが見たいわけ？　ミオ、あそこは私にとってはじめての職場なの。ずっとニートだった自分が情けなくて、なにがしたいのか、ほんとに好きなものはなんなのか、自分なりにすっごく悩んで、はじめて本気で考えて、とにかく考えて決めたんだってば。

——……わかってるよ。でも私があんなこと言ったせいで立場が悪くなったり、クビになるとしたら、それは私のせいじゃなくて、その人たちが悪いんだよ。わかった？

——あんたってさ、ほんと、なんでも自分の都合のいいように考えるんだね。ああ、すみませんでした。すみませんねえ、ミオ。あんたみたいにご立派じゃなくて、堂々としてらんなくて。

——……そういう話じゃないでしょ。ただ私は……たまに不安になるの。スンへは、ほかの人たちみたく……家族を必要としてるみたいだけど、どうしたらいいのかわかんない。私はスンへの家族になってあげられない人間なのに。

涙が出そうになったスンへはうつむいた。ふたたび顔を上げるとミオの目にも涙が浮かんでいた。ミオがまた話しはじめた。

――……スンヘ、私は、あなたのことが好きだけど、あなたが必要としてる人生をあげることはできなさそう。誰かを育てたいとも思わないし、そうすることで希望を持ちたいとも、この世に自分の遺伝子を残したいとも思ってない。子どもを育てるには……ふさわしくない世の中だって私は思ってる。それに……ほんとに申し訳ないけど、私にとって家族は厄介な存在でしかないの。男、家父長制、そういうことじゃなくて、家族っていう制度自体が私を苦しめる。

――それで。

スンヘはかろうじて声を絞り出した。

――それで、今なんの話をしてるわけ？　別れようってこと？

ミオが怒った顔でスンヘを見ながらつぶやいた。なんでそんなこと言うの……どうしたらそんなこと言えるのよ。

あんたが言わせてんでしょ、スンヘも涙を流しながらつぶやいた。私はあんたのなんなのよ？

――スンヘにはわからない。

黙っていたミオが宙に向かって言った。

――私にとって家族がどんな存在だったかスンヘは知らない。絶対わかりっこないと思う。スンヘはさ、私が和やかな家で育ったと思ってるでしょ。幸せで和気あいあいとした家庭。私のほうが恵まれてて、だから贅沢なこと言ってんだって思ってるでしょ。

そうだね、私にはわからない、スンへはその言葉をくり返した。私には絶対わかりっこないだろうね。でもさ、それってそんなに大事なことなの？

ミオは答えずに両手で涙を拭った。

出会った日からずっと理想化してきたミオの別の一面、方向は異なるけれど、自分と同じくらい大人になりきれていないミオの姿をスンへはその日はじめて目にした。私が映画の主人公だとしたら、これは普通の家族に幻想を抱くレズビアンを描いた作品だって理由で批判されるのかな？　クィアが不十分だ、って？　でもスンへは映画の中の人物じゃない。それにスンへをこんな気持ちにさせたミオは思い描いていたような完ぺきな人間じゃなかった。傍から見ると一定以上の時間をともに過ごしたカップルの歴史におけるこういうたぐいの幻滅って、家でゴキブリ発見するのと同じくらい陳腐な話だ。だから肩をすくめて、そのままやり過ごすべきなのかもしれなかった。でもスンへにとってミオは平凡な恋人以上の存在だった。ほんとにたくさんの世界があるんだとミオを介して学んだし、ミオを見ながら数えきれないほどの夢を描いてきた。それが問題だった。スンへはどうしたらいいのかわからなかった。そういう理由で愛することをやめるには、二人で力を合わせて積み重ねてきた悲しくて、うれしくて、しんどくて、険しかった日常の破片が、生々しい感情が、感覚があまりに多すぎた。その一つひとつの記憶が千枚の葉のようにスンへの胸の奥で小刻みに揺れていた。

ミオがまるで宣言するかのように吐き出した「スンヘにはわからない」という言葉に込められた恐怖にどう耐えるべきか、いくら考えても答えは見つからなかった。それは深淵の言葉だったし、真正面から乗り切るにはスンヘは若すぎた。私はなにをわかってないんだろう。どのくらいわかってないんだろう。ミオもまた私のことをどれくらい理解できていないんだろう。スンヘは怖かった。だから恐怖の大きさと同じくらい幼稚な行動をとりはじめた。これまで問題視してこなかったミオの冷たい口調や人に配慮しない言動の数々、吸い殻をポイ捨てする癖、凝り固まっていて暴力的に思える考え方なんかをいちいち取り上げ、目の前に広げて見せてはミオを攻撃するようになった。ミオも似たようなことをするようになった。自分が買ってあげたのにスンヘが失くしてしまった細々としたプレゼントを探すよう要求したり、自分のSNSを監視するのはやめろと言ったり、あんたは人を窮屈にさせると怒鳴ったりした。スンヘと同じくらいミオも恐れていた。スンヘにはそれが感じられた。じゃあ、わかっていればそういう些細な行動にいちいち傷つかないかっていうと、そうもいかなかったから、若い恋人たちはそうやって互いを中傷し、目が真っ赤になるまで泣き崩れながら毎日を過ごしていた。

そうして梅雨の時季を迎え、スンヘは子どもの母親が帰ってこない他人の家のキッチンで、ミオのために口にしなくなってずいぶんになる肉を使ったメニューをあえて作り、その肉片をひとつずつ口に入れてゆっくり咀嚼《そしゃく》する想像をしているのだった。ミオが毛嫌いしている肉食をする姿を見せつけてやりたかった。幼稚なこと極まりないなと笑ってしまったけど、それはどミオが憎くて、同じくらい恋しかった。まともな会話をしなくなって一週間が過ぎていた。私たちどうなっちゃうんだろ？　スンへはため息をつきながら時計を見た。

九時十五分だった。イホは眠くて半目になっていた。

そのとき暗証番号を押す電子音が響き、続いて玄関のドアが開いた。お母さん！　一瞬で生気を取り戻したイホは、がばっと立ち上がるとすっ飛んでいった。

イホのお母さんはくたくただった。雨脚が強かったのか、傘を差してきたのに体の半分ほどが雨に濡れてたし、化粧の崩れた顔には疲労の色が濃かった。元気にしてた、うちのワンちゃん？　イホを抱きしめてお尻をとんとんしていたイホのお母さんがスンへを見上げながら言った。こんなに遅い時間まで見てくださってありがとうございました。ほんとにすみません。

スンへはとんでもないと答えてから、数歩進んでガスコンロの火をつけた。なにを作ったんですか？　びっくりした顔で歩いてきたイホのお母さんは鍋のふたを開けると、さらに驚いた表情になった。

――わあ、イホ、お姉さんがすごく素敵な料理を作ってくれたわよ。これ、なんだかわかる？なんでしたっけ？　えっと……ミルフィーユ鍋だったかな？　そうですよね？　今日はなんかのお祝いみたいね！

イホがお母さんと食べるんだって、まだ食事してないんです、申し訳ありませんとスンへは言った。帰ろうと鞄を手にすると、イホのお母さんが食べていってください、お食事まででしたらと引き留めた。二人で食べるには多すぎます。

イホのお母さんが急いで食卓の用意をした。スンへは三人分のごはんをよそって運んだ。そうして席に着いたらいろんなことが頭に浮かんできた。ほんとうにいろんなことが思い出された。

温めた鍋からもわもわと湯気が立った。イホのお母さんがお玉で肉と野菜をすくって器に盛るとスンへに差し出した。スンへはゆっくりと汁をひとさじすくって口に運んだ。

ほんとにおいしいですね、こういうの、はじめて食べます。イホのお母さんが言った。

——ありがとうございます。

——お礼を言うのは私のほうです。

そのときイホが言った。

——お母さん、でもさあ、お姉ちゃんは女なのに、なんで女の恋人が好きで一緒に住んでんの？

スンへの体が一瞬にして硬直した。

どういう意味？　イホのお母さんが訊いた。

——この前、その女の人が公園に来たの。ぼくにチョコバーくれたよ。スンへお姉ちゃんの恋人。

そうなんだ。イホのお母さんは疲れた声で言うと、しばらく沈黙してから言葉を続けた。

——イホ、お母さんって毎日会社から帰ってくるの遅いよね？

——うん。

それって、いいことかな、悪いことかな？　お母さんはいいお母さんかな、悪いお母さんかな？

悪い……つぶやいたイホは混乱して口をつぐむと少ししてから言った。うーん、わかんない。

お母さんは元からそうじゃん。

——うん、元からそうだよね。

——うん。

——お母さんにもわかんない。お母さんがいいお母さんなのか、悪いお母さんなのか。お母さんはお母さんでしょ。会社から帰ってくるの遅いけど、それでもお母さんでしょ。同じことだよ。世の中には女の人が好きで一緒に住むお姉さんもいるの。元からそうなだけ。それっていいことかな、悪いことかな？

——わかんない。

——そう、お母さんにもわかんない。わかんないことは、そのままわかんないって言えばいいのよ。たぶんそれって、私たちがいいとか悪いとか言えるようなことじゃないの、わかった？

——うん。

イホのお母さんが続けた。

――イホは、お姉ちゃんが好きでしょ？

――うん。でも知りたいんだもん。

――なにを知りたいの？

――いろんなこと。

――イホがそんなに気になるなら、また今度お姉ちゃんに訊いてみてもいいと思う。今日はもう遅いしね。でも、そのときもお姉ちゃんは答える準備ができてなかったり、答えたくなかったりするかもしれない。そしたらしつこく訊いちゃダメよ。わかった？

――うん。

それからイホのお母さんは恥ずかしそうに笑みを浮かべてスンへを見た。

――わからないって言ってごめんなさいね……でも、ほんとによくわからなくて。

あ、はい。スンへは答えた。顔が赤くなった。

疲れ果てた母親と眠気に襲われた子どもは黙々と食べていた。どういうわけか喉が詰まったみたいに息苦しくてこれ以上は食べられそうになかったけど、スンへはもうひとさじ汁をすくって口に運んだ。こんな味。ずっと知りたかったけど思ってたのと違った。退屈だし、薄いし、御大層なとこなんてひとつもない、どうってことない味だった。どうってことないからこそがっかりしながらも安心する、そんなつまんないことのせいで涙が出そうだった。

ミオは食事したのかな、スンへは思った。こんな大雨なのにちゃんと家に帰ったのかな、風邪はひいてないかな、心配になった。泣いてはいないよね。話をしたら聞いてくれるかな。尋ねたら答えてくれるかな。どうして今までもう少しいろんなことを質問してみようって勇気を出せなかったんだろう。どうしてもっと耳を傾けようと思えなかったんだろう。

わからなかったけど、もう怖くはなかった。ミオにすごく会いたかった。まだ寝てはいないだろう。ミオはいつも夜中の二時にならないとベッドに入らないけど、まだやっと九時四十五分になったところだった。早く食べて帰らなきゃと思いながらスンへは水を一口飲んだ。激しい雨が窓ガラスを叩く音がやかましかった。玄関のドアに立てかけられたスンへの傘が見えた。昨年にミオがプレゼントしてくれた小さな水色の傘だった。

四十三

鏡を覗きこんでからロッカーに戻ってTシャツを取り出した。体形をカバーしてくれる黒いジャンプスーツの水着の上にゆったりしたTシャツを重ね着して、やっと更衣室の外に出る気になれた。よく見られたい相手がいるわけではないけど、心配をかけるほどみすぼらしく見えるのは避けたかった。今日はジェユンにとって大事な日だった。

お母さんが生きてたころより正確に十六キロ増えた。苦労の分だけがんがん痩せていく体質の人がうらやましい。私は反対なんだけど。四十歳を過ぎてから、ずっと守り続けてきたダイエットメニューが効かなくなった。皮下脂肪がついて丸くなり、鈍重になっていく自分の体を憎まない方法を半強制的に学んだ。ずっと普通体型で生きてきた自分がいざこうなってみると、違和感はあるけど気持ち悪さを感じるほどではなかった。でも健康状態の悪化は考えなきゃいけない問題だった。階段を下りる途中で足首を捻って靭帯が切れたときも、肩の僧帽筋あたりが涙が出るほどずきずき痛んだときも、整形外科医には体重の増加が原因だと言われた。幸いなことに半ギプスは一週間で取れたし、肩と首は二回の理学療法で痛みから解放された。タタタタタタ、タタタタタタ、体外衝撃波が照射されるたびに、マシンガンで連射されて死のダンスを踊ってるみたいに上半身が揺れた。運動、しなきゃ。理学療法室のベッドの上で私は思った。お母さんの治療が終わったら。

でも実際にすべてが終わって、お葬式とお母さんの家や遺品の整理までが終わった日からだったと思うけど、私は昼間になってもベッドから起き上がれなくなった。講義の予定に次々と穴をあけ、ぼうっと空白の一ヵ月を過ごしたら夏になっていた。ようやく体を起こし、旅行サイトで数日にわたってホテルパックを検索しながらジェユンを呼ぼうと思いついた。

——夏休み、一緒に過ごさない？　孤児になった記念に。

——姉ちゃん、こっちはお構いなく。

——あんたさ、プール行かない？

早くプールに行きたいとジェユンは手術後に何度か言った。怖いけど、少しでも恐怖心をなくしたいから男性更衣室にも入ってみたいと言っていた。

——……そうだね。時が来れば行くんじゃない。

——私と行こうよ。

——ん？

——夏だよ。私がどんだけ優雅に泳ぐのか見せたげるから。

——なに言ってんの……。

受話器の向こうでジェユンが失笑していた。毎回一トーンずつ下がっていき、ようやく最低音を見つけたらしく安定したジェユンの声に少しほっとした。でもあの子のデスクトップの壁紙に今も表示されている、「自殺禁止」という大きな文字が頭に浮かんできた。それはジェユンにとってただの書き留めておいた言葉ではなかった。私はジェユンが死んじゃうんじゃないかと怖かった。ジェユンまでこの世からいなくなっちゃうんじゃないかと怖かった。

小さいときは年寄りかって思うほど銭湯が好きで、夏だろうが冬だろうが必ず月に一度は一緒に行こうよとせがんでくる子だった。中学生になると中性的なスタイルの服ばかり着るようになり、ひどく閉鎖的な子に変貌した。性的マイノリティじゃない友だち全員と縁を切ったのは大学生のときで、新しく誰かと知り合うのをやめて会社と家だけを往復するようになったのは三十歳のころからだった。それぞれ自活して他人同然に暮らしているから、私が知ってるのはこの程度だった。

いつからかジェユンは公衆トイレを使うのも避けるようになった。丸刈りに近いショートヘアで女子トイレに入ったら女性が怖がりそうだし、男子トイレに入ったら男性から文句をつけられたり、危害を加えられるかもと言った。どっちの側にも行けないと言った。自分はどっちでもないような気がすると。

――みんなが自分の体だけをじろじろ見てる気がする。胸だけを。あと、お尻も。お姉ちゃん、なんでこの脚こんなに細いんだろう。肩幅も、もっとあればよかった。がっちり体型で、丸みがなくて、まっすぐで、力が強そうに見えたらよかったのに。

これまでも自分は女じゃないという思いははっきりしてたけど、体に対する違和感はそこまでひどくなかったのに、なんとか我慢できるレベルだったのに、急激に強くなってきてもう我慢するのが苦しいくらいなんだと言ってきたのはいつだっけ、よく思い出せなかった。男として生きてかなきゃ、ジェユンがきっぱりと私に告げたのは三年前だった。すでにトランスジェンダーとクィアのコミュニティでFTM（Female to Male）の性別適合手術についてあらゆる情報を集め、ホルモン注射をはじめる準備まで終えた状態だった。胸の脂肪を切除するつもりだと言った。どれだけ時間がかかったとしても徹底的に準備して、家族関係証明書の性別変更までやり遂げたいと言った。思春期のころから妹がほかの子とだいぶ違うとは気づいてたけど、いざその言葉を聞くと涙が出てきた。ナイフでえぐられたみたいに心がひりひりして、ちくちく痛んだ。

——ごめん、言うのが遅れて……でも自分に確信が持てるまで待つべきだと思ったから。

私はなにひとつ肯定するような言葉をかけてやれなかった。コミュニティでいろいろ読めば読むほど心配になって、怖くて、不安で、いま思うと言っちゃいけない無知な言葉を浴びせながらジェユンを責め立てた。

——どうしても体を変えないとダメなの？　手術しないで生きてる人もたくさんいるじゃない。もう少しだけ考えてみたら？　あとでまた考えが変わったら、そしたらどうすんの？　怖くはないの？　私は……あんたを失っちゃう気分。お母さんには秘密にしてもいい？　私だけが知ってることにしたらダメなの？

——お姉ちゃん、こっちはさ……失っちゃう以前の問題なんだよ。そもそも、この世に自分がいない気分なんだから。自分の体がまるっきり存在してなくて、体がない状態で……真っ黒い石油かなんかに浸かった、重たくて変てこりんな皮をかぶって生活してるみたいだし、毎日そのくり返しで、そうやって三十七年以上も生きてきたんだよ。三十七年。

——……。

——お姉ちゃん、この世に自分がいたらいいのになって思うんだ。

それがジェユンに「お姉ちゃん」って呼ばれた最後の日になった。私に告げた三日後、ジェユンはお母さんにも打ち明けた。お母さんも、私も、最後までおめでとうという言葉をかけられなかった。お母さんの話を聞くと、私の気持ちもお母さんのそれと同じように上書きされちゃってジェユンになにも言えなくなったし、ジェユンの言葉を聞くと、お母さんがとにかく憎たらしくてジェユンに申し訳ない気持ちになった。お父さんが生きてたとしても、たぶんあの人も聞いた人間がうれしくなるようなことはまず言うはずがないから、結局ジェユンは家族の誰からも祝ってもらえずじまいだった。

そのお祝いを今からするつもりだった。

本格的な夏休みシーズンの到来にはまだ一週間ほどあったし、平日だったせいかプールは思ってたほど混雑してなかった。でも怖いと思ってる人にとっては怖がるのに十分なだけの人がいた。ジェユンはホテルのトイレで水着に着替え、その上にハーフパンツとTシャツを着たままプールに出てくると更衣室に向かった。私はビーチチェアに座って男性更衣室のドアのほうを見ていた。どれくらい経ったんだろう、更衣室のドアが開き、ビーチタオルで体を覆ったジェユンがゆっくりと出てきた。

目の中で光が弾けた。眩しかった。ジェユンが笑顔だったからだ。私のところまで歩いてきたジェユンはビーチチェアの上にタオルを敷いた。傷跡が癒えてきれいになった平らな胸と、それほど広くはないけどすっと伸びた肩、運動のおかげで少しずつ筋肉がついてきた腕、かなりいい感じにがっちりしてきた体を持つイケメンの肉親がそこにいた。私は立ち上がって拍手した。もじもじするあの子の顔にカメラを向けて何枚も写真を撮った。私のパンパンの顔が少しでも小顔に見える角度で一緒に自撮り写真も撮った。いつから姉ちゃんになったのか、いつから姉ちゃんなら正しかったのかは知る由もないけど、だからこそずっと申し訳なく思ってたけど、私は今やジェユンの姉ちゃんだった。

＊

はじめて列車ってものに乗ったのは偶然にも海外だった。大学二年生のときに父が(一年後に会社が不渡りを出すとも知らずに)どういうわけか気前よくプレゼントしてくれた航空券を手に(断ることも、家族の誰かに譲ることも、もちろんしなかった)、私はリュックを背負ってひとりヨーロッパへと飛んだ。ユーレイルパスという周遊券を発行してもらうとヨーロッパを横断するほぼすべての鉄道が乗り放題で、どこにでも行くことができた。韓国全体が刹那のバブル絶頂期に熱狂していたころだった。列車でお昼のサンドイッチを食べ、トイレで洗ったTシャツを乾かして着て、どうせ見つかりっこない宿の空室を探すために知らない街をさまよう代わりに夜行列車で眠り、朝になるとまた別の知らない街に降り立った。ある列車の椅子は大きな三日月の形をしていた。行く先々で私の目にだけ見えるピンク色のシャボン玉が弾けてるみたいだったし、どの都市にも新たな香りが漂っていた。

どこかに定着したり錨を下ろす生き方はしたくないと思うようになったのは、経済的にはそうでなかったけれど文化的には非常に恵まれていた、この短くてクレイジーな二十代前半のころの一片があまりに甘美だったからかもしれない。どこにも留まらずに生涯を終えたいと願っていた。韓国に戻ってからは斬新で愛らしくて美しいものを見つける目と感覚を持つ友人たちと、新しくできたカフェからカフェへ、スイーツからスイーツへ、音楽から音楽へ、書物から書物へと渡り歩いた。大学四年生で東アジア通貨危機の暗黒の雲に頭上を覆われたときも、私は次の(いつになるかはわからないけれど)旅はどこにしようかと考えていた。不渡りや失業のせいでお父さんが経済的・精神的に没落したのを目にしてもさほど絶望することもなく、逃避を夢見てる自分が少し心配だなあという思いはちらっと脳裏をかすめたけど、それすらも長続きしなかった。お父さんはそれからしばらくして再就職し、私は大学を卒業した。必死に履歴書を書いて送った末にどうってことない会社に就職し、そこよりは面白い会社に移り、それからもう少し面白い会社に移った。そんなことをくり返してるうちに気の合うメンバーと出会って研究サークルを作り、遅まきながら大学院に進んだ。新しい分野について学び、新しい人たちと知り合い、また別の分野を学んだ。学問を続けようかとも一瞬考えたけれど、金を稼ぐほうが楽しくてまた会社に就職し、そうするとまた学問のことを思い出した。大体がいつもこんな感じで、「石の上にも三年」は実践できなかった。退屈だとかうんざりだとか思いながら過ごした日々は特になかった。何人かと恋愛もしてみたけれど、譲歩したくなるほど好きっていう気持ちにはならなかった。誰かを誘惑したい衝動にかられ、全身の血が沸き立ったことも何度かあるにはあった。でも二、三日もすると、それまで見えてなかった短所が必ず目につくようになり、相手のための時間と金をむしろ自分に使うほうが賢明だという思いが鮮明な警告音を鳴らすのだった。私はいつも自分が最優先だった。面倒を見るのも、二級市民の稼業も、犠牲を払うのも、助太刀するのも御免だった。

非常勤講師になって大学の講義を担当するようになってからは、週に二、三回ずつなじみのない街を列車で行き来した。朦朧としながら車窓を眺めていると、列車に乗ってるんじゃなくて自分が列車になったみたいだった。乗客は私の体を満たしては出ていく内容物、私はレールの上を滑って進む半透明のゼラチンでできた奇妙な列車だった。

三十二歳になると、それまで持ちこたえていた友人たちが申し合わせたように生物学的な危機感（三十五歳でもう高齢出産だという）を持ち出して一斉に結婚宣言をした。そんないきなり集団レベルで結婚しちゃうとは思ってなかったので少しびっくりしたけど、一般的には人生において年相応に現れるという神秘的な欲望が自分には最初から欠如していると気づいてたので、残念だとか不安だとは思わなかった。遊び相手がいなくなって退屈にはなったけど、また新しい人たちと出会い、友だちになった。結婚生活と育児に追われる昔の友人がなんとか時間を作って会いに来ると、憐憫と安堵が入り混じったどす黒い感情に襲われもしたけど、表には出さなかった。彼女たちは旧盆や旧正月になると、婚家に連れていけない犬や猫のペットシッターを頼んできた。

私は自分の名前で二冊の本を出版した。たまにケーブルテレビやラジオにも出演した。成功したいという気持ちは特別なかった。ただ決して退屈な人にだけはなりたくないと思い、日本の寺やヨーロッパの大聖堂に行く機会があると欠かさずそう祈った。

お母さんの番号から国際電話がかかってきたのは福岡行きの新幹線に乗りこみ、ちょうど席に着いたときだった。長期休み中で、いつものようにひとりで、二泊三日の旅程の二日目だった。番号を見た瞬間はジェユンになんかあったんじゃと思ったけど、携帯電話からは聞きなれない声が流れてきた。

――ジェギョンなの？　私はお母さんの友だちのスクジャ。お母さんが精密検査を受けたんだけど、結果を知らせなきゃと思って電話したの。

スクジャさんはお母さんの携帯電話をぶんどって電話してきたらしかった。その隣から半泣き状態の、怒りながらやめさせようとするお母さんの声が聞こえてくるのを黙って待った。たぶん永遠に忘れられない、その声が聞こえてくるのを。

＊

変なこと言ってると思われるかもしれないけど、私はいつからかお母さんのがんを伝え聞くことになるだろうと予感しながら生きてきた。理由はわからない。お母さんが死ぬとしたら事故じゃないだろう、たぶんがんだろうと思ってた。それは桃の種みたいに硬くて、罪悪感のしわが深く刻まれた予感だった。お父さんが死んでから定期的に生活費を送ってはいたけど、経済活動をしていないお母さんには少なすぎる金額だったと思う。私とジェユンのどちらでもいいから一緒に暮らしたいと本音を打ち明けたかっただろうに、お母さんは決して表に出すことなく京畿道《キョンギド》の外れにある古いマンションでひとり暮らしていた。

お母さんは頭が切れるし穏やかな人だったけど、子どもの人生のためにそれらを犠牲にして尽くし、お父さんとの結婚生活で決然とした態度や活力、自尊心のほとんどを失ってしまった。いい男と出会って結婚しろと娘たちを急き立てるほど退屈な人間ではなかったけど、そこから大きく軌道を外れた創意的なものを娘たちに期待していたわけでもなさそうだった。未来のためになにかにケリをつけたり積み重ねようともせずに、稼いだ金はことごとく旅行に、目の前の時間はそっくり本と映画に費やしてしまう上の娘、生まれたときから男性の心を持っていて胸をそぎ落とし、子宮をとるという長期計画を立て、それに合わせた緻密な計画のもとに職場を選び、誰の助けも借りずに金を貯めている下の娘という組み合わせは、たぶんお母さんの予想にはなかったはずだった。

お母さんを放置してるっていう罪悪感を夜ごと枕の下に敷いて眠りながらも、私はできるだけお母さんと距離を置こうとしてた。どうしたらそんなことができるのよと訊きはしなかったけど、スクジャさんはひどく悲しげな目で私を見た。

——もう、ずいぶんになるから……。ぎりぎりまで我慢したけど、これ以上は限界だったみたい。それで一緒に病院へ行ってほしいって私に言ってきたわけ。

病室でお母さんが眠っている隙に携帯電話を覗き見た。そこにはお母さんがスクジャさんとやり取りした、ここ数ヵ月の記録が残っていた。それによると、ここ数年のお母さんは娘たちに内緒で五回の入退院をくり返していて（胃潰瘍、帯状疱疹、膀胱炎、腸炎、膀胱炎）、最後のは膀胱炎にしてはひどい痛みが続いたので病院で検査したところ、それは膀胱じゃなくて子宮からくる痛みで、腫瘍はすでに周りの臓器にたくさん転移していて……まあ、そんな感じの、タタタタタタ、タタタタタタ、タタタタタタタタタタ……ダダダダダ……の連続だった。これまでの医療費もスクジャさんの世話になってたらしかった。涙が出そうなくらいありふれてるけど、実はこの世にたったひとつしかないストーリー、私だけが、不人情なことこの上ない長女だけが読者に設定されている物語だった。そこにはこのすべての事態に対するスクジャさんの論評と質問（入院したんならジェギョンはお母さんの面倒を見にきてるんですよね？　長女じゃないの）、それに対するお母さんの弁明（仕事で忙しい子を呼ぶのはちょっと。ひとりで平気）、その返信にびっくりして続く詰問に近い質問（ジェユンは？　どっちかだけでも来るべきなんじゃないですか。自分の母親なのに）と防御（やれやれ、あの子は自分の問題で悩みがいっぱいなの。だから結構）、怒り（いやいや、今までどれだけ隠してきたんですか？　ほかにどこが悪いんですか？　ほんとに言わないつもりですか？）と拒絶のジェスチャー（いや、違うってば。まったくもう、めんどくさいね）、そして爆発（ちょっと！　そこにいてくださいよ。今から向かいますから）も添えられていた。

——ジェユンには言うんじゃないよ。言うならもう少しあとにしなさい。そうじゃなくてもあの子は大変なんだから。

翌朝、うっすら目を開けたお母さんはそう言った。二人はしばらく会わずにいようと決めて連絡を絶っている状態だった。ジェユンの意向だった。同じカウンセラーにカウンセリングを受けながら妥協点を見つけようと頑張ったけど、お母さんは最後までジェユンのカミングアウトを心の底から受け入れられず、それに耐えられなかったジェユンはいっそ会うのをやめようと決断したのだった。自分はこれから少しずつ体も変わっていくのに、理解できないままのお母さんがその過程を見たら互いにもっと苦しくなるだけだと。ほかに選択肢のなかったお母さんはそれから一日に一度か二度ずつ電話をかけてきては、下の娘にしたい話を代わりに私へと浴びせるようになった。

もちろん涙を流したりもしながら。

しばらくひとりで泳いでいたジェユンは、プール脇に設置された小さく丸い浴槽の形をした温水プールに移動した。私はぶくぶく泡が上がってくる水の中で太ももと膝を交互に揉みながら座っていた。とても暑い日だったのに三十分も泳いだら温もりが恋しくなってきた。

——姉ちゃん、母さんのことだけどさ、やっぱり自分のせいだよね？　ストレスだったんだよ。

——やめな……そうじゃないよって言うの、次で十回目なんだけど。

——でもさ、子宮だったじゃん。

ジェユンはそう言うと笑ってみせた。肉親のひいき目かもしれないけど、ウォン・カーウァイの映画に出てくる男性主人公のそれみたいに深くて悲しい、実に多くの人の胸を打つ笑みだった。思わずため息が漏れた。

——自分が摘出するって決めた、まさにその場所からはじまるなんて。こうなったのは自分のせいじゃないかな。カミングアウトしたから。

——そうかな。

——ん？

——あんたってブードゥー人形なわけ？　あんたが自分の体に命令したら、周りの人間の体がそのとおりになるの？　じゃあ私は、ここに気をつければいいってこと？

私が両方の手のひらを乳房に当てるとジェユンは声をあげて笑っていたが、むせて咳きこんだ。なんであんなことばっか言うんだろ。何度も考えたけど答えは見つからなかった。私も人のことは言えないけど、お母さんはジェユンにとって決していい人なんかじゃなかったはずなのに。私にできることはひとつしかなかった。ジェユンが今みたいなことを言ったら、そのたびに違うと答えること。しょんぼりとなにを言おうか考えていた私は話題を変えようと口を開いた。

——女が四十過ぎると経験する最悪な瞬間ってなんだと思う？

——なんだろ。

——二年に一回、国でやってる健康診断があるんだけど、その中に乳がんを見つけるためのマンモグラフィっていうのがあるの。それがなんていうか、とにかく乱暴で、平べったいアクリル板で乳房を挟んで、ぎゅーって押して、絞る感じ？　ほんとすごいんだから。胸を押しつけてホットク［鉄板に押しつけて揚げ焼きするおやきのようなお菓子］作るんだから。思わず悲鳴が出ちゃうんだけど……。

――それ、自分にも来るよね？　もうすぐ。じきに四十だから。

――あ、そうだね。

――それさ、経験済みなんだ。手術の前に。なにをやったかいちいち言わなかったから、知らなかったっけ？

――あ、そうなんだ。うん。知らなかった。

しまったと思った。ジェユンは受けなくて済みそうだね、うらやましい……私は女だから、ずっとやんないといけないけど。そうやって自分なりに笑わせるつもりで切り出したのに失敗ばかりしてる。すぐに忘れてしまう。今のジェユンが正確にどんな場所にいるのかを。あんたはあっち側だから、あんたを応援するからと懸命に善意として差し出したものが追い越してしまう。見当違いのせいで、逆に傷口に塩を塗る結果になってしまう。ジェユンはもう変わったんだから、あんなことやこんなことはもう経験しなくていいんだとしょっちゅう思ってしまうけど実際は違った。ジェユンは「変わってる最中」だったし、今いる場所ではこっち側とあっち側が複雑に入り混じっていた。ジェユンにとってどんなことが大丈夫で大丈夫じゃないのか、相変わらずあきれるほどわかっていなかった。

――胸のチェックはこれからも受けなきゃなんないんだ。どうせ、いま通ってる病院でやるから国の検診は受ける必要なさそうだけど。それって、強制じゃないよね？

――うん、違うと思う。国がただでやってくれるだけだから。……ごめん、気を悪くした？

――ん？　大丈夫だけど？　あのさ……そんなことくらいで気悪くするわけないじゃん。姉ちゃん、最近どうしたの。更年期か、ったく。

ジェユンが私の背中を手のひらでぴしゃり！　と叩きながら笑った。私はようやく息をついた。

――更年期なのは間違いない。

――小心大魔王になっちゃったなあ。あの自信満々なイ・ジェギョンはどこ行っちゃったんだか。

――……。

――あれ、すっごく痛いんだよな……。でも、なんであのやり方なんだろ？　超音波みたいなので覗くんじゃダメなのかな、自分もそう思ったよ。

そうだよね、超音波でも見るのに、あんなに超超超原始的な方法でも撮らなきゃなんない理由があるのかな……つぶやいていた私は、つい漏らしてしまった。

――そういえば知らないでしょ？　乳房とった日、お母さん来たんだよ、一瞬。あんたが眠ってたとき。

――え？

――知ってた？

――いや。なんで今ごろ言うのさ？

――……お母さんが黙ってろって。それに、あんたが知ったら苦しむからって。

――……。

――……。

――でもさ、来ないって言ってたのに。見たくないって。そんなの死んでも見ないって。

――逆の立場で考えてみなよ？　子どもがだらだら血を流しながらアマゾンの戦士みたいに胸を切り取ってるってのに。

――母さん、泣いてた？

――当たり前でしょ。あんたがお母さんの立場でも泣いてたと思うよ。

――はあ……むかつく。

――あんただって、お母さんの抗がん剤治療に来てたじゃない。

――二回しか行ってないよ。こっちは。

――それで十分だって。特に見るものもなかったし。ねえ、ちょっと待って、あんた、すっごく大きくなったんじゃないの、アダムズ・アップル。え、そう思うのって私だけ？　鼻毛も伸びちゃって、飛び出してるよ、ぴよーんって。

――はあ、まったく……。ホルモン注射を打てば、毛はこうなるもんなんだってば。

私はジェユンの脚にもじゃもじゃ生え出した太く黒い毛を不思議な気持ちで眺めた。これまで気づかなかったけど胸とお腹にも毛が生えていた。

——なにじっと見てんの。照れるじゃん。

ジェユンが笑いながら目に溜まった水けを払った。毛一筋、顎ひげ一本、鼻ひげ一つひとつが伸びてきて肌を突き破り、生えてくるたびに、この子が鏡を覗きこみながらどんなに喜んだかが目に浮かぶようで少しほっとした。あんなふうに笑おうと、あの子はあんなに長い間ひとりで闘ってきたし、今も闘ってる最中だった。

最後にうっすらと笑みを浮かべ、穏やかな顔で逝ったお母さんも同じだった。

自分にしか聞こえない叫びを胸に秘めたまま、本物とは異なる姿の人間として自分を見る、聞く、見当をつける、扱う、そんな世の中を歩き続けなきゃいけないギャップと。

声に出して言いたいのに口をつぐまなきゃならない、おびただしい数の瞬間と。

そういう孤立状態と。

お母さんとジェユンは、ずっと闘ってきたんだ。

私はどんなものとも、そんなふうに闘ったことはなかった。

＊

二十代のころは植物を育てる人を見ると、あの人終わってんなあ、年寄りくさいなあと、私も軽率な若者にありがちな考え方をしていた。言葉もしゃべらない静的なものを傍らに置いて楽しいのかな。面白いのかな。なにがあっても花だけは好きになるまい！　誓ったりもした。だったらむしろ朝ドラを見よう！

でも、昨年は二度も植物を育てようと試みた。

寂しかったのだ。

息をする動物を飼う勇気はなかった。動物は病気になるし、死ぬし、死んだら焼いてお葬式をしなきゃならないし、心がずきずき痛むし、切なさが残る。

草花はわりと簡単そうに見えた。目も口も顔もなかったから。でも失敗した。最初はなにも知らずに寒い晩秋にサンチュの種をまいたせいで凍って芽が出ず、二度目は気温もばっちりだったのに……水に浸したコットンに種を載せたら芽は出たんだけど、土に植える過程で芽がすっかり力なくひっくり返り、だらんと垂れて死んでしまった。栄養価が豊富なみみずふん土、新しく買ったシャベル、木酢液……一切合切がもったいなかった。もう一度だけやってみようかと思いもしたけど、なんだかカチンときてやめてしまった。

なにかを育てるなんて身の程知らずだったようだ。今までどおり自分のことでも育てようと決めた。

でも、それも期待したほどうまくいかなかった。

アマゾンで注文までした月経カップという生理用品に無理なくなじめると思ってた。堕胎罪の廃止を求めるデモに参加し、セミナーに参加すれば、二、三十代の女性たちの間に挟まって若返り、正確になり、鋭利になれると思ってた。でも違った。世の中のスピードが速すぎた。風のように、草葉のように軽やかじゃないといけない時期に、象みたいにずっしりと重みを増してきて、歩くたびにずしん、ずしんと地面に鈍い音が響きわたった。ある討論では若者がなんでそんなに怒ってるのか、どの点に怒ってるのか、最後まで理解できなかった。あんなに頑張って勉強して、ついていくぞと苦労したのに、たまに具体的な説明もなく「人権感覚が低すぎて不愉快でした……」と授業評価にコメントされることもあった。

心の底から人間に没頭したことがなかった。人生の楽しみはほとんどが仕事に勉強、趣味から作られていた。でも四十歳を過ぎてからは、その部分の回転にも滑らかさが感じられなくなっていった。若手の著者だったころの私の頭上には魅力と好感度を上昇させるバフがあったけど、それが消えると寛大な目で見てくれてたすべての人が言葉もなく、一斉に引退してしまったような気になりだした。生まれてはじめて、ほんとうに、この世の端っこに押し出された気分になった。悪評でもいいから関心を持たれたくて自分の名前を毎日のように検索してみたけど、誰もなんにも書いてなかったし、新刊の提案もなかった。すでに人びとの視線は次世代の著者に注がれていた。講義を受ける学生たちの口数も少なくなり、私は聡明さが薄れたのか、この歳でもう老眼になったのか、本も映画も以前ほど集中して覗きこめなくなっただけでなく、いまいち理解できなかった。私にあるものと言ったら教養関係のいくつかの学問にかんする知識と、それを教える技術だけだったけど、どっちも私だけにある能力ではなかった。だから新しい仕事やポストを見つけるには人脈が必要になるわけだけど、私はこれまで人脈みたいなものは馬鹿げてると鼻で笑いながら生きてきた。

ずっと前に連絡が途絶えた昔の友人たちは、子どもが学校に通うようになって忙しそうだった。新しく出会った人たちと勉強の話をするのは楽しかったけど、個人的な仲にまで進むことは滅多になかった。十五年来の親友とは縁が切れてしまった。あるイラストの盗用事件に対する立場の違いから、互いに異なる陣営のSNS上で市中引き回しの刑の巻き添えを食ったせいだった。もちろんその一件も重大問題だったけど、だったけど……親友とそんな理由で別れることになるなんて想像もしてなかった。絶交するとしたら私の魂とか、親友の魂とか、私の文章とか、親友が書く詩みたいに、もっと個人的で本質的な部分が原因になると思ってた。

ジェユンがコミュニティのメンバーとの緊密な連携網の中へ去ってしまい、お母さんが逝くと、今さらながらひとりぼっちになった気分だった。ひとりはいつも気楽だったし、この世に私はひとりしかいない、私は私のままで完全体だと思うたびに、いつも自負心に近いものを感じていたのに。今は毎回大きく息を吸いこまないとやってられなかったし、ずっとやってきた仕事もまた学び直さなきゃいけない気がして不安だった。今さら混乱を感じるなんて。今から古ぼけちゃうなんて。しゃんとしなきゃと思うほど、そうすることが難しかった。人前でおしっこを漏らしたのがばれてしまった人みたいにうろたえながら自分のことを眺めていた。目の前に敷かれた道はレンガ造りだとばかり思ってたのに、豆腐で作って赤いペイントをまいた道に見えだした。だからって、こっちの方向じゃないって確信でもあるんだろうか。せめて通帳に毎日が不安にならない程度の残高でもあるべきなんじゃないだろうか。それすらもなかった(実はそれが一番なかった)。でも多くの人の目には私もそれなりに悪くなくて、かっこいい中年の人生を生きてるように見えてるのだろう。間違いなく。

そして私もやっぱり、永遠にわからないままなんだろう。体内に巨大ながんが育ちつつあるという事実を知りながらも、そうなんだあと、ひとり眠りにつかなきゃいけなかったお母さんの一日一日や、ひやひやしながらも期待を胸にはじめて会った相手が自分のことを男だと認識すると、心の中でひっそり喜んでいたあの子の気持ち、軍隊の話になるたびに自分は免除されたと言い繕ってた心情みたいなものを。ホルモン注射を打つ直前まで、そして打ってからもしばらくの間、生理が来るたびにジェユンはどんな気分だったんだろう。それはあの子にとってどんな経験だったんだろう。今の会社ではどんなふうに過ごしてるんだろう。新しい人が入ってくるたびに、大丈夫なんだろうか、ジェユンは。

自分と違って手術はしてなくてもFTMとして生きたいと願ってる人は多い、その人たちの立場を難しくすることは避けたいとジェユンは何度か話していた。人それぞれなのに、人それぞれだから、ジェユンは話すたびに毎回そうやって強調し、気をつけるようにしていた。性的マジョリティのどうしようもない無知と誤解のせいで自分のような人が毎回くり返さなきゃならない不要な説明を、一度でもいいから減らしたいのだと言った。そうするにはもっと勉強が必要だし、力いっぱい生きてなきゃいけないんだと。

そこまで巨大で猶予のない問いではなかったけど、誰にも言えない途方に暮れた心情みたいなのは私にもあった。小さな蛍の光みたいに朝から晩まで私の体内を飛び回るその破片が明け方にようやく消えていく光景を、毎日ゆっくりゆっくり見守っていたものだった。

＊

水着の上に着てた濡れたTシャツを脱ぐとジェユンの隣のレーンに入った。体にまとわりついてた濡れた服がなくなると少しは軽くなった気がした。体を包んで圧迫してくる、いろんな方向からやってくる波、私の口から出てぶくぶくと割れる気泡、そして私……だけが存在してるんだって感じられるまでひたすら泳いで前に進んだ。温水プールに戻ろうとしたときジェユンが言った。

——ありがと、姉ちゃん。

——ん？

——一緒にプールに行こうって言ってくれて。ほんとは、まだ無理っぽいかなって思ってたんだけど大丈夫だった。前よりは変じゃない。全然変じゃないまではいかないけど、前よりは変じゃない。

――ジェユン。

――うん。

――たまにはさ、お互い顔を見せようね。

難しいだろうってわかってるからこそ、わざと口にした言葉だった。

――うん。姉ちゃんも体に気をつけて。頑張って運動してさ、体力もつけるんだよ。うつ状態になったら病院にその都度行って、必ず薬飲んで。

――うん。

部屋に戻ったジェユンはシャワーを浴びて髪を乾かすと、ノートパソコンを開いてキーボードをカタカタと叩きながらなにかを書きはじめた。私はテレビをつけると青銅器時代の遺跡かなんかみたいな『フレンズ』をケーブルテレビで見た。レイチェルにモニカ、チャンドラーと私の一番のお気に入りだったジョーイにセントラルパーク。冷麺を食べようか、夜風がひんやりするから夕飯はすき焼きみたいな温かい汁のあるメニューを食べようか、それともルームサービスでピザを頼もうか。

さっき撮ったジェユンの上半身の写真をお母さんに送りたかった。携帯を手にすると空に向かって照準を合わせ、もう読まないお母さんに向かってメッセージを送った。そんな私を見ていたジェユンが言った。

――そうだ、あの写真、持ってるならちょうだい。

――なんの写真？

――母さんがノートパソコンの壁紙にしてたやつ。保存してたじゃん。

――あ、あれ？

少し驚いて訊き返してから携帯の中を探した。もしかすると、あれすらもジェユンにとっては忘れたいものとして残ってるんじゃないか、私はそう思ってた。写真ファイルを添付すると転送ボタンを押した。

お母さんが死の直前まで毎日眺めてたその写真の中で小学生、いや国民学校生［一九九五年までの小学校の呼称］だったジェユンと私は、茶色いガールスカウトのユニフォーム姿に丸いハットをかぶったまま並んで笑っていた。ジェユンがロングヘアでスカートをはいて写ってる、何枚も残ってない写真の一枚。お母さんはそれをスキャンして壁紙にしていた。言うならばジェユンのデスクトップにある「自殺禁止」という言葉と同じ機能を果たしていたであろう、お母さんを支えてくれてた写真。お母さんの執着、頑固なまでの信じたい心、もしかすると意地みたいなもの。

――このときのこと、覚えてるよ。

――そう？

――うん、姉ちゃんが六年生で、自分は三年生。うちらさ、同じパトロール［年齢の異なる少女同士で作る小さなグループ］だったじゃん。パトロール名がタンポポで。姉ちゃんがリーダーだった。うちら二人とも「ほかの子たちと仲良くなるためには、こういうとこに入んないと」って学校で強制されてさ、無理やり入団したんだった。でも入ってみたら思ってたより楽しかった。技能章とって、キャンプファイヤーして、道端でクッキー売ったりするやつ。姉ちゃんと一緒だったからかな。とにかく、このときみんなでハイキングに行ったの覚えてる？　山で迷子になって。

かすかに記憶がよみがえった。私たちはパトロール単位で動いていた。先生が山道に沿って設置した標識を頼りにベースキャンプを見つけ出し、そこでミッションをクリアしたら次のベースキャンプへと移動するのだが、行けども行けども次のベースキャンプが現れなかった。標識も煙のように消えてしまった。たそがれ時の山中と四方を覆っていた藪、どこまで進んでも見えてこない道、慌ただしく点滅していた心の中の警告灯と後ろからついてくる、私が責任をもって引率しなきゃいけない五年生、四年生、三年生の三人。その中に私の妹。時間はあまり残されていなかった。日が暮れる前に道を見つけなきゃ。ばくばく言ってた心臓、おしっこが漏れそうだと半べそをかいていた子ども……。

——なんでそんなことになったんだっけ？

——ひとつ前のパトロールの誰だったか知らないけど、悪いやつが矢印をでたらめな方向に変えちゃったんだよ。わざと。

そうだ。あの悪いやつ。誰だったかはわからないけど、なんで世の中にはああいう子がいるんだろう。なんでああいう悪意がやたらめったら生まれてくるんだろう。

――なにがあったんだっけ？

――あのころの姉ちゃんさ、勉強できたし可愛いかったから、隊長もパトロールリーダーの中で姉ちゃんばっかり可愛がってて、だから学校でも敵が多かった。

――うちらの次の子たちも迷子になってた？

――それはわかんないけど……覚えてるのは、もう暗くなりかけてたときに姉ちゃんが大通りに出る道を奇跡的に見つけて、村があって、そこの大人たちがむちゃくちゃ心配しながら、こんな小さい子たちがどうやって道を見つけ出したんだ、あの山は夜になると蛇が出るっていうのに、ほんとにすごい、不幸中の幸いだって……言ってたこと。あとは先生たちが村の人の話を聞きつけて、うちらを捜しに来てさ。

背中をぽんぽんしながら温かい飲み物を手渡してくれた大人の手の記憶がかすかによみがえってきた気がした。ちびっこ四人でどうやって道を見つけたんだっけ。暗かっただろうに。怖かっただろうに。なんかよくわかんないけど、あのときだってできたんだから、もしかすると今だってできるんじゃないのかな。

――姉ちゃん。

――うん。

――子宮の手術のとき、病院に来てくれないかな？　まだ日にちは先だけど、スケジュール決まったら連絡するから。

——……もちろん、当然行かなきゃ。

——手術日までの限定で、母さんのこと少しずつ考えようかと思って。この写真もその間だけ持ってようかなって。終わったら削除するつもり。姉ちゃんが小さいときの写真は別のを持ってようと思ってるからさ。ひとりで写ってる写真、あとでちょうだい。

——うん。

——そろそろごはん食べに行こうよ。お腹ぺこぺこ。

ジェユンが立ち上がった。私は目で写真を撮った。あの子の横顔を、今この瞬間のジェユンの笑顔をずっと覚えていたかった。あの顔を心の中の壁紙にすれば私も自殺しないでいられそうだった。でも一方ではパソコンってものをはじめて手にした昔からずっとそうだったように、私の壁紙はこの先もなくていい、なにもないけど、それでも大丈夫……そんなことを思ったりもした。お母さん、じゃあね。私たち、元気にやってくから。心配しないでふわりふわりと飛んでってね。心の中でつぶやいた。

私は立ち上がってジャンパーをはおると部屋のキーを手にした。窓の外には都会の青い夜が静かに広がっていた。

ピクルス

スクリーンにガラス瓶が浮かび上がった。金属のふたで覆われた瓶の口には赤いリボンが巻かれていて、両手で持てるように両端に持ち手がついた透明な瓶だった。透き通った赤い液体の中には丸く切られたきゅうりに玉ねぎ、キャベツ、ビーツ、ハラペーニョといった野菜がぎっしり詰めこまれていた。

ソンウもずっと前に一度だけピクルスを作ったことがあった。休職していた二年間のとある一日だった。当時はせっせとパスタを作って家で食べていた。作る前にガラス瓶を熱湯消毒しなきゃいけない理由が知りたくて母親に電話をかけた。そうしないと腐って長持ちしないからよ、あんたそんなことも知らないの、大学でいったいなにを勉強したのよ、母親が嫌味を言った。でも保存用の発酵食品じゃないの？　基本的に腐ってる食べ物なのに、また腐るの？　ソンウが訊くと母親はあきれたというように答えた。発酵して腐るのと、ほんとに腐るのが同じだと思ってたの？　ダメになったキムチを考えてみたらわかるでしょ。なにも言えなくなったソンウが家にローリエはあるかと問うと、なにがローリエだよ、そんな見た目用の材料なんて入れなくてもいいの、という答えが返ってきた。母親の両目がよく見えてたころだった。両目がよく見えてたころの母はちょっとやかましい人間だった。黙ってため息をついたり、憂うつになるなんてことはなかった。この世のすべてにケチをつけ、喧嘩を売り、主張し、言い争い、勝利し、高笑いしていた。あまり好きじゃなかった、今は跡形もない母の粗暴な頑丈さをソンウはたまに思い出した。あのとき作ったピクルスは予想してた味と少し違った。ピクルス用のスパイスを入れすぎたのかもしれない。しかもなにを間違えたのか、半分も食べないうちにほんとうに腐ってしまった。

——私たちが生きるこの世界は、巨大なピクルスの瓶だと思えばいいのです。そして、この中のこれが私たちです。

写真の瓶に入ったきゅうり数切れを順番に指しながら講師が言った。

——嫌悪や差別はどこにでもありますから、まっすぐ正しく生きようと自分ひとりがどんなに決心したとしても、漬からないようにするのは簡単じゃありません。それを忘れないことが大切なんですね。

締めのコメントと同時にスクリーンが消えた。質問のある方？　講師が訊いた。後ろのほうで誰かが口を開いた。

——先ほど、授業の中盤で見た動画に出てきた事件についての質問なんですが、加害者と被害者の供述が正反対でしたよね。でも……。

質問者は言いよどんだ。ソンウは後ろを見ようとしてやめた。しばらく沈黙が流れた。

その動画は二つのパートから成っていた。ある性暴力事件を加害者と被害者の観点からそれぞれ再構成したものだった。加害者は中年男性、被害者は大学生だった。加害者のパートには「偶然の出会い」と「自然な親密感」があり、被害者のパートには「意図的な接近」と「就職させてやるという嘘」があった。加害者は家庭の経済状況がよくない被害者に対し、惜しみない「癒しと経済的な援助」を与えてきたと言い、被害者ははじめて会った瞬間から「暴行ではないけれど、言葉による脅迫」を受けてきたと言った。被害者にとっての「レイプ」を、加害者は「愛」と呼んだ。二人の間でやり取りされたいくつかのメールもあった。一方の主張は「レイプされた人間ならば絶対にしないであろう執拗な愛情表現」「関係が疎遠になったことに対する恨みと不満の表現」だったし、もう一方の主張は「加害者に有利な証拠を残しておくために書くことを強要された手紙」「無断で撮ったものをばらまくと脅迫され、仕方なく書いたもの」だった。メール以外の物的証拠は残っていなかった。二人の陳述には交わる点がひとつもなさそうに見えた。完全に平行線だった。

――……私がちゃんと理解できてないからかもしれませんが。二人の話があんなにも合わないのに、そしたら……ほんとはなにが起きたのか、私たちはどうやったら客観的な真実を知ることができるんでしょう。

なんとか勇気を振り絞って続けたらしかったが、質問者の声はさらに小さくなっていた。顔は見えなかったけど、ソンウはその人の気持ちが少しわかる気がした。これはタブーの質問なのではという不安、同じ女性のくせに差し出がましくも被害者を疑ってるのではと自分を恥じる気持ち、それでも消えない苦しい好奇心なんかが入り混じった口調だった。また少し沈黙が流れ、講師がこう切り出した。

——私たちは神ではありません。裁判官でもありませんよね。客観的な真実は第三者の立場では知りようがありません。ただ、この世は力と権力を兼ね備えた加害者の声のほうへと一方的に傾いてますから、私たちはこれまで疎外されてきた被害者の声にもう少し耳を傾けましょう。被害者の側に立ちましょうということです。

ソンウはその言葉についてじっくり考えてみた。確かに正しい答えだったけど、十分な答えのようには思えなかった。なんかもやもやしてる感じだった。そのもやもやについて考えようとすると奇妙な自責の念に駆られた。正しいのに十分な答えだと思えないっていうのは、ソンウが十分な人間じゃないっていう意味のような気がした。

——あれはさ、あんなふうにアプローチしたらいけない問題だよ。誰かが私は被害者だって主張したからって、手を挙げて誰かを名指ししたからって、その相手が加害者だとすぐに証明されるもんじゃない。お互いに事実を確認できない状態で、二つの供述が必死に相手を押しまくってるわけだろ。ただの力比べでしかないもんな。愛と暴力っていうのは、肉から脂身を取り除くみたいにはっきり分離できるもんじゃないんだ。でもそれを分離させてさ、一方は愛だ、もう一方は暴力だって押し通したら、みんな当然だけど暴力だって言葉のほうに耳を傾けるだろ。

芸能人の性暴力事件が起きるたびに夫が言ってた言葉を思い出した。ソンウはそれを聞くたびに体内の血管が小麦粉でふさがれてるような気になった。頼むからその話題は避けたいと思うほどのもどかしさに襲われた。でもソンウが避けても夫はその話題をくり返し持ち出した。

――年間に性暴力被害の告発が五万件あるとして。いや、現実的に考えて四万九千八百八十九件だとしよう。その中にさ、無念にも加害者にされちまった人間はひとりもいないとお前は思うか？　四万九千八百八十九人全員が、ほんの少しの間違いもない真実だけを語ってるって言えるか？　……俺はそうは思わない。そうは思えない。科学的に、物理的に、統計的に、それは不可能だよ。今まで女性の声があんまり聞こえてこなかったのは事実だ。女性が差別されてて、世間が男性の味方なのも事実だと思う。でも被害者の側に立つのと、誰かが冤罪で汚名を着せられる可能性はゼロだって主張するのは完全に別の話だ。誰かの人生が無実の罪でめちゃくちゃになる可能性も忘れないようにしないと。そんなことが起きないように防がなきゃ。

それでも言い足りないのか、いつも夫はねちねちと続けた。

――俺がこんなこと言ってたってツイッターに載せてみろよ。俺の顔と名前をあげてさ、金目当てで肉体関係を持った女の話を俺がでっち上げて、二次被害を量産してるって告発してみろってば。そしたら俺はこっぱみじんになるまで炎上して、会社もクビになるんだろうな。それでも不可能なことを可能だとは言えない。答えてみろよ、四万九千八百八十九人の中に事実を歪曲する人間がひとりもいないって言えるか？　ただのひとりもだぞ？

ソンウは深くため息をついて答えた。

──いるかもしれない。でも、それとは比べ物にならない数の女性が実際にレイプされて、殺されてるじゃない。それを大したことじゃないって思う社会の雰囲気そのものを変えようって話でしょ。

──だからって、そのひとりの人権を無視してもいいのかよ？　これって多数決で解決される問題か？

話がここに至るとソンウは頭がおかしくなりそうだった。あの論理を論破しなきゃいけないのに、どうするべきか答えが見つからなかった。その次に言うべきことを見つけられない自分が情けなかったし、情けなさの次にはあり得ない想像が追いついてきた。整然とした答え。機械から出力される簡潔で明快な結論。言うならば、「愛」または「暴力」。全人類の体内にバイオチップを移植する。そこには他人と会って関係を結びながら持った感情、二人の間にあった出来事、やり取りした言葉や行動、すべての身体的・精神的な反応と、それに対する当事者の記憶や解析が記録保存される。トラブルが発生したらその情報がスーパーコンピュータに転送され、総合的に分析された「客観的な真実」が抽出される。人間ではない完ぺきな存在が裁判官となって、二人の相反する陳述の間で誤りのない本物の真実を導き出すのだ。人間ならではのためらいや体温のせいで生じる盲点みたいなもののない、容赦なく機械的な真実。「暴力行為があったと見られる」という人間の言葉ではなく、実在していた暴力を直に見て解析する司法システム。ソンウはこんな想像をしながら、「暴力」「暴力」「暴力」と印刷された判決文が山積みになっている光景を思い浮かべていた。でも、人間がやったことをそこまで完ぺきに判断できる人間じゃない存在なんて果たして可能なんだろうか。どんな人間がそれを創り出せるんだろうか。それに自分の人生のあらゆる秘密をそんな簡単に他人へ預けようとする人なんているんだろうか。

*

後輩のユジョンからメールが届いたのは彼女が退社して一ヵ月が過ぎたころだった。ほかの社員と違って送別会みたいなものは開かれなかった。ある日を境にユジョンが出社しなくなり、その次に退社が報告された。健康上の理由だと言っていた。

ソンウはユジョンと親しいわけではなかった。二人で食事に行ったこともないし、メールのやり取りをするほど親密な間柄とは決して言えなかった。ソンウは訝しく思いながらメールを開いた。

そこには編集長にレイプされたという話が書かれていた。意に反してモーテルに連れこまれたという内容だった。この事実を誰にも言えないのが苦しくて退社を選んだが、今さらながら悔しくてつらくて耐えられないとユジョンははっきり書いていた。先輩、助けてください。こんな話ができる相手は先輩しかいません。私はどうしたらいいですか？

なんで私だったんだろう。

最初にソンウの頭に浮かんだのは、そんな思いだった。

＊

知らない人だったら、決してためらわなかったはずだ。

顔も知らない多くの被害者が書いた文章を読みながら怒りに震え、なんとしてでも支持して連帯するぞと決心を固め、その誓いを声に出すことは簡単だった。でもユジョンを「知ってる」ってこと、女性が相手の女性を知ってるという事実が、被害状況を前にして一切の行動を起こせなくさせてしまうんだとしたら、その「知ってる」って一体なんなのだろう？　人が人を知ってるってことは、なんの役に立つんだろう？　私のこの反応はユジョンをどんなふうに知ってるからなんだろう、ソンウは考えた。

ユジョンは一回り年下だった。彼女がインターンの記者として入社した日、編集部は無理してタクシーに分乗し、とうとう弘大《ホンデ》前まで乗りつけた。無理して年齢制限のないクラブまで見つけ出した。興奮してたのか、浮き立ってたのか、踊りながらクラブへ向かって歩くユジョンの後ろ姿を見たソンウは思った。若いんだなあ。ソンウがクラブの入り口に座って缶コーヒーを飲んでいると、中から全身汗まみれのユジョンが出てきてソンウの横に座った。

——先輩、煙草ありますか？

ソンウが煙草を差し出すと、ユジョンはラップを口ずさむような口調で言った。

——おお、メンソール！　私の好きなやつだ！　いい予感がします！　今日は気分サイコーです、サイコー！

物珍しかった。生き生きしてて弾けそうな子だった。でも、その生気にはどこか人工的な面があった。ユジョンはしゃべってる間もずっと肩を揺らしながら踊っていた。カールさせて外側にはねさせたボブヘアがゆらゆら揺れていた。目は無表情なのに口は思いっきり笑っていた。初出勤の緊張をオーバーアクションでほぐそうとしてるのか、そうしないとこの組織に早くなじめないと信じこんでいるのか、元からそういう性格なのかはわからなかった。ユジョンはソンウの横に座ってひとしきり芝居がかった口調で話し続けた。なんの話をしたかは思い出せない。ひとり言に近い話だった。

ユジョンは仕事にはすんなり慣れたほうだった。芸能週刊誌のできる記者の基準が、一に締め切りを順守すること、二にホットなアイテムを企画する能力があること、三に最初の企画どおりに記事をうまく展開させていくことくらいだとすると、ユジョンは三つすべての基準にぴったり当てはまる新入社員だった。原稿は超スピードで書いたし、ターゲットとしている読者層の関心事やトレンドを読み解く能力も優れていた。もちろん現場歴が求められる産業を分析する記事なんかには苦労してたけど、ヒューマンストーリーとかインタビューみたいな軽く読める軟らかめの記事は、かなり上手に書き上げるほうだった。

問題は同期入社のスギョンとユジョン、二人の仕事を処理する能力に差がありすぎることだった。スギョンは寡黙な性格と同じくらい書くのも遅く、短いリードを前に延々と悩み、ようやくひとつの文章を完成させるスタイルだった。そうやって苦労して書き上げた文章は重厚だから輝いて見えることも多くて、ソンウはひそかにスギョンを応援していた。でも書き上げるのが遅いっていうのは、週刊誌の特性という点で考えると致命的な弱点だった。スギョンのせいで間に合わなくなるかもという二度の危機を乗り越えた編集長は、彼女に書かせる原稿の量を大幅に減らした。減らした分はユジョンの担当になった。どっちにしても雑誌は出さなきゃならなかったし、ユジョンのほうができるのは誰もが認める事実だったから仕方なかったけど、仕事をたくさんもらったユジョンは徐々に上達していき、どうでもいいような短いニュースばかり書くようになったスギョンは原稿のクオリティすらも悪化していった。

ユジョンを見る女性社員の視線に刺を感じたのはインターンの三ヵ月が終わったころだった。彼女は正記者になり、結局スギョンは別のチームに配属されることになった。文章を書く仕事とは無関係のマーケティング部署だった。ソンウは気の毒に思ったけど、歳を食ってるだけの契約職の編集記者には人事にかんする意見を述べる権限はなかった。スギョンの送別会があった日、ソンウは久しぶりに遅くまで酒を飲んだ。ユジョンにスギョン、男性記者も帰って女性の後輩三人とソンウだけになった三次会の席で後輩たちがおかしな話をはじめた。

編集長とユジョンがつき合ってるというのだ。

——あの子、ブログやってるんですけど。ちょっと前に二人でセブ島に行ってきた写真がアップされてて。編集長は出張で、ユジョンは週末を挟んで月曜に有休とった週です。それに……ユジョン、あの子の時計。あれって編集長が買ってくれたんだって書いてました。

頭ががんがんしてきた。そして、いつからかユジョンがひとりでお昼を食べるようになった理由を理解した。昼休みの前からソンウの横に張りついては黙ってうろうろしていたのも、一緒に食べる相手がいないから誘ってほしいという信号だったようだ。その信号をキャッチするにはソンウは鈍すぎた。いや、鈍い人であることを選んだのかもしれなかった。

そういえばユジョンに原稿の字数を減らしてほしいと言ったとき、三、四行だけまとめて抜きとればいいものを、それこそ十五ほどの文章を校正紙が真っ赤になるほど余白に書き連ねて、「先輩、この前の段をこんな感じに要約してみるのはどうでしょうか？　そうじゃなかったら後ろの部分をこの文章にして、順序も少し変えてみましょうか？」と、ちょっと変だなと感じるくらいの気遣いを見せながら話しかけてきたことも今更ながら思い出した。

ユジョンはなにをしても目につく際立った子だった。見た目で圧倒的に優位な女が集団になじむのに人の数倍の努力を要するのを、ソンウは学生時代から幾度となく目撃してきた。そういう女は冷たくても、口数が少なくてもダメだった。「ああいう子にも、おちゃらけたとこがあるんだね、抜けてる一面が」って具合ににやりと笑えるような、おかしかったり人間性に好感を抱けるポイントが必須だった。ユジョンもそんなケースだった。でも、あの子の努力はこの会社では功を奏しなかった。必死すぎた。自分の味方になってほしいっていう救助信号が強烈すぎたし露骨だった。だからもがけばもがくほど目立つようになり、反感を買って空回りしてしまった。ソンウは何ひとつ助けてあげられなかったけど、そんなユジョンが気の毒だという思いはあった。

でも今回の件はそれとは別の問題だった。巷でよく聞く話なんだろうけど、こんな近場で勃発するのは初だった。編集長は四十二歳の既婚者だ。ほんとうに知りたくなかった。

——好きだったんでしょ、どうせ。だからあんなに仕事も任せてたんだろうし。ユジョンがうちらの中で原稿量が一番多かったのは、先輩もご存じですよね？

後輩のひとりが軽蔑を込めて舌打ちするとソンウの携帯電話にリンクを送った。ユジョンのブログのアドレスらしかった。ソンウはいかなる行動もとりたくなかったけど、後輩たちがずっと見つめてるので仕方なくリンク先に入ってみた。数枚の写真がアップされていた。ヤシの木が見え、海岸を背景に二人で撮ったカップル写真みたいなのがあった。ソンウはそこまで見て画面を閉じた。二度とそのページには入りたくなかった。知りたくなかった。

私と編集長は親しい仲でした。望ましくない関係だとはわかっていました。私も別れようと決心したのですが、あの人に引き止められて関係が続いていました。そんな中、あんな目に遭いました。

これまでの件があるので私が悪かったんだ、口実を与えてしまったんだと自分を責めてきましたが、ある本で「性暴力のほとんどが親しい間柄で起こる」という一文に触れ、勇気を振り絞りました。静かに解決したいとも思いましたが、この事実を会社の人に知ってもらわないと、第二の被害者が生まれるかもしれないと考えるようになりました。でも、私ひとりではどうするべきなのかわかりません。先輩、どうか私のことを無視しないでください。

＊

ソンウはメールの受信トレイを穴が開くほど見つめていた。なんで自分にメールを送ってきたのか、ようやくわかった気がした。ソンウしかいなかったのだ。会社で最年長の女性の先輩。取材チームのメンバー同士で対立や諍いが起きてもいつも静かに事態を見守るだけ、うかつに漏らしたり巻きこまれたりしない中立的で口の堅い先輩。ほかの誰がユジョンの側に立ってくれるだろう。女性アイドルの記事を毎回おかしな語調で書いてはソンウの頭を悩ませてる男性記者たち？　もしくはユジョンを仲間外れにしてきた女性記者たち？

それでもソンウはこう考え続けるだけだった。

なんで私だったんだろう。

ピクルスの瓶みたいなこの世界できゅうりとして生き残ろうと、これまであらゆる場所から飛び出したり、弾き出されたりしながら生きてきた。問題が明るみになるたびに関係を断ち、購読をやめ、不買運動に参加し、署名し、共有やリツイートをして、「いいね」を押してきた。自分で闘ったこともあった。労働組合に加入して、日差しを浴びながらプラカードを手に社屋の前に立ったこともあった。そうこうしてるうちに精根も気力も尽き果てて手を引いた。問題がまともに解決されたことはなかった。責任者たちは上っ面だけの謝罪をしては時が過ぎるのをひたすら待ったし、そうしてる間に世論は悪いほうへ向かって、下にいる労働者だけが職を失った。骨と肉が燃えつきるまで闘い続ける力量はなかった。休んだ。ようやくパワーチャージしてほかの場所に移った。移って、また移った。ある会社では給料未払いのまま社長が海外に逃げてしまい、ある会社では明らかに編集者として入社したはずなのに、社長が運営する怪しい社交クラブの会員に渡す会員証や記念品を作る仕事だけで一ヵ月過ごさなきゃならなかった。長いこと悩んでから支援を決めた市民団体では、代表が数年にわたって後援金を横領してきた事実が明るみに出た。ここだけは絶対に大丈夫だろうと思って入った会社では、上司のひとりがデート暴力の加害者だと明らかになった。社名があらゆるSNSで拡散されると、ソンウが家まで会いにいってようやく契約にこぎつけた、なんとしてでも書いてもらいたかった著者たちが契約解除のメールを一斉に送りつけてきた。

二十代で社会に出たときにソンウが夢見ていた世界は巨大な円だった。三十代後半になると、それはパイのかけらみたいな形をした狭い扇子に成り下がっていた。問題のある部分を少しずつ削ぎ落とし、くり抜き、後ずさりして関係を断ったり、さもなければ追われた結果だった。労働の対価を踏み倒されたり、不当解雇されたり、汚名を着せられたり、上層部が犯した罪の巻き添えを食って羞恥や冷遇に耐えたりする心配のない職場が見つかる可能性の大きさでもあった。求人サイトをくまなくチェックしたり、働き口の紹介を頼もうと前の職場の先輩に連絡をしてると、「思考みたいなものは贅沢品」というひとり言が喉まで出かかった。倫理のため。良心のため。そうやって躍起になって、避けて、逃げても、結局は汚れるのに。子どもがいたらどうなってたんだろう。ソンウはたまに思った。子どもがいたら、今よりもう少し早く気づいてたかもしれない、そう考えたりもした。そして母が倒れた。

新婚で家を借りる保証金のために多額のローンを組んでたし、いろいろあってきちんきちんと賃金が入ってこない時期も結構あった。最初から給料が安かった夫の会社は経営悪化で給料が三十パーセントもカットされた。でも母が健康だったときは今みたいに袋小路へと追いやられた気分になるほどじゃなかった。糖尿病の合併症で白内障と関節炎を患った母が三度にわたって目の手術を受けると、ソンウは追いつめられるようになった。肉体的に、具体的に、窮《きゅう》鼠《そ》のように追いつめられるようになった。カード会社から電話がかかってくると心臓がばくばくした。母がいないと食事を用意して食べることもできない父に母の世話はとても無理で、手配した付き添いの人の費用も払わなきゃならなかった。えり好みして、もったいぶってる状況じゃなかった。ソンウは新卒のときに自分を雇ってくれた女性の先輩に電話をかけた。「実家」だった。三十五になるまで線を作れず、食卓に跳ねたキムチの汁みたいに点々と跡だけ残して散らばってるソンウの経歴を受け入れ、まだマシな報酬を支払ってくれるたったひとつの場所でもあった。ソンウが作ってた文化芸術の週刊誌はかなり前に廃刊になっていたけど、その先輩はあらたに創刊された芸能週刊誌で編集長を務めていた。先輩はソンウのために、それまで校正校閲のアルバイトにやらせていた編集の仕事に、記者という肩書きまで用意してくれてから退職した。そして今の彼が編集長になった。

週刊誌の締め切りの本格的なスタートは水曜日だ。水曜日と木曜日は会社で徹夜しないといけなかった。事務所の片隅に簡易ベッドを広げ、校正紙を待ちながら一、二時間ほど眠った。原稿のない月曜日と火曜日は事務所の机で外注の校閲アルバイトをしていた。事務所の全員が知っていたけど見逃してくれた。

なんで私だったの。そんなことできるような人間じゃないのに。

ソンウはメールボックスに向かって尋ねた。正直に言うと「問題」になるような話は聞きたくなかった。以前だったらともかく、今はもう知りたくなかった。ユジョンに返信する想像をしてみた。電話をかける想像をしてみた。女性団体に電話しなきゃいけないのかな。一緒に弁護士事務所に行かなきゃいけないのかな。でも、ユジョンの望みは「会社の人に事実を知ってもらうこと」だった。そのあとに生じるであろうすべての事態はソンウが泥をかぶることになりそうだった。

ずっと前にソンウがまだインターン記者で、今の編集長が役職のない記者だったころの記憶がかすかによみがえった。当時の彼のあだ名は「マナーマン」だった。ソンウに働き口を用意してくれた、あの女性の先輩がつけたあだ名だった。会社の食事会が深夜まで続いてバスがなくなってしまうと、家が同じ方向の彼が盆唐《ブンダン》にあるソンウの家まで乗せてってくれた。一、二回を除いて毎回そうだった。家の前まで出てきて待っていた母はそのたびに激怒していた。こんな若い子に毎日のように酒を飲ませるなんて、いったいなに考えてる会社なんだろうね！と母が手のひらで引っぱたくと、彼は顔を赤らめながら何度も深々と頭を下げていた。

＊

――酒が入るよ。ぐい、ぐいぐいぐい。ぐい、ぐいぐいぐい！　いつまで肩振りダンスさせるんだ。この肩を見てみなよ。脱臼しちゃったじゃん。

みんなが一斉に肩を揺すって踊りながら歌った。ビールグラスを手にした人が酒を飲みほした。きゃー！　けたたましい笑い声が響いた。

そんな歌を聞くのは生まれてはじめてだった。会社の食事会だったら気が重くて不快に感じたかもしれなかった。でも女性だけでオープンな会話をしているところに聞こえてきたそのコールは、奇妙さと同じくらい情も感じられた。

韓国女性民友会［一九八七年に女性労働者と主婦が職場や家庭、そして社会において自らの権利を見出すために設立された女性運動団体］が行っている「性暴力被害に共感するはじめての人」は、実際の司法システムがどれほど加害者を中心に回っているかを調べ、被害者の権利回復を促すために活動しているとあった。ネットで紹介されてるのを見かけたソンウは少し考えてから申請メールを送った。二ヵ月の間、週に一度ずつ集まって性暴力とフェミニズムについての講義を聴き、討論をくり広げた。そして最後に性暴力事件の刑事裁判を傍聴してモニタリングを行った。裁判所という威圧的な空間に足を踏み入れるのも、裁判官や検事、弁護士の実物を見るのもはじめてだった。午前中の裁判ではいくつかの事件に対して判決が言い渡された。午後の法廷ではある事件がかなり深いところまで掘り下げられた。

弁護士とともに被告人席に座った人物は黒いスーツを着ていた。S大の大学院生で、欠食児童のためのボランティアサークルで活動していると言った。サークルで一日だけ飲み屋を貸し切って酒やつまみを売り、収益金を寄付するパーティの席で偶然に出会った被害者と一緒に飲みはしたが、強制わいせつは絶対にしていないと被告側の弁護人は述べた。話をしていたら被害者が人生に自信を持てずにいるように見えたので、そんなことはない、勇気を出すようにと肩を叩き、頭を撫でる過程で膝にも手を置くようになっただけだと言った。大量に飲みはしたが、被害者側が主張しているように人気《ひとけ》のない場所へ強引に引っ張っていったことはなく、酔いをさますために二人で公園のベンチにしばらく座ってから、被害者をタクシーに乗せたとのことだった。被告側の弁護士は、被告人がこんな事態に巻きこまれたのははじめてのことだ、小さいころから親に厳しくしつけられて育った名門大学の大学院生で、異性に対して保守的であり、したがって被害者側が主張するようなひどい行為をするはずがなく、膝をちょっと触れた以上の被害を裏付ける証人や物的証拠もない、この告発が大学院の卒業に大きな支障を招いているため、どうか善処してほしいと弁論を続けていった。被害者は彼氏もいるのに、他大学のパーティに参加して知らない男性と酒を飲んでいた点も考慮してほしいという言葉が弁護士の口から出ると、ソンウの前列に座っていた団体のメンバーたちが一斉に、はあーと大きなため息をついた。午前中から疲れたようすだった検事は口数が少なかった。これといった特徴もない短い最終弁論とともに懲役二年を求刑した。被告人は膝を触ったところまでは深く反省していると悔いていた。今後も反省しながら生きていくと述べていた。でもそれ以上の部分については、自分はそんな人間ではありませんと言った。彼の声はひどく震えていた。判決を言い渡す日にちが告げられて裁判は閉廷した。全員のペンが忙しく動いていた。モニタリング報告書に書くことがたくさんあった。

おそらくあの被告側の弁護士に対する公憤からだろう、打ち上げの席が急きょ設けられた。「はじめての人」の活動は終わったけれど、あの裁判の判決が言い渡される瞬間は必ず見届けなきゃと、みんなは口をそろえて言った。ソンウも裁判を見ながら少なからずショックを受けた。理論で学ぶのと現実は違った。夫に言うべき言葉も少しは見つかったという気がした。でも心の中に小さな泡を立てながら沸き上がる自身の怒りや幻滅を、ソンウははじめて目にする知らない生命体を観察するかのように不安な気持ちで覗きこんでいた。

性暴力の被害やフェミニズムに興味があって「はじめての人」の活動に志願したわけではなかった。ユジョンのメールに返信できなかったからだった。ほかの人たちにとってはそうじゃないんだろうけど、ソンウにとってこの活動は回避だった。共同体の中で起きた暴力事件を解決するよう促された責任者が図書館に行って人間の本性について書かれた学術論文を読み、暴力について深く考える外国の哲学書の中に潜りこむ行為と本質の部分は一緒だった。週末のたびに実家へ行って母の顔を見るようにはしているけど、どこが痛むのか、どんなふうにどれくらい具合が悪いのかとは一言も訊かずに食事だけして帰ってくる理由とも似ていた。

二ヵ月の間、黙って講義を聴くだけの関係だったのがもったいなく、互いに訊きたいことも溜まっていたのか、みんなすぐに心を開いて普段は口にしない本音を打ち明けはじめた。誰かは離婚した自分に対する周りの視線がどんなに差別に満ちたものだったか語り、誰かは性的マイノリティだと打ち明けた。別の誰かはどうやって家庭内暴力から生き残ったのかを低い声でゆっくりと話してくれた。女性だけで、女性同士で、これほど和やかで率直な会話を交わすのははじめてだったから、ソンウはとても不思議だった。何度もこみ上げてくるものがあったし、深く頷きもした。とにかく歓待されている気分だった。でも簡単には口を開けなかった。全員がひとつずつ秘密の話を終え、最後にソンウだけが残った。誰も強制はしなかったけど、ただソンウだけが一言も話さずに酒ばかり飲んでいた。

——私は……いつの間にか借りが増えてしまって。

ソンウがやっとの思いで短くそう言うと、隣の人がソンウのグラスにビールを注いでくれた。

——生きてれば、返せますよ。借りはね、どっちみち返すようにできてるんですから。

＊

会社での日常は何事もなかったように続いていた。原稿を読み、間違った分かち書きを正し、分量オーバーの原稿を削った。秋夕《チュソク》［収穫に感謝し、先祖の祭祀や墓参りなどを行う祭日。旧暦の八月十五日と定められている］の特集号の締め切りがやってきて、過ぎ去り、一週間の休暇が与えられた。婚家と実家に顔を出し、油っこい秋夕の料理でもたれた胃をラーメンで労わりながら自宅でテレビを見ていたソンウは、携帯に残っていたずっと前のリンクに入ってみた。

ユジョンのブログのアドレスは変わってなかった。以前ちらっと見た写真は削除されていた。代わりに苦しみを綴った短い日記が数日おきに書かれていた。読むのがつらかった。閉じようとしたときに自分の名前を発見した。

ソンウ先輩から連絡があった。

体が硬直して動けなかった。何度も読み返したけど、はっきりとそう書いてあった。

返事が遅くなってごめんと書いてあった。

ソンウはリンクを閉じ、ふたたび開いた。日記はやはりそこにあった。

ソンウ先輩が、自分が悪影響をこうむるかもしれないのを覚悟の上で会社に対して正式に問題を提起し、編集長と闘っているというストーリーが一ヵ月にわたってぽつりぽつりと書かれていた。

心を落ち着けようと意識しながらソンウは読み続けた。

そのソンウ先輩は、同じ編集者という立場の自分が声をあげるのはどうかという迷いがあって今まで動こうとしなかったと謝罪し、自分の代わりに女性団体に連絡してカウンセリングを受けるよう手伝ってくれ、ユジョンが自傷行為をしたときも家に駆けつけて病院に連れていき、治療費も払ってくれた人になっていた。

私のことを何度も思い出した、もう我慢していてはダメだと感じ、勇気を出そうと決心したんだって先輩は言ってた。

ソンウはゆっくり呼吸した。どんなにゆっくり息を吸って吐いても、心臓がばくばくする音が喉の真ん中へんから聞こえ続けていた。日記の最後の日付は一ヵ月前だった。

*

ソンウは編集長の顔をゆっくりと覗きこんだ。肝臓の数値のせいで一滴も酒を飲まない彼は会食の席で唯一まともな顔をしていた。その顔から目をそらしたい衝動をぐっとこらえて口を開いた。

——先輩は最近、大丈夫ですか？

——大丈夫って……なにが？　いつもどおりだよ。歳とって体がきつくなるばっか。で、なんだよ？　お前、なんかあったの？

心の中で十まで数えた。テーブルの下で手を広げてから拳を作ってぎゅっと握った。拳の形を意識しながら呼吸した。十一、十二、十三。

——ユジョンは元気ですかね？

ソンウは息を吐きだした。

——え、あいつがなんで？

どれだけのスピードで目をそらすのか見ようと思った。でも彼の視線はそのままだった。目を数回ぱちくりさせるだけだった。

——ユジョンのこと、なんか聞いたのか？　最近どうしてるって？

——なにか言うことありませんか？

——言うことって？

——先輩に、性暴力の、被害に遭ったと言ってましたけど……ユジョンが。

拳をもう一度ぎゅっと握りしめた。息を大きく吐いた。目尻が震えてるのを感じた。でも驚いたことに、それでも彼は目をそらさなかった。

——あいつがそう言ったのか？
一、二、三、四、五、六、七。七まで数えたとき、彼が目をそらした。
——性暴力だなんて……あいつから仕掛けてきたんだぞ。
十二、十三、十四、十五。
——あいつが、俺を、あからさまに誘惑してきたんだって。

編集長はあきれたと言うように笑った。顔の皮膚の下で憤怒がゆっくりと頭をもたげていた。どこかで見たことのある、見慣れた憤怒の表情だった。

——記事だってさ、面白いのをまとめて自分に回してくれって言ってきたし。

——……。

——たしかにさ、あいつとつき合ったのは悪かったと思うよ……情がなくなったとは言っても家族は家族だし、俺は家庭のある人間なんだから……でもさあ、ソンウ、脅迫されたのは俺だぜ？　どうやったのか知らないけど妻の電話番号を手に入れてたんだぞ？　俺が別れようって言ったらさ、電話してなにもかもぶちまけるって言いだすし。あいつはな、戦略的な人間なんだよ。人をどんなふうに扱うべきか、徹底的に把握しきってる。

——……。

——しばらくは俺も振り回されてたけど、こりゃダメだと思って電話を受信拒否に設定した。そしたら辞めちゃったんだぜ？　罵詈《ばり》雑言を浴びせながら。そのくせ、そんなこと言いふらしてんのかよ？　俺を陥れようって魂胆なんだな。

ソンウは後ろに下がって座った。肩がいつの間にか縮こまっていた。彼が拳でテーブルを叩いたり、もっとひどいことをしそうだったからだ。彼の顔は紅潮していた。こめかみの横に浮き上がった血管が動くのが見えた。

——……そう来たか。覚悟しろよ。

——……やめてください。ユジョンに連絡しないで。連絡するんなら、私たちも黙ってませんよ。

——「私たち」って誰のことだよ？　……取材チームのみんな？　ジウン？　ソンミン？　ヒジェ？　……じゃなかったらお前とユジョン、二人ってチームなのかよ？

ソンウは答えられなかった。ユジョンとソンウは「私たち」ではなかった。ユジョンと「私たち」になる人がいるとしたら、それは彼女のブログに登場する「ソンウ先輩」でソンウではなかった。

——ソンウ、お前は巻きこまれたんだよ。引きずりこまれたんだって。あいつ、元からちょっと不安定な子だったし。知らなかった？　……なんにも知らなかったのか？

——そういうことが、あったんですか？

——どんなことだよ。

——そういうことが、あったのかって訊いてるんです。

——あれは、レイプなんかじゃなかった。わかったか？　……今日の話は聞かなかったことにするから。俺もこれ以上お前に嫌な話をしたくない。順調に会社員生活を送ってたのに、なんだよこれ？　お前さ、誤解してるみたいだけどやめてくれよ。解かないと深刻な問題になる誤解だぞ、これって？　……それからさ、お前、ほかの連中にもこの話するつもりか？

——……。

——そしたら俺も誰かにお前の名前を言わなきゃならなくなる。お互いに、そういう事態は避けたほうがよくないか？　そうだろ？　お前は物分かりもいいし、ぺらぺら話すようなヤツじゃないだろ。

ソンウは眠りから覚めた。全身が汗でぐっしょり濡れていた。

＊

ユジョンのブログに文章が掲載されなくなった。会社にいるときは問題なかった。でも帰る時間になって事務所を出ると反射的にそのブログを開くようになっていた。意志でどうにかなるものではなかった。携帯電話からブログのアプリを削除してしまった。でも一日も経たないうちに、またインストールしていた。パソコンにあったアドレスを消し、パソコン内に保存されている情報も削除した。でも、頭の中に入力されているアドレスまでは消せなかった。

夢は時折やってきた。まるでユジョンの最後の日記からバトンタッチでもしたかのように、ソンウはずっと編集長が出てくる夢を見続けた。現実の世界で編集長に会うときは頭の中が空っぽにでもなったみたいに、なにも考えたり感じたりしなかった。防衛機制だった。感覚が自らを焼いてなくしてしまおうと決め、実行に移したらしかった。

夢ではそうはいかなかった。全部がものすごく具体的に見えて、鮮明に聞こえた。触れられたし、感じられた。顔は火照って脈は速くなり、頭の中は氷のように冷え切っていた。手が震え、脚はがくがく、喉が渇いていた。夢の中のソンウはたまに大声をあげていた。一度も使ったことのない言葉遣いで話していた。悪態をつき、テーブルに手を叩きつけ、制止しようと近づいてきた知らない男性と胸ぐらをつかみ合ったりもした。

何度も夢がくり返されるうちに、ソンウはより正しくて、勇気があって、妥協しない人間へと少しずつ変わっていった。正確に言うとそれ以上だった。ユジョンのブログは編集長からどうやって謝罪を引き出すかソンウが模索するところで止まっていたけど、夢の中のソンウは謝罪までさせていた。編集長の謝罪文は長くてつじつまも合ってなかった。公開謝罪文を社内のSNSに掲示した彼は責任を取って会社を去った。性暴力加害者の教育プログラムを受け、ユジョンに示談金を支払った。

いつからかユジョンも夢に現れるようになった。以前と同じように健康的で空気の読めない溌剌《はつらつ》とした姿で、ソンウの腕をぎゅっと握って立ちながら笑っていた。夢の中のソンウは切ったばかりのきゅうりみたいに白くて若々しかった。漬かる前に、酸っぱくなる前に、熟れたり腐ったりする前に、ピクルスの瓶のふたをこじ開けて外に飛び出したみたいだった。

＊

ユジョンの日記が再開されたのはクリスマスを二週間後に控えた水曜日だった。以前の日記は全部きれいに消されていた。新たに書かれた最初の日記はたった二行だった。『ラ・ラ・ランド』を観た。愛の力とは。ソンウは思わず、ああと声をあげていた。よかった……つぶやきかけて口を閉じた。もうやめようと思った。もう見るのはやめなきゃ。ユジョンはドラマの登場人物じゃない。彼女の日記は久しぶりにあげられた新しいシーズンのエピソードなんかじゃない。ソンウは自分がおぞましかった。でも、やめようと思ってたところにまた日記があげられていた。

ソンウ先輩に会った。大学路《テハンノ》でパスタを食べて、お酒を飲んだ。先輩は最近やたら肉がついたと心配していた。食べてないのにお腹いっぱいになるし、太るって。私は食べても食べても痩せちゃうのに。ほんとにたくさん食べようと頑張ってるのに四十キロいかないし。私の体重を先輩が持ってってるんじゃないか、そう思った。私たち、つながってるのかな。なんで、こんなにつながってるのかな。そう考えたら痩せてるのも悪くない気がしてきた。すっごく優しい気持ちになっちゃって、家に帰る間ずっと温かった。

ソンウは気にしないようにしようと思った。でもその日から一日に二度ずつ体重計に乗るようになった。いつの間にか三キロ増えていた。気分のせいだろうと思った。

半月が過ぎてソンウは病院に行った。本来の体重から九キロ増えていた。妊娠検査で妊娠はしてないと確認し、食事の量を半分に減らし、夕飯を抜くようになって一週間だった。いくつかの検査をしてから医者に尋ねた。

——こんな短期間で、ここまで太ることってあるんですか？

——ありますよ。自律神経や内分泌の機能に異常がある場合は。もしくは強いストレスにさらされ続けたときも、そうなることがあります。

——食べる量を半分に減らしてるのにですか？

——ストレスがひどくて、無意識のうちに食べてるってことはありませんか？

——それはないです。

——確かですか？

検査の結果、体の機能にはなんの異常もなかった。医者は食欲を抑える薬を処方すると、一週間後にまた来るようにと言った。

*

十一キロ増えたところで体重は止まった。太ったのはかまわなかった。食事の管理をしてるのに減らないのはおかしかったし、体形が変わったのもきつくて慣れなかったけど、これまでの人生、もっと悪いことはいくらでもあった。でも恐怖が増していくのはどうすることもできなかった。どうやったらこんなことが可能なんだろう？　ソンウにはわからなかった。ユジョンがソンウを恨んでるのは確かなようだった。それは理解できた。でも、それ以外は頭が理屈についていかなかった。自分の精神と肉体はあのストーリーに乗っ取られたんだろうか？　それとも偶然の一致？　ついに私の頭がおかしくなってきた？

次の日記はまた短くなっていた。

ソンウ先輩の話に涙が出た。先輩みたいないい人に、どうしてそんなことが起きるんだろう？

「そんなこと」ってどんなことなのか訊いてみたかった。体が震えてきた。気味が悪くてしかたなかった。ソンウは自分自身を説得した。もうほんとうにやめるべきだった。

＊

ランチタイムのさなか、後輩がふと思い出したように言った。

——そういえば、何日か前にユジョンを見かけたんだ。現代《ヒョンデ》デパートの地下で。彼氏っぽい人と一緒だった。

ユジョンの名前が出ると雰囲気が一瞬のうちに凍りついた。誰も、なにも言わなかった。ソンウが尋ねた。

——あのあと、ユジョンから連絡もらった人っている？

——どんな連絡ですか？

——どんなのでも。

ソンウは後輩三人の表情を順番に探った。そういうことを隠す子たちではなかった。連絡をもらった人はいなかった。

——先輩……念のために申し上げるんですけど。

そう切り出した後輩はしばらく口ごもってから話を続けた。

――気をつけたほうがいいと思います。

――なにを？

――ユジョンについて、話してないことがあるんです。あの子……現実と想像の区別がつかないんです。起こってもいないことが現実にあったと思ってたり、実際にそう言ったりするんです。起こってほしいって願ってることも現実にあったみたいに話すし。自分のブログに私たち三人について順番に書いてたことがあって……。

――なんて？

――私の場合は、私があの子を殴ったって。

――あなたは殴らなかった？

後輩たちの表情が一斉に硬くなった。

――……もちろん殴ってません。

――そうなんだ。

――……。

――どうしたの？

――先輩、私が先輩だったら、「あなたはもちろん殴ってないよね？」って訊いたと思います。

――……そうね、そうだよね。私ったら。ごめん。話を続けて。

――その次は……うまく言えません。

——どうして?

——あの子……私たちのことが大嫌いでした。私たちがこうしてこうなったって書いてたんですけど。まるで小説みたいに。でも、その内容は記憶から消したいんです。あまりにもひどかったから……。

*

ソンウは編集長の顔をゆっくりと覗きこんだ。肝臓の数値のせいで一滴も酒を飲まない彼は会食の席で唯一まともな顔をしていた。

——お前はさ、ぺらぺら話すようなヤツじゃないだろ。俺はさ、ソンウ、だからお前を気に入ってんだってば。

編集長が笑った。

——……謝るべきだと思います。

——はあ?

——私にもやったじゃない。

——……なにを?

——あのとき、私がインターンだったとき、車で、セクハラしたこと、謝れって言ってるの。

編集長がへえ、と声をあげた。あきれたという口ぶりだった。周りを見回して声をひそめた。午前二時だった。記者はみんな帰ったあとだった。最後まで残ったのはソンウと彼の二人だけだった。

——どんなセクハラ？

編集長が笑った。酒に酔ってほぼ意識のない女性にキスして、服の中に手を入れた程度で、なにがセクハラだよと言わんばかりの笑みだった。

心の中で十まで数えた。十一、十二、十三、十四。彼が目をそらした。

——……ああ、そうそう。ごめんよ。悪かった。俺がやりすぎた。

簡単すぎた。彼はまだ笑っていた。ソンウは編集長の目をまっすぐ見つめた。唇をかみしめた。テーブルの下で握った両方の拳に精神を集中させた。しばらくそうしていると彼の表情が変わった。

——……申し訳ない、ソンウ。心から謝るよ。俺が悪かった。お前に対して、やっちゃいけないことをした。

——……。

——……でもさ、ユジョン、あいつには間違ったことしてないからな。合意の上での関係だったし、きれいに挨拶して帰ったんだって。誓える。

——……。

——お前さ、今日の話、誰にも言わないよな。
——……。
——約束しろ。
——……。
——約束しろってば。
——できません。
——はあ？　……そうか、じゃあ勝手にしろ。

＊

帰宅して部屋のドアを閉めるとようやく涙が流れだした。服を着替える手がぶるぶる震えた。ソンウは自分のやったことが信じられなかった。そんなつもりはなかった。押し出されただけだった。狭い空間に耐えきれなくなった言葉の数々が衝動的に飛び出してしまったのだった。ユジョンを思っての行動ではなかったのかもしれない。葬儀に参列して家に入る前に塩を撒いたり、猟師が仕留めた獲物の呪いを避けようと死骸を前に深々と頭を下げる行為なんかと似てるのだろう。ユジョンのブログに「ソンウ先輩」が歩いてたら車に轢かれたとか、夫が事故に遭ったとか、そうじゃなかったら母の病が悪化したとか書かれる想像が頭から離れなかった。

なんでもいいからやらなきゃと思った。でも、その「なんでも」がこんな方法になるとはソンウ自身もまったく想像していなかった。

十二年前のソンウがユジョンの年齢だったころ、会社にはセクハラという概念がなかった。編集長だった女性の先輩からして下ネタで新入社員をからかうのが常だった。週末はいーっぱいセックスしてきた？　それが月曜の朝の挨拶だった。強く見られようと思ったら、そんなのへっちゃらじゃないといけなかった。なにがなんだかわかってなかったし、ずっと知らないままでいなきゃいけなかった。ソンウは遥か昔のあの夜明けを思い出していた。母がいて、気づかれるのではと急いで部屋に入ったのを思い出した。涙は出なかった。誰に話せるだろうかって考えることすら思いつかなかった。気圧と重力が完全に別物の見知らぬ狭い部屋に立っていて、天井の四隅のすき間から水っぽい漆喰みたいなものが溢れだしてくると足が、膝が浸かり、腰から喉を越えて顔まで達しているのにドアへと向かうことも、腕を振り回すことも、声を出すこともできないような気分だった。どうすることもできないからと抑えつけてしまった昔の鮮明な記憶がいきなり墓を突き破って出てきたと思ったら、ソンウの胸ぐらをつかんだまま、ものすごい勢いで知らない場所へと引っ張っていった。船を浮かべ、ソンウを投げ入れた。ロープは切れてしまった。足で船首を蹴飛ばして押した。船はもう陸からずっと離れた水上に浮かんでいた。

――……なんで、もっと早く言わなかったんだよ。

長い話を聞き終えた夫がため息をつきながら言った。
――お前がその子を信じるなら……それが正しいんだろう。

なじられたり、あきれられると思ったのに、いったいどうするつもりだと大声を出すと思ったのに夫は短くそう言った。やっと実感が湧いてきた。彼の前で怒りに満ちた言葉を発したときは自然と血に正義感がほとばしり、血管の流れに乗って全身の隅々で吹き荒れた。それなのに、その短くも熱かった正義感はどこへ行ったのか跡形もなく、解雇、退職、名誉毀損、虚偽告訴、告訴、治療費、リボ払い、延滞……なんて言葉を思い出しはじめていた。これが社会全体の問題として受け止められていたならば、思い出す必要もなかった言葉。善とか悪の代わりに、責任って単語と少しずつ関わり合っていることをみんなが認め、分かち合えていたならば、考える必要もなかった言葉だった。そんな冷たくて鮮明な言葉たちが順番に頭を殴りつけてきた。

せいせいした。

図体を膨れさせせながら体内にうずくまってた地球外生命体が肌を突き破って出てきたみたいに、ぱんぱんの腹の真ん中が裂けたみたいにせいせいした。

「お前がその子を信じるなら」

ユジョンを信じているのだろうか。ユジョンの言葉をすべて信じてるのだろうか。それは違った。申し訳ないけど、どんなに無理しても信じられなかった。でもソンウは自分のこともう信じられなかった。今のソンウがたったひとつ信じているのは、自分を涙させたこのすがすがしさは本物だっていう事実だった。ユジョンのブログがなかったら、十二年前に信頼してた男性の先輩の助手席で屈服してうつむき、車のドアを開けることも思いつかずに座り続けていたソンウはいつまでも、誰からも、なんの言葉も聞けなかったはずだった。

　被害者になるのが嫌だった。自分が被害者だって事実を、そのずっしりと重く、すべてを賭けて闘わなきゃならないという事実を認めるのが嫌だった。だからなにも信頼しなかった。何事も起きていないかのようにしてしまった。自分の良いところを信頼しなかったせいで、ソンウは他人を信頼する能力も失ってしまった。それなのにユジョンはどうして私を信頼したんだろうか。こんな私をいったいどんな根拠から、どんな理由から信じてくれたんだろうか。

　ユジョンに電話をかけてみた。出なかった。五度目に通話ボタンを押そうとして時間を確認した。メールを開いた。「返信」をクリックした。

「返信が遅くなってごめん」と、まず書いた。「編集長から連絡があるかも。電話に出ないで」と書いた。自らの軽率さに対する自責の念が押し寄せてきた。しかたなかった。もう自分を責めてる場合じゃなかった。反省してる暇はなかった。ソンウはこんな文章を書いた。

　どうしたらいいかわからなくて連絡ができなかった。話すことがたくさんあるの。この前のメールについて。これからどうやって対応していくか、絶対に顔を見て話すべきだと思う。

　とにかく連絡して。

ソンウは返信を送った。六ヵ月ぶりだった。

＊

電話がかかってきたのは翌日の土曜日の夕刻だった。実家に行って料理を作り、食卓を整えて食べはじめたときに着信音が鳴った。

——電話とらないの？

母がソンウを見ながら疲れた声で尋ねた。

思いがよぎった。ほんとにたくさんの思いがよぎった。母がまた尋ねた。出なくていい電話なの？　ソンウはようやく携帯電話を手に取った。

——もしもし……ソンウ先輩？

私はあなたが思っているようなソンウ先輩なんだろうか。責任や倫理、勇気と良心……そのすべての言葉に見合うソンウ先輩。考えてみた。そうじゃなかった。そんな人はいなかった。でも、いま応えられる人はソンウだけだった。ユジョンと同じ経験をした人。

——うん、ユジョン。

——先輩、すみません。私……。

言葉が途切れた。ユジョンの低い泣き声と息遣いが受話器から伝わってきた。ソンウは受話器を耳に当てたまま、大きくて透明なガラス瓶を思い浮かべた。その中に座っている自分を思い浮かべた。丸く切ったきゅうりや玉ねぎ、キャベツやビーツを重ねていくように、思い浮かぶ言葉を体の周りに重ねていった。ユジョンの涙がガラス瓶の下方から満ちてきてちゃぶ台や食器、向かい側に座ってる母と父と私を濡らし、さらに上昇していく。髪が海藻のように広がって顔の周りを揺らめく。母の心配そうな顔が浸かる。セーターが水分を吸って膨らむ。箸を持つ父の手が涙の中でゆっくり動いて魚の身をほぐすと口に運んだ。母が頭上でふわふわ浮いてる水のペットボトルを片手で引き下げて傾けた。少しずつ赤みを帯びていく透明な酸っぱい涙の中でコップに水を注ぎはじめた。ソンウは自分の鼻と口から頭上へと昇っていく丸い気泡の塊を見ながらゆっくり呼吸した。ユジョンがいた。受話器の向こうにユジョンが一緒にいた。今度はソンウが待つ番だった。

善き隣人

たまにくり返される悪夢がある。布団を胸までかけたまま仰向けに寝ていて、頭のてっぺんから股までの体の中央をがちがちの壁が貫通している夢だ。この線に沿って壁を立てること。誰かが俺の体を太くて半透明な線だと勘違いし、そこに存在する骨と肉と血を無視したまま工事を進める、みたいな。もしくはタイムマシンに乗って移動してたら時空の裂け目にうまく合わせることができなくて、もとから壁があった場所と正しくない方法でひとつになってしまう、みたいな。

痛みはない。体は一ミリも動かせないが、どういうわけか瞳だけはぐるぐる回せる。壁はさほど厚くなくて中が透けて見える素材なので、自分の腕と脚が両側に飛び出したまま静かに伸びてるさまを見ることも、自分の体を中心に両側へと広がる二つの部屋を見比べることもできる。灯りは両方ともついているときも片方だけのときもある。部屋の中に置かれてるものと人間はその都度変わったが、変わらない点があるとすれば全員が俺に無関心なことだ。本は脚の輪郭だけを巧妙に避けて積み上げられており、古い扇風機は手を動かしさえすればボタンを押せる位置に置かれているが、俺の体が発見されることは滅多にない。たまにこめかみの上方の壁に二口や四口のコンセントがあり、そこに二、三の電化製品のプラグが差しこまれてるが、電気の流れは感じられない。部屋を出入りする人たちの視線がこちらに向けられることも滅多にない。何度か目が合ったこともあるが、なにも起こらなかった。当たり前だと俺は夢の中で思う。彼らに自分は見えてないし、そこにあるのはただの壁だ。俺は妻とヨンドゥが傍にいないことに気づき、その事実がたまらなく切ないと同時にせめてもの救いだとも思う。一緒だったら、二人もまた自分のように生きたまま壁に貫通されて横たわっているんだろうから。それだけはなにがあっても勘弁したかった。

夢が痛みもなく平穏なのはそこまでだ。遠くの、光の中で、もしくは闇の中で、いきなり何者かが俺の存在に気づく。なにかの動物だ。自分の想像力は夢の中ではあまり独創性を発揮できない。家で飼えるようなありふれた動物のひとつだ。犬、猫、鳥かごの中のオウム、水槽の中のハムスター。それがなんであれ、事実を感知した瞬間から俺の視線は絶対に合わせたくないその目へと無力にも引きつけられていく。腕と脚を動かさないよう、体をぴくぴくさせないよう、息をしないよう空しい努力を続ける。そうじゃないと俺への警戒心から動物が逃げたり、反対に走り寄ってきて鼻をつけたり、爪で引っ掻いたり、ちいちいと鳥かごの中を飛び回ったりするからだ。そしてその瞬間、自分は透明な物体ではなく人間だと認識してしまうからだ。壁が眼球と鼻の骨、唇を圧《お》し潰して引き裂いているのを、脳が鉱物質によって砕け散ってるのを、内臓に苦痛がこみ上げてくるのを俺自身がひとつ残らず感じてしまうからだ。能力を総動員して命のない塊として残りたいと願う。でも簡単じゃない。動物の息遣いが少しずつ近づく。結局、俺は失敗する。壁が俺に気づく。あってはならないこの奇異な共存状態を、空間の中での自身の優位を悟る。同時に俺の体の全痛覚が一気に目覚める。慈悲もなく、壁は俺の体を改めて貫通する。

俺は喉元までぎっしり詰まったセメントを吐き出すかのように息を吐きながら目覚める。体は汗で濡れていて、触れるものは柔らかい布団に枕、ベッドのマットレスだけだ。それでもしばらく動悸が止まらない。手のひらで腕と脚を、胸板とぶよぶよした腹を一度ずつ撫でてからようやく息をつく。

室内の空気は穏やかで、すべてがあるべき場所に収まっていた。安堵すると同時に少し自己嫌悪を感じながらベッドを出る。家の中にいるのは俺だけだ。妻は出勤し、ヨンドゥはお昼を終えて五時間目の授業を受けはじめたころだ。

もう午後だった。朝に二人を送り出してから机に向かって原稿を書いていたが、眠気とさぼりたい欲求に負けてふたたびベッドに潜りこんだのだった。直さなきゃと思いながらも実行できずにいる質の悪いなまけ癖が罪悪感を、続けて悪夢を呼び寄せたんだと思いながら書斎として使っている小部屋へ向かう。夢の意味については考えない。くり返される、これといって得るものもない行為はしなくなった。それでも若いころよりは今のほうがましだ。今は夢の中をさまようときと目覚めた直後しか、こんな気分にはならないから。

小部屋の窓からは向かいに建つ低層マンション、その前の道と路地の街灯が見下ろせる。建物は切ったりんごが茶色くなったみたいに所々まだらになっていた。俺の目は自然と二階の端の窓に向かう。中は見えないが、いつものとおり窓が少し開いていた。

あそこに住んでいた人としばらく関わりを持ったことがあった。関わらざるをえない縁だった。彼は家族の命という胃腸に麻酔もなくいきなり押しこまれた内視鏡みたいだった。そのときの衝撃が大きすぎて、彼が入ってきたときと同じように何事もなかったかのように出ていったあとも、俺と妻はひりひりする感触のせいでしばらく正気を取り戻せずにいた。命の恩人。滅多に聞かない単語の重みに心を抑えつけられた俺は、なんとかして彼に恩返しをしようと思った。だが彼は断った。充足感や照れくささから断ったのではなく、間違い電話にいいえと答えるみたいに感情のない顔で首を横に振った。彼が俺の家族の暮らしにもたらした変化は、彼にとっては間違い電話と同じくらい遠く、なんの関係もないという表情だった。感傷に浸ってた俺の常識は最初のうち、彼のそういう態度を度を越した謙遜と受け止めた。でも時間が経つうちに、そこにある種の不自然さが宿っているという思いが頭から離れなくなった。

それは俺みたいな旧世代に接するときに若者が多少は抱いて当然の敵対心でも、退屈そうだったり不愛想な態度でも冷笑でもなかった。彼は自分の善行を理解できてないように見えた。あんなことがどうして起こったのか、どこぞの誰かが自分を見ながらなんであのときの話をしているのか、気にはなるけどあえて訊くのもなんだから、なんとなく受け入れようとしてるようだった。あの一件について話す彼の表情には、未視聴の作品をまるで観たかのように紹介する映画番組の司会者みたいな空虚さと欠落感があった。こうまで言うと自分がひどくひねくれた恩知らずの人間みたいに思えてくる。彼は他でもない俺の子どもを救ってくれた人なのにそうだ。この複雑な心境のせいで俺は当時もつらかった。彼がどこか心に深い傷を負ってるという事実が明らかになったあとも、彼より俺のほうが病んでるんじゃないかって思いからじめじめした嫌悪に陥ったものだった。

俺はやるべきことをしようと思った。努力したって言えるんだろうか？　そうは言えないかもしれない。それでも何度かは彼の家のドアをノックした。番号を教えてくれないから電話はかけられなかった。これしか出せない自分に羞恥心を覚えながら十万ウォンの小切手十枚を封筒に入れて、玄関ドアの下のすき間から滑りこませた。翌朝、封筒は家の玄関前にそのまま戻されていた。陳腐ではあったが大型スーパーで売ってるギフトセットいくつかを、ミカン一袋をドアの前に置いてきたこともあった。すべて戻ってきた。

そんなことをくり返してると自分が惨めに思えてきた。結局、恩返ししようと試みるのをやめた。感謝は負い目に変わり、洗面所の石鹸みたいにちょっとずつ小さくなってなくなった。

いったん冷めてしまった心の温もりは二度とよみがえらなかった。ばったり会ったらいつでも話をしなきゃと思ってたが、公園にもスーパーマーケットにも現れなかった。彼は自分の部屋の中に染みこんでドアを閉じてしまい、それで終わりだった。恩人は知り合いになり、なんの交流もない他人に戻った。

二十センチほど開いた彼の家の窓は冬も閉められることがなかった。寒さに無感覚なのか、新鮮な空気に執着してる人なのかもしれない。今みたいに向こうを見てると、彼がずっと前のある夜のように暗い室内で俺のことを黙ってじっと見つめているような気がする。いや、これは錯覚かもしれない。もしかすると俺が知らない間にほかの町へ引っ越したかもしれない。俺が仕事をはじめて無我夢中の数年間を過ごす間に、子どもを育て、妻と何度も喧嘩して仲直りしながら日常を揺るぎないものにしている間に、こつこつとローンを返している間に、引っ越しのトラックがやってきて彼の所帯道具を運び、新しい壁紙が貼られ、別の人が入って暮らしてるのかもしれない。

俺と妻の親がしょっちゅう言ってたように、それが暮らしだった。かなりの一大事なのは誰の目にも明らかな出来事が起きても、跡形もなくしぼんで元どおりの日常がまた進んでいく。その間に町の風景も様変わりし、この道沿いの家並みもほとんどが取り壊されて新築の低層マンションが建った。こうして古い建物は今や、うちの低層マンションと彼が住む低層マンションを含む何棟かが残るばかりとなった。あっちのオーナーもこっち側のオーナーと一緒で、事業かほかの建物の管理で忙しいようだ。窓と窓の距離を見たかぎりではあっちの部屋はかなり広そうなのに、一度もリフォームされてないのは現実的とは言えなかった。オーナーとしては部屋のサイズを小さくして戸数を増やし、一度にたくさんの家賃収入を得るほうがかなりの得なのに。とにかく彼の部屋と俺の部屋はそのままだ。彼に再び会うことはおそらくないだろうが、二棟はまるで奇跡のように古い姿のままで向き合っていた。

彼はこのことも以前から知ってたのだろうか？　今この瞬間、俺が彼を思い出しながらこの場に立つだろうということも？

ずっと前に彼は言った。人の善い心を信じなきゃダメですよね。善い心が善い心を生み、それがまた別の善い心を生むんですから。そうやって何度も何度も生まれて、何度も何度も……。表情や声は残ってない。あるのは文章だけだけど、今の俺にまさに必要な文章だった。戒めの言葉や祈禱文みたいに思えるこの言葉が、頭の片隅に今も残る悪夢の残りかすを追い払ってくれるようだった。でも少し気になる。彼はどうしてるだろう？　信じたくないのに見えてしまう物事と、現実なのにわが身に起きたとは思えない出来事の間で、前にも後ろにも進めない板挟みの状態が相変わらず続いてるんだろうか？　あの口は今も奇声を発してるんだろうか。俺は彼の言葉が信じられない。一部を除いては。

彼にはじめて会った日を思い出す。夕方で、十月だった。裏起毛のジャンパーだと昼間は蒸し暑いけど、夜になるとちょうどいい暖かさに感じられる気候だった。

遅くまで遊んでる男の子たちが自分の顔より大きな茶色いプラタナスの葉を手に、なにがそんなに楽しいのか、落ち葉！　落ち葉！　受けてみろ、ピューン！　と声をあげながら走り回っていた。俺は公園の真ん中でその子たちが描くせわしない動線を目で追いながら、君たちがもう何年か遅く生まれてたらどんなによかったか、ぼーっと考えていた。そしたらうちのヨンドゥと目を合わせてくれただろうに。お兄ちゃんたち、僕も一緒に鬼ごっこする。うちにね、ターニングメカードのカード七枚もあるんだよ！　エヴァン、フェニックス、シューマ、ナベクチャク、タドル、ミリネ、それからタナトスはすごく高いから、おじいちゃんちにあるんだ。おじいちゃんが知ってる人に頼んで買ってくれたんだ。今は持ってないけどバスに乗ってずーっと行くとあるよ。息子がない勇気を自分なりに振り絞って、小さいけどきっぱりとした口調でつぶやく声に背を向けることなく興味を示してくれただろうに。四歳のヨンドゥは同じ年齢の子に比べて小柄で痩せていて、うっすらとあばら骨が見えていた。微細運動機能の発達も遅くて、まだちゃんと色鉛筆を握れなかったし、同い年の子どもはみんな外れたおむつも夜はまだ着けて寝ていた。そのせいで妻は毎日のように細かい心配と罪悪感を抱いているけど、俺は特に心配していなかった。時期が来ればできるようになると思ってたし、両親とも大きいほうじゃないのにどうしろって言うんだよって気持ちだった。でも子どもが公園でほかの子たちの仲間に入れなくて途方に暮れる光景を目にするのだけは、自分でも不思議なほどつらかった。保育園が終わると家に寄って三輪車と小さなおもちゃを用意し、まるで初陣へと向かう幼き戦士のように決意で武装した顔つきで公園に向かうのが、そのころのヨンドゥの主な日課だった。公園の入り口に到着すると相手をしてくれそうな子どもを探して素早く四方を見回し、少しも疑ってないようすで目標物に向かってペダルを踏んだ。そして自分に目もくれない大きなお兄ちゃんお姉ちゃんたちに立ちはだかると、僕もかくれんぼ好きなんだ！　僕も昨日そのアイスクリーム食べたよ！　と力強く叫ぶのだった。子どもにとっての三、四歳の差は大人の基準で言うと一世代くらいの違いになるらしかった。子どもたちの正直な無関心は氷のように冷たく、ヨンドゥはそれをなんとか溶かそうと全身全霊で自身について語ったが手ごたえは得られなかった。

そんなときは自分が子どもになってありったけの力を振り絞ってる気分になった。息子が難題だとも知らないまま直面している難題に自らの過去と子どもの未来を見た。過去はぼんやりしていて、俺も子どものころはあんなだったっけ？　あんなだったたってことか？　くらいの疑問しか反響は返ってこなかった。その一方で未来はもう少しはっきりしていて具体的だったけど、ちゃんと見たいとは思えなかった。関係づくり、所属づくり、認定闘争、客引き行為、自己PR、どう名付けようが、子どもはその茨の道を切り開いて周囲を味方につけるために生涯闘うことになるのだ。俺や俺の親がそうだったように。

たまに出くわす保育園のクラスメートは、一時間も遊ぶと親に連れられてちょこちょこと帰ってしまった。ヨンドゥの欲望は一時間よりも長くて執拗で強烈で、どんな説得や脅迫、お尻に与えられる手のひらの洗礼にも屈しなかった。秋の陽は六時には暮れ、空腹は七時半ごろピークに達したが、ヨンドゥは八時になっても新たな友だちを求めて公園の隅々まで走り回った。そんな大変な夜を何度か経験した俺は諦めた。子どもが疲れるまで待ってから家に連れて帰り、遅い夕飯を食べさせて寝かしつけた。一時的なもんだろう、ひとりっ子だからだろう、親に似て寂しがりやなんだろう、もうひとり産めるだけの生活力がなくて悪いな、そう思っていた。

当時の一番の悩みなんてその程度だった。要するに平和な男だったわけだ。子どもが生まれ、家庭を持ったが、いまだ作家デビューを果たせてなくて先が見えず、家長としての責任を妻に押しつけているという罪悪感があり、称賛するフェミニストたちの前では口に出せない主夫としての微妙な劣等感に日々苦しめられていて、次の賃貸契約の更新もチョンセ［賃貸契約時に月々の家賃の代わりに高額の保証金を預け、大家はその利子で収入を得る韓国独特のシステム］の値上がりなしに済むかわからなくて、通帳の残高は日ごと減りつつあるにもかかわらず、俺はさほど心配してなかった。俺を取り囲むすべての状況は一様にとてつもない不安を強要していたけど、その不安をいちいち感じてるだけの心の余力がなかった。だからほったらかしていた。うまくいくときはいくし、ダメなときはダメだと思ったら気が楽になった。テレビやインターネットでは毎日すごいことが起こってる、人が死んでる、歴史が逆行してるという怒りや不満の声が大きかった。だが一時的な怒りを暮らしの本質にすることはできないと習慣のようにくり返し誓うときくらいしか、そういう事件を具体的に目にする機会はなかった。頭上を漂う外国語で作られた巨大な空中の障壁みたいな世界が没落していくさまを無感覚に見つめる移住者の心情で見上げていた。毎日子どもに食べさせ、着させ、寝かせながら、茹でたじゃがいもみたいに小さくてほくほくした日常を癇癪《かんしゃく》やイライラで汚さないように気をつけた。それだけの生活でも、たまに歯を食いしばったり拳を握りしめることはあった。

友だちを見つけるのに失敗したヨンドゥは不満そうな顔をしていたが、公園の片隅にあるブランコに飛び乗った。赤いほうは空いていて、緑のほうに彼が乗っていた。

おかしな男だった。小さいころ乗れなかった分を大人になってから一日でまとめて取り返そうとしてるかのように、ブランコの凶暴な乗り方大会に出場してるみたいにぶんぶん漕ぎまくって空中に自分の体を揺らし、放り上げていた。ブランコ全体がカンカンと凄まじい音を立てながらぐらぐらぐらしていた。あれじゃあ一回転して後ろに投げ出されるんじゃないか、俺はそんなことを考え、ヨンドゥは怯えた表情で俺の後ろに隠れた。

男の口から奇声が発せられていた。フッシュ、フッシュ、フッシュ、フィピョン、フィピョン！　ハルバサリ、ラム、ラム。耳を見るとイヤホンをしていた。音楽を聴いてるのか、なにを聴いてるのか知らないが、自身の口から漏れる声がどう響いているのか、自分の体がどう見えているのか一切関心がなさそうだった。多少ふざけてるようでもあったが、子どもにとっては十分に恐ろしい光景だった。あんなふうにブランコ乗ってもいいと思う？　ダメだと思う？

俺はヨンドゥに訊いた。ヨンドゥはダメとつぶやいてからつけ加えた。でもさ、パパ、僕、あれに乗りたいよ。緑の。

俺はヨンドゥのブランコを押してやりながら待った。ヨンドゥは曲芸に近い男の動きを恐怖と憧れがいっぱいの目で追うのに忙しかった。子どもにこんなの見せたらよくないな、思わずそう考えた。男は三十歳にも十八歳にも見える風貌だった。図体のでかさは相当なもんだった。赤い顔はニキビだらけ、絶えず声を発してる口元には唾が少しついていた。彼をあんなふうにさせた原因は不明だが、それがおぞましくて荒々しいものであるのは明らかだった。なにより地球外生命体の言葉にも似たあのおかしな奇声。彼の口から発せられるのがチクショウ、クソッタレ、ファック、クソ、キチガイみたいな言葉じゃないのは幸いだったけど、さっさと立ち去ってくれないかなと俺は思っていた。

数分後、彼の動きが止まった。男はピシュン、ピシュ、フッシュ、つぶやきながらブランコに座り続けた。待ちくたびれたヨンドゥが近づくとブランコの鎖を引っ張った。男は、お前はなんだ？　という目でしばらくヨンドゥを見ていたけど、立ち上がってリュックを背負うと街灯の光の中へと大股でずんずん歩きだした。なんであんな歩き方するんだろう？

それから一ヵ月ほど経ったある土曜日の午後、俺は地元のスーパーマーケットでチーズの種類をじっくりと見回していた。チェダー、ブリー、エメンタール、モッツァレラ、カマンベール、スライス、ストリング。チーズに関心があるわけではなかった。このいくつかの単語が今も強烈な印象として残ってるのは俺の罪と関連してるからだ。誰でもあんな経験をしたら、その瞬間の自分が見ていた事物から逃れられなくなって当然だった。妻にとってのそれはチーズじゃなくてインスタントコーヒーだった。ダークロースト、マイルドロースト、スイートアメリカーノ、スイートモカ。コーヒー豆が切れたのに買い忘れてたから、スーパーに寄ったついでにとりあえず飲む分を買うつもりだったと、甘いけどカゼインナトリウムはたくさん含まれてないコーヒーを探していたと、あとで妻は言っていた。カゼインナトリウムだってば、泣きながら何度もくり返した。つまり子どもが店内を回りながら欲しいお菓子を探すのを放置し、妻と俺は乳製品とコーヒーが陳列されてる棚の前でぼうっとしてたわけだ。二人ともなにを考えてたんだろう？　生きるのにうんざり？　とにかく退屈だからチーズや偽物のコーヒーにでも集中しなきゃ？　週末の育児から解放されて一時でもいいからひとりになりたい？　違う。そうじゃなかった。俺たちはなにも考えてなかった。五歳という年齢に向かってるからいたずらっ子は卒業しつつあると思ってたし、それを少し残念がってもいるところだったから、子どもがなにも告げずに、なんの理由もなくスーパーの外に出てあたりを見回し、四車線道路の真ん中に落ちていた小さな風車の形をしたおもちゃ（道に落としてあの場所まで転がっていくのを放置した子どもの親には申し訳ないが、俺は君たちを呪った。何度も）を見つけ、俺たちがしっかり教えこんだ交通安全の常識をすっかり忘れ、まるで吸いこまれるみたいに駆けていくとは一切考えてなかった。動物的な直感で最初に我に返ったのは妻で、子どもの名前を呼びはじめた数秒後に声音が変わったのは俺だった。二人はほとんど同時に外へ飛び出した。子どもは道路のど真ん中を目指して走ってるところで、ちょうどそのとき数メートル前にいたトラックが……。

俺は大きく見開かれた子どもの目を見ながらヨンドゥ！ と叫び、妻の悲鳴を聞き、けたたましいクラクションを聞いた。その瞬間、誰かが車道に身を躍らせた。俺の記憶では巨大なオランウータンが駆け寄って赤ちゃんオランウータンをひったくり、そのまま木の上にジャンプして上っていくような動きだった。その場面を構成していたほとんどは俺の罪悪感に飲みこまれてしまった。次の場面では魂の抜けたような顔をしたヨンドゥが歩道の上に座っていて、妻が子どもを抱きしめながら泣いていて、その前に膝をついて座る俺はおかしな声をあげていた。トラックが停車し、顔を真っ赤にした運転手が俺たちに近づいてきた。人だかりができて、外に出てきたスーパーの店員たちがざわめきだした。ソーシャル・コマースの宅配トラックに乗っていた運転手の相手をしたのは俺だったが、彼の顔も記憶からすっぽり抜けている。理性を失った俺は険しい言葉をぶつけ、運転手もそれに応酬したはずだが、つらすぎて顔は忘れた。彼との話を終え、ヨンドゥがどこも怪我してなくて、しゃべれて、泣くこともできると確認する必要があったから、助けてくれた人に意識がいったのは数分後だった。人だかりの中にその顔を探していた俺は、沈鬱な表情の男がこちらに背を向けて路地に入っていく姿を目にしてようやく気づいた。彼は相変わらず白いイヤホンをしていた。もしや？……まさか？

彼が次の路地で右に曲がるのを見た俺は立ち上がった。そうしてありったけの力を振り絞って後を追った。

まさかと思ったけどそっくりだったし、似てるなあと思ったけど実際に間違いなかった。歩くときに体を変に揺する姿は俺の記憶に残る強烈な印象と一致してたし、考えてみたら、さっき人だかりの中に立っていた彼がシュー、シューと発音するように唇を突き出しているのを見た気もした。男はゆっくり歩くと我が家の向かいにある低層マンションへと入っていった。俺がぜいぜい喘ぎながらマンションの入り口に立つと、真上からガチャンとドアの閉まる音がした。上がってみた。二〇二号室だった。

今さっきとてつもない衝撃に強打されたばかりだと言うのに、一瞬のうちにすっと冷えた心が体を抜け出して空へと昇っていくような経験をした。状況は何ひとつ変わってないのに俺の心だけが宙にふわりと浮かび、すべてが見知らぬ客観的な第三者の視線に作り替えられているような感覚だった。

ここなのか？

俺は建物の外に出た。ドアの位置と部屋や窓の場所を確かめた。

あの家？

あの家だった。

俺の口をついて出たのはため息かと思ったが失笑だった。

俺は喫煙者だ。大学に入ったころに覚えてから二十年にわたって吸ってきたし、途中に三、四回あった禁煙期間も数ヵ月が限界だった。子どもが生まれてからは申し訳ないがさらに量が増えた。当然だけど妻は嫌がった。どんなにシャワーを浴びても意味ないし。同じ部屋で寝てるだけでも受動喫煙になるんだって。抗議がこの程度で済んでるのは、育児と家事の八十パーセントを担当してる俺に逃げ場のひとつくらいは必要だろうという思いからのようだった。俺は吸い続けた。昼間は我慢して夜だけ吸った。残業を終えて帰宅した妻の疲れ果てた肩を抱いて子どもは寝かしつけたよと告げ、妻の顔色をうかがいながらそこらへんの服を拾い集めて着ると、外に出て煙草を吸った。吸いながら書いている文章について考えた。童話ってもんをここまで難しく書く必要があるのか、主にそんなことを考えていた。

二週間に一回ずつ童話創作のスタディに参加していたが、そこのメンバーは俺の文章が好きじゃなかった。メッセージ性もないし文学的でもないと言った。童話には数十種類のジャンルがあって、それぞれ従わなきゃいけない文法や公式が異なるってとこまでは納得したけど、そうやって既出問題を分析するみたいに最近の作品の傾向を読み、戦略を立てながら（そして俺の場合は睡眠時間を削ってる、余暇がないっていう不満に悩まされながら）子どものための物語を書くっていうのが俺にはちゃんちゃら可笑しく、悲しいジョークのように感じられた。俺が思うに、童話に込められたメッセージを見るのは本を買うことで自己満足を得ている親だけだったし、文学性を求めるのは作家志望者だけだった。多文化社会の意味や芸術の存在意義、地球温暖化の危険性みたいな奥が深いテーマとか、詩を彷彿とさせる含蓄に富んだ表現が、せいぜい五歳や六歳の子の心にどれだけ響くのか俺には想像がつかなかった。ヨンドゥは自分のストレスを解消してくれる暴力が登場する話、体を張ったスラップスティック・コメディに近い話にばかり熱狂した。夜の散歩を邪魔するパパと、聞きたくもない英語の歌をエンドレスでかける保育園の先生がワニに食べられたり糞桶にはまる話、ヒーローが悪い海賊の腕を剣ですぱっと切り落とす話、バナナの皮を踏んで転び続ける呪いに掛かった子どもがバナナの国の王子を見つけて殺す話。俺は父親として心配をしながらも、一方ではそんなヨンドゥを理解していた。どういうわけか俺はずっと以前から、子どもが大人に一泡吹かせる痛快な復讐劇をとにかくひたすら書きたいと思ってた。それこそがこの世で果たすべき俺の隠された使命のような気がしていた。想像してたよりも早く大人にならなきゃいけなかった自分を慰める、たったひとつの方法だったのかもしれない。

でも現実は現実だった。入試対策のように書こうが、どう書こうが、ウェブコンテンツの企画担当者という十年以上のキャリアが会社の財政悪化で絶たれたとき、悩んだ末に俺が自分で再就職の代わりに選んだ道なわけで、選んだ以上は数年以内にデビューして妻子を養わなきゃならなかった。退屈な話をぐだぐだ並べてる暇なんてなかった。でも俺の心は不安を感じないよう改造された状態だったから、不安になる代わりに煙草を吸った。

スーパーでの一件が起こる半年ほど前のある晩だった。その日も子どもを寝かしつけてから妻にお休みのキスをすると、形にならない文章を取っ捕まえて頭を悩ませていた俺は一服しようと外に出たところだった。午前二時ごろだったたと思う。屋上は鍵がかかってたし、うちの前には座れる空間がなかったから、俺は向かいの低層マンションにあったコンクリートの段に腰かけた。そこに座るようになったのは最近のことだった。一週間ほど前からだったと思う。最初は道の真ん中に立って吸ってたのが、ヨンドゥを抱いて歩いてたときに腰を軽くひねってから、座って吸うくせがついたのだった。

誓って言えるが、煙草の煙が上っていく経路の中央にある誰かの家の窓が開いているなんて想像もしてなかった。

――だから、そういうのが基本的なマナーの問題なんだってば。開いてるとか閉まってるとかの問題じゃなくて、窓の下は避けるのが当たり前なんじゃないの？　吸う前に前後左右をしっかり確認しないと。喫煙者って、ほんとに鈍感よね。

翌朝の妻はいい気味だと言わんばかりの口調だった。彼女の言葉が正しかった。鈍感で、配慮が足りなかった。俺みたいな人間のせいで喫煙者の肩身がさらに狭くなりつつあるとしたら糾弾されて当然だった。とにかく、もし意識してたらあそこには絶対に座らなかったはずだ。でも反省して顧みる気持ちになってたからこそ、ショックもかなりでかい状態だった。俺がかぶったのは酢だったのだ。

最初は水かと思った。雨か、偶然に落ちてきたものだろうと。それとも建物が古くてどこかに溜まってた水が溢れてきたのかと。数日前にもなにかが頭に落ちてきたけど、そのときは水だったから。どう見ても水が落ちてくるような構造じゃないのに。立ち上がった俺は不思議に思った。でもその晩に降り注がれたものは違った。水にはない強烈なにおいがしたし、なによりもかぶった瞬間にこれは意図的な行為だっていう強い直感に襲われた。におい。酸。酸っぱいにおい。数分の間、俺は身じろぎもできなかった。ショックをなだめながら、なんとか立ち上がって振り向いた。建物全体の灯りが消えていて人気《ひとけ》はなく、俺の頭上、二階の部屋の窓だけが二十センチほど開いていていた。

俺はその開かれた窓の向こうの闇をぼうっと見上げていた。呆れてたし、腹が立ってたし、悔しさもこみ上げてきたけど、それ以前に恐怖で体の芯まで凍りついてしまったみたいだった。陰湿だった。おぞましいくらいに陰湿だった。顔が見えないっていう事実が大きかった。悪いことをしたのは確かだけど、とりあえず俺は人間だぞ、違うってのか？　頭を突き出して怒鳴るとか、罵詈雑言を浴びせるとか、それも無理なら、あの場所に険悪な内容の警告文でも貼りつけておくとかできなかったんだろうか？　住人が誰であれ、そいつが俺にした行為には人間同士のコミュニケーションを構成する必須要素が欠如してたし、それこそが俺を身震いさせた陰湿さの原因だった。俺と話をする必要はないと思ったわけだ。言葉っていう手段の可能性をはなから考えてみようともしなかったのは明らかだ。そいつにとって俺は人間じゃなくて単なる対象だった。待ってみたけど、どんなに待ってもなんの音も動きも窓を越えてこなかった。俺は歯を食いしばり、その闇の中を想像してみた。灯りを消したままベッドに横たわって待ち、窓から煙草の煙が入ってくるのを確認するとゆっくりと起き上がって、数時間前にコップに注いでおいた酢を手に音もなく近づいてくるそいつを。無防備な俺のどたまを見下ろしながら落ち着いて狙いを定めると液体を浴びせ、ベッドに戻って息をひそめながら横になっているそいつを。そのゆっくりとした一連の行動を。くすくす笑う声でも聞こえてきたなら、まだよかっただろう。ひっそりと静まり返った闇がこれほどまでに悪意を感じさせるという事実を、その日はじめて知った。

それからしばらく煙草が吸えなくなった。そいつの机の上に置かれてたであろうコップを、その中に入っていた酢の微動だにしない穏やかな水面を思い浮かべると、吸いたいという欲求がえぐり取られたように消えていった。不幸中の幸いじゃないの。塩酸とか硫酸だったらどうなってたか。思ったよりもショックを引きずってる俺に少し驚いた妻が慰めのつもりなのか吐いた台詞だ。確かにそうだったのかもしれない。それから数ヵ月の間、向かいの低層マンション二階の角に住む人間の顔を執拗に想像した。そいつの背景を、そいつが生きてきた歴史を勝手に想像してみることがやめられなかった。子どもに捨てられた独居老人。倦怠と強欲に染まり切った中年女。就職活動がうまくいってない就活生。対面しなくていいのなら是が非でも一度は顔を拝んでみたかった。

というわけで、その望みがおかしな形で実現したときの気持ちと言ったら、これをどんな言葉で表現したらいいのやら。二〇二号室の閉ざされたドアの前で激しい落差を感じていた俺は、その日は結局なんのアクションも起こせなかった。その瞬間の俺の頭に浮かんでたイメージは開かれた口だった。日頃からファンで憧れてる、見るたびに気分がよくなる、そんな美しい女性、または男性がいたとする。国民の誰もが好感を抱いてしまうような、アンチすらいない芸能人みたいな存在だとしよう。その人が顔いっぱいに、見てるだけで香気が漂ってくるような爽やかで健康的な笑みを浮かべている。唇が開きはじめ、笑みはすぐに明るい笑顔へと変わる。俺の視線は自然にその人の口元に向かい、唇のすき間からゆっくり中を覗きこむ。歯がいくつか見えるが、それはひとつ残らず根元まで真っ黒に腐っている。

論理を強引に当てはめてみたのは数日後だった。俺は相変わらずヨンドゥの件での動揺が鎮まってない状態だったし、ヨンドゥを救ってくれた彼を思うと今にも涙が出そうだった。感謝してもしきれないし、ほんとうに運がよかった。俺は言い訳のしようがない親だし、彼は俺のヒーローだった。でも心の中に芽生えはじめた黒いゴマ粒の山みたいな気まずさを洗い流すのは無理だった。目の前で危険を顧みず敏捷なオランウータンみたいに子どもの命を救ってくれた男が、闇の中でひっそりと憎悪に満ちた目で俺の頭を凝視してたあの部屋の住人と……なんで同一人物じゃなきゃいけないんだ？

何度も考えた。俺の勘違いじゃないか、見間違いじゃないか、でも確かだった。①公園で頭のおかしな人みたいにブランコに乗ってた男と、②俺に酢をかけた男、③子どもの命を救った男、その三人が実は同一人物だった。偶然すぎる気もしたし、なんだか犯罪のにおいがする気もした。①と②は自然につながりそうなもんだけど、③はどう見ても別人のように思えた。俺のロジックはいつものように①＝②と③の間に橋を渡そうとしていた。つまりマナーの悪い喫煙者をひどく憎んでる彼が俺の頭に酢をぶっかけた後、よくよく考えてみたらあれはちょっとやりすぎたって思うようになって、「申し訳ない気持ち」からトラックに轢かれそうになった俺の子どもを助けてやることにしたのだと。でも、そんな事故を一体どこのどいつが予見できるって言うんだ？

もしかするとあの事故は仕組まれたものだったんだろうか？　彼があの日あの瞬間、よりによって偶然あの場を通りかかり、あんなふうに素早く動けたのも、よくよく考えてみると違和感がありすぎた。もしかすると④もあるんじゃないか？　言うならば……事故を仕組んで、助けたふりして補償金やらなんやらをむしり取ろうって計画みたいな？　つまり彼は、俺をターゲットにしようと長いこと観察してきたんだろうか？　一挙手一投足を徹底して監視し、あの土曜日の午後に俺たちがスーパーマーケットに移動するのを確認して、協力者の誰かさんに急いで連絡を取り、路地に待機してたトラックが迫ってきた？

こんな感じの妄想がひっきりなしに湧き上がってきて、しかも真相に近いのかもと思えてしまうほど、俺の頭は正常に回ってなかったようだ。子どもが死ぬところだったんだから。俺たちがあんな状況を招いたも同然なんだから……。もしかすると、ほんとにあの一杯の酢が理由なんだろうか。他人に対する疑心と狂気へと追い立てるほど、あの些細な出来事は俺にとって大きかったってことなのか？　人間ってそんなに情けなくて自己中心的な存在なのか？　妻もまた彼女なりに深刻な状態だった。毎日泣きながら自分の不注意を責めていた。なにも食べなかった。そんな状態があまりに長く続くので、いい加減にしろと言ったら大喧嘩になった。大声での言い争いが何度か続くと妻はヨンドゥを連れて実家に帰ってしまった。フル稼働で余裕のない仕事のスケジュールに有休までねじ込む妻の姿に俺は少し驚き、深く反省した。それくらい大きなストレスになってたようだった。

彼の家を訪ねてみた。いずれにしても感謝を伝えて謝礼を渡すことで、さっさと肩の荷を下ろしたかった。でも彼は玄関のドアを開けてくれなかった。理解できなくもなかった。俺に家を調べられたなんて、彼はまたどんなに気まずかっただろう。俺は待った。彼が限りなく常識的で論理的な態度ですべてをきれいに整理してくれるのを。そして細かいところにやたら執着してる俺の病的な精神状態は恥ずべきものだったんだと思わせてくれるのを。互いに居心地がいいとは言えない席になるだろうけど、俺たちは会うべきだった。

最終的に俺たちは会った。でも、その対面には俺が期待してたような論理的な要素はなかった。彼はやっぱり変な人だった。変な言葉でしゃべったし、最初から最後までちんぷんかんぷんな話をべらべらと並べ立てた。

――あの晩のことは謝ります。煙草の煙がほんとに嫌だったんで。昼間はバイク便の仕事、夜は勉強をしてるんですが、寝ようとしてる瞬間まで煙草の煙を嗅ぐのかと思ったらうんざりで。

落ち着いた声だった。俺は恐縮して頭を下げながら、あ、ほんとに申し訳ありませんでした、もうあそこでは吸いませんからと答えた。今の俺に、ほかになにが言えるってんだよ？

――家には台所がないんです。共同キッチンはあるんですが、そこにも酢は置いてなくて。それでひとつ買いました。

彼は丸い目を上げて俺を見ながら言った。野球帽を目深にかぶった顔は相変わらず赤く、目はなんて言うか澄み切っていた。この状況で彼がサイコパスなのか突き止めようとしてる自分がどこまでも幼稚な人間に思えたが仕方なかった。偽悪趣味？　それも違うみたいだった。俺に対する嫌悪を堂々と表現してる？　だとしたら俺はもっと頭を下げるべきなんだろう。でも彼は弁明してるような口調だった。まるで共同キッチンに酢がなかったことを謝罪してるみたいな口ぶりだった。

――うちの子を助けてくださり、ほんとうにありがとうございました。なんてお礼を申し上げたらいいのか……。

彼ははじめて苦しそうな表情を見せた。

――見えたんです。

――はい？

――事故が起こるのが見えたんですって。体に触れると見えるんです。この前の公園で、私が乗ってたブランコの鎖を息子さんがつかんだでしょう。あのとき手が触れたんです。それで見えたんです……。

――あ、はい……。

――見えなかったらどんなにいいか、でも見えるんです。それで仕方なくああしたんです。だから、そんなに感謝しないでください。私はそんな人間じゃありませんから。半々なんです。行動するときもあれば、しないときもあります。いや、最近はしないことのほうが多いです。仕事が忙しくて。

俺はじっと聞いていた。鞄に財布が入ってるから急いで紙幣を抜いて渡し、挨拶を済ませて席を立つんだ、このイカれた奴とは関わるなと心が叫んでいた。でもちょうどそのとき鴨肉が運ばれてきた。おいしそうなニラの和え物とおかずがテーブルに並べられ、店員がスプーンや箸、皿の位置を整えてくれた。俺はタイミングを逃してしまった。土曜日の午後六時、例の激しくブランコに乗りながら奇声を発する彼を公園で発見し、ビンゴ！　と叫びたくなった瞬間からまだ三十分しか経っていなかった。どうしても話したいことがあるので簡単に食事でもという俺の言葉に、彼は意外にも素直にブランコをとめた。近所にある豚の焼肉屋と鴨の焼肉屋の中から店を選んだのも彼だった。

——この鴨肉ですけど。

彼が一切れつまんだ。

——焼いてるときはこんな感じですけど、食べきれなくて冷蔵庫に入れといたのを取り出すと、白い脂の固まりでべたべたになってるんです。見たことありますか？ 最初はどう見てもひとつなのに、温度が下がると肉と脂に分離するんです。そうすると今さらですけどカロリーを思い出すんですよね。

彼は肉を口に入れるとおいしそうに噛んだ。

——私は、分離がうまくいかなくて毎日ぐらぐらと煮え立ってる。だからブランコに乗るんです。ブランコに乗ってるとすっきりするんですよ。

あ、はい。俺はふたたび意味のない返事をした。逃げるチャンスが徐々に遠ざかっていく。

——ほかにも理由はあります。ブランコに乗ってると、足をばたつかせながら自らの意志で前に向かってる気分になるんです。もちろん後ろにも下がりますけど。普段は常に後ろにしか下がってない気がして。正確に言うと、大きな銃弾の前方を抱きしめたまま発射されてる気分なんです。

彼は二十八歳で、自分は未来が見えるのだと言った。自分の未来がどう進むか知っていて、それが変わることはないだろうという事実も知っていると言った。すべてが決められたとおりに着々と進んでいくのをその都度確かめながら一生を送らなきゃならないって、どんな気分かわかるかとも言った。その時点で俺は、わかったよ、聞いてやるからと考えを変えた。焼酎グラスで二杯ほどの酒も入ってたし、俺も人との交流がほとんどないせいか、久しぶりに誰かと会ったら、やっぱりたわいもない話で管を巻きたいと何度思ったことか。日々の暮らしはお決まりのパターンのくり返し、血走った目で必死にじたばたしたところで、そのお決まりの暮らしのカスくらいしかつかめない。それすらも手を離したら一瞬で終わりだ。彼は思い描いてたとおりの不満だらけな最近の若者に間違いないようだった。

ただ俺としては、お気楽で最低な旧世代の視点なのかもしれないけど、彼が自分を閉じこめてる物語は陳腐すぎやしないかって思いはあった。新聞の描写と何ひとつ変わらない言い回しだった。ニュースへのコメントならともかく、こういう日常の平凡な瞬間とかでも、ほんとにそういう考え方を基準にしながらみんな生きてるんだろうか。自分には未来がないし、変えようがないと。心が痛かった。彼に申し訳ない気もした。つまり、ヘル朝鮮、まあ、こういうことが言いたいんですか？　未来がないっていう？　俺が尋ねた。できるだけ語調には気を遣ったが、ちょっとムカつく言い方に聞こえたかもしれない。

――いいえ、そんなんじゃありません。

俺を気の毒そうに見ながら彼が言った。

――それは未来がないっていう意味ですよね。未来が見えないとも言う。でもそれは未来がほんとうに存在しないって意味ではないでしょう。まだ誰のもとにも未来は訪れていません。未来には数多の可能性がありますが、自分が望んでいる未来はその中になさそうに見えるって意味です。私の場合は、それと正反対なんです。私には未来はあります。すでに経験したも同然の明白な未来が。その代わり、私には過去がありません。

――過去がないって？

――言葉どおりです。私は今、あなたとここに座ってるじゃないですか。どうしてここに来て座ることになったのかが見えない。不確実なんです。

俺は我慢できなくて少し笑った。

――記憶力があんまりよくないって話ですか？

彼も笑ってから答えた。

――そうだったらいいんですが違います。私にとって、今この瞬間に至るまでの過去はひとつじゃないんです。番号をつけるなら……どれどれ、だいたい一から四十か五十番くらいまでになりますかね。可能性の高そうなのだけ抜き出すとですね。一番の過去はあなたと私が覚えてるそのままの過去です。私がブランコに乗っていて、あなたが私を見つけた。でも二番の過去では、あなたと会ったのはさっきじゃなくて朝なんです。あなたが私に声をかけたんだけど、私は無視して家に帰ります。あなたが五時半くらいにまた訪ねてきて、うちのドアをノックします。そうしなきゃと朝からずっと考えてたんでしょう。それで一緒にここへ来ることになったわけです。

ガチャン。隣のテーブルでスプーンが落ちた。女性が身をかがめて拾った。

――三番の過去はまた微妙に違います。私は公園には最初から行ってません。この店の前でひとり鴨肉のにおいを嗅ぎながら、ああ、うまそうだなあと思ってるんです。でもいくらなんでもひとりで入るのはどうかと、その場に立ち尽くしてる。そこに偶然通りかかったあなたが私を見つけます。ちょうど食事の時間帯だし、食べながら話そうと言うわけです。こんなふうに、前のほうの番号は論理的に起こりそうな確率が高いんです。あなたには私と会って話をする理由があります。でも後ろのほう、十三とか十四番になると……。

彼はそこで話をやめた。俺は店員を呼んで水のお代わりを頼んだ。ニラの和え物の中にひどく辛い調味料の塊が混ざっていた。

――四十八番と四十九番、こっちはあなたと私が仕事で出会ったことになってます。同僚として。仕事を終えて地元で一杯やることにしたんですね。あなた、いま働いてませんよね？

彼はどういうわけか少し心配するような顔つきで訊いてきた。俺は頷くと今はちょっと休んでると答えた。彼はなにも言わなかった。気の毒そうな目で見られているという現実にムカついた。気の毒に思うのはこっちじゃないか？　それでもとにかく笑顔を絶やさないことにした。

――非常に複雑な話ですね。つまり別の出来事が実際に起こったように思えるってことですか？

――思えるんじゃなくて、私にとっては実際になにも起こってないのと同じだという話です。どれも可能性にすぎない。その中からひとつ選んで、これが実際に起きたんだ、だから今ここにいるんだと自分を納得させなきゃいけないんです。頭のイカれた人間にはなりたくないですから。イカれてると思ってますよね？

正直に言うとちょっと思ってますね、ついに俺は言ってしまった。口に出したらすっきりした。

――私も最初はそう思いました。でもあの出来事、あの日、あの場所で、息子さんが道路に飛び出すだろうと正確に知っていたなんて、あなたならどうやって説明できますか？　最初に言っておきますが、お金なんかを受け取ろうって気持ちは微塵もありません。そんなことできませんか。私にも事情がありますから。さっき言いましたよね。私は過去から未来へと飛んでいく大きな銃弾の前方にしがみついて、ぶら下がってるんだって。私は自分の頭の後方にある未来をすでに知っているんです。銃弾の方向は変えられないってこともわかっています。だから想像する必要がないんです。体の方向を変えなきゃとも思いません。そこで方向を変えたら人はどうなると思いますか？　すでに見て知っていることばかりをずっと、ずっと、ずーっとまた見なきゃいけないとしたら、頭がぼうっとしてくるのも無理はないと思いませんか？

そうですね……答えながら俺はいったいなんの話だよと思った。

——その代わり、私には過去が見えないみたいなんです。この世に生まれた以上はまともな精神状態で生きていけということでしょうか。過去は変えられないから、みんな忘れて、歪めて、言い訳するんでしょう。私の場合、未来は変えられないから忘れて、歪めて、言い訳してるんです。普通は考えませんよね。これからも自分はこうやって生きるしかないことはわかっています。こうやって生きるしかなかったことも。だからできることをしようと。過去を今この瞬間から作っていくんです。銃弾に逆向きに乗って飛んでいく私の目の前で揺れて、分岐しながら交じり合い、未来という前へとやみくもに投げ出されながら散らばる数多の不確実な過去を、不確実なまま受け入れるのです。この世はなにが起きても不思議じゃないと思っています。それすらもできなくなったら……私は頭が破裂して死ぬかもしれません。

俺は席を立つと店の外に出た。喫煙区域に間違いないことを確かめてから一服した。会えなくなってずいぶんになる妻と子どもの顔が見たくて見たくて、電話をかけようかと思ったがやめた。彼があとどれだけあんな話を続けたとしても聞いてやろうと決心したのは、俺が無限の忍耐力の持ち主だからでも、彼が子どもの命の恩人だからでもなかった。

なんでこんなにむかむかするのか最初はわからなかった。でも心を落ち着けてみると、彼の話がとにかく不快だったのだとわかった。あの口から発せられる不確実な過去についての話を放り出してしまいたい衝動に駆られた。急いで肉を食べたせいでもたれたのか吐きそうだった。

最後まで聞いて狂った考えを正してやらないと、ヤバい妄想だという自分への判決をあいつの口から引き出さないと今晩は絶対に寝られなそうだった。俺はめらめらと闘志の炎を燃やして席に戻った。


——じゃあ、私の未来も見えますか？

喧嘩を吹っ掛けるように俺が尋ねた。

——いいえ、あなたに触れたことないじゃないですか。できるだけ人に触らないようにしてるんです。ああいうのがしょっちゅう見えるから、すごくつらいんです。私がイヤホンをしてやたら大声で歌ったり、変な声をあげてるのって、いらいらが爆発しそうなのもありますけど、自分なりの防御手段でもあるんです。そうしてれば普通は私を避けていきますから。

答えに矛盾が多すぎて俺は笑った。

——でも、おっしゃるとおりだとしたら、今まで数えきれないほどの人を助けられたんじゃないですか。まるでスーパーマンみたいに。そのたびに助けた相手の体を触ったはずですけど。一度助けたらその能力が切れるってわけじゃないんでしょ？　見え続けるんですよね？　そしたら助けた相手の未来だけでも、かなり巨大な未来になるんじゃないんですか？

彼は少し考えていたが、それはそうですねとはぐらかした。

——体に触ったことがないから私の未来が見えないんだとしたら、こういうのはどうですか。

次の大統領選挙はどうなりますか？　またセヌリ党になるんですか？

彼は答えなかった。俺は笑いをこらえるのに苦労した。彼の顔が滑稽なだけでなく真剣だったからだ。たかがそのくらいのことでなんだよ、そんなの、誰だってある程度の予想はついてることじゃないかと俺は思った。

他人の未来については話せません。正しい行いじゃないでしょう。彼は真顔で答えた。

――わかってはいるけど言えない、それじゃあ不公平すぎません？　俺の知る権利もちょっとは考えてくださいよ。具体的じゃなくていいですから。単純に、韓国国民のひとりとしてですね。この国はこれからどんな感じになるんですか？　未来が見えないから、こんな大騒ぎになってるんですけど。

あのですね、彼が悲しげに言った。

――私のことは、どう判断しても構いません。たぶん可哀そうだと思ってるんでしょう。ある意味では可哀そうな人ですから。昼はたったの五分も休めずに体を動かさなきゃなりませんし。夜は勉強するには疲れすぎてて。未来を知ってるなら努力なんてしなくてもよさそうなものですが、そうでもないんです。完結した未来の影響力が大きすぎて、やたら現在に食いこんでくるんです。私が準備してる試験は公務員の七級［一般職の公務員。一番下の九級から一級まである］ですが、勉強しなくても私は受かるんです。来年に。でも未来の力がそこまで強大なのは嫌だと思うから、なんにも知らない人みたいに勉強するんです。勉強したから受かったんだって、そうやって自分が段階をひとつずつ踏んだから未来ができたんだって信じれば、少しだけ楽に息ができるんですよ。おわかりですか？　私は知らないままでいたい。それなのにしょっちゅう見えるんですから……。そうです、あの晩、私がわざわざ水じゃなくて酢まで用意して浴びせたのは、煙草のせいじゃなくてあなたが憎かったからです。つまり自分はこの先も優しい人として生きるしかないってことを、そして優しい人として生きていくのにあんな目に遭うってことを受け入れられないからじゃなく……あなたが羨ましくて、憎かったからなんです。あなたはなにもご存じないでしょう？　この先なにが起こるのか。失礼ですが、それがどれほどの祝福なのか理解してますか？　未来が見えなくて怖いってことがですよ。

もうこれ以上は笑えなかった。この場をひっくり返したかった。謝礼うんぬんは頭から消えていた。彼の無礼な侮辱は心の傷から来てるんだと思いながら、なんとか、なんとか耐えていた。耐えなきゃならなかった。俺が善い人として彼の記憶に残ってはじめて、彼も善い人として俺の記憶に残ると思った。俺はなんとか口を開いた。私は怖くないですよ。どういうわけか涙がこぼれそうだった。

彼と俺の悲しげな視線が空中で交差した。コメディかよ。さらに怒りがこみ上げてきた。なんでこんな告白しなきゃなんないんだ。俺がなにしたって言うんだよ。

――未来を教えたら、人はその言葉に影響を受けるでしょう。教えられた未来のとおりに生きるようになります。ヘル朝鮮という言葉には重要な意味が含まれています。社会の現実がどんな状態なのかを告発し、警告している。それなのにあれを嘘だと非難する保守派のコラムは、だからダメなんです。あんなこと書くなんて、ほんとに悪い奴らですよ。でも同時にそういう言葉が人の心を抑圧することもあるんです。息苦しいまでに。私はその程度までなら構わないと思ってます。でもそれ以上の未来は……私の口からは言えません。それを原則にしています。

俺は焼酎をもう一本頼んでしまった。じゃあ、お宅の未来はどうなるんですか？　この質問をするのも正しくないことなんですか？

俺が一歩も退かない姿勢なのを見て取ると、彼は口を開いた。記憶から消したいと心の底から願ってるなにかを思い浮かべるような表情だった。一方の俺は笑えるだけの気力を取り戻し、実際に途中で何度か笑いもした。

彼は翌年に公務員試験に受かり、仕事を辞めると言った。公務員として働きながらある女性と出会うわけだが、彼女と五年の交際の末に結婚する。もちろん途中で一度は別れもするし、また連絡を取るようにもなるし、他の女性の邪魔立てもあったし、彼女に他の男性が存在する時期もあった。でも結局よりを戻して家庭を作ることに合意する。その女性の顔が見えるのかと尋ねると、彼は体を丸めてリュックサックからペンを取り出し、紙ナプキンの裏にかろうじて女性だとわかる顔を数本の線で描いてみせた。

——絵が下手でほんとうによかった。もし実物に近い似顔絵を描けてたら、私は写真並みの正確さで再現したその顔をグーグルイメージの検索にかけてたでしょうから。そして身元を割り出し、その女性が住んでいる家に行ってうろつき、そういう馬鹿げたことばかりしてたと思います。でも私はそんなことしたくない。そんなことをはじめたら、それこそ気が狂うでしょう。彼女が好きじゃないとか、気に入らないわけじゃないんです。すごくきれいです。いや、優雅って言えるほどですよ。どうしてあんな人が私なんかにって思うくらいもったいない女性です。心も優しい。私を頭のおかしい人間扱いすることなく理解してくれる、たったひとりの人でもあります。私たちはむちゃくちゃ愛し合ってます。与えられた未来なんだって事実は愛とは無関係なんですね。実際に経験してみると。いや、これから経験する予定でいてみると。

俺は笑った。

彼はため息をつくと話を続けた。二人の間には娘がひとり生まれ、その子は成長して学校の先生になる。実直で、正しくて、献身的に子どもたちに接し、尊敬されて愛されている教師だ。時が流れて娘は結婚する。子どもを産み、彼と妻は喜びを噛みしめながら初孫を抱く。

俺は水を飲みながら押し寄せる睡魔を追い払い、それはまた実に結構な未来だなと心の中で皮肉った。俺よりはマシじゃないか。ヨンドゥが近所のお兄ちゃんたちを見て、来年からは自分もテコンドーの道場に通いたいと言ってたが、こっちは保育園にかかる費用のほかにテコンドーを習わせる金まで用意できるのか、来年には仕事をはじめられるのか、それすらも不透明な身の上なのに。

孫の赤ちゃん言葉の真似までしてみせる彼はとにかく楽観的な人間に見えた。実際はこいつも大きな夢と建設的な考えを持つ若者なのかもしれなかった。やり方がちょっと変ではあるけれど。俺は尋ねた。その未来のどこが気に入らなくてそこまで否定するのか、いや、君の言葉を借りるなら、忘れたいのかと。想像力の介入する余地がないから気に入らないんですか？平凡すぎるから？ ほかの、音楽とか美術みたいなのがやりたいんですか？ 生涯独身のまま、自由人として旅をするとか、そういうこと？

——いいえ、違います。私は与えられた人生のとおりに生きたいと願ってます。平凡に、幸せに。結婚だってしたいです。絶対に、あの人と。子どもも欲しいし、その子が子どもを産むのも見たい。あなたも過去の幸せだった瞬間は、まるで昨日のことのようにありありと覚えていませんか？ 私にとってはそれが未来なんです。年寄りになった私が娘の子どもをはじめて抱くときの、その子の甘くてやわらかな匂い、そんな抱っこの仕方じゃ赤ちゃんは居心地が悪いですよと小言を言う妻の愛情深い声、娘の家に来ている産後ヘルパーの女性の騒々しい声、そういうのをまるで……明日のことのように……覚えてられるんです。娘の家のリビングに置かれてる鏡に映る自分の姿も見えます。子どもを抱いてる私は白髪頭で、今よりもだいぶ痩せていて、それでもほんとうに明るく笑ってます。実に……善い笑顔です。人生を誤ることなく生きてきた人間の笑顔。それこそ私が願うとおりの未来です。そこまでは。

彼は表情のない顔で笑った。そうして諦めたようにため息をつきながら話の後半を聞かせてくれた。

それはとにかく、記憶にとどめるのも誰かに伝えるのも勘弁したい話だった。彼の孫娘が小学校の二年生になったとき、ある出来事が起きる。非常に残酷な大惨事が。いつ、どこで、どんな？　訊いてみたい気もしたが、彼はディテールについては口にしなかった。とても言えないという表情だった。いま考えると、それも彼が善い人ではあるという証拠のようにも思える。彼の口から言葉が一気に溢れだした。

——たくさんの子どもが死ぬとだけ言っておきましょう。こういう国で起こりがちな、人びとがそう言いがちな、でも、また起こるとは信じたくない、そんな出来事が、ええ、続けざまに起こるんです、今から数十年後にもまた。

彼の家族と娘一家は無事だ。娘はニュースでその一件に触れるだけ、涙を流して心を痛めるだけだ。問題はその次だ。正確に二年後、前回とほぼ同じような大惨事がふたたび発生するが、今回は彼の孫娘が犠牲になる。

——それで終わりじゃないんです。

彼が言った。今や彼の声はひどく震えていた。

——それで終わるなら運が悪かっただけだ、いや、自分も社会を構成する一員なのに、あんな出来事が立て続けに起きるのを傍観してたのが悪いんだ、間違いを正せなかった上の世代が悪いんだ、数十年にわたって積み上げてきた罪業の代償だと自分を責めて終わったでしょう。

でも孫娘の葬儀が終わった数日後、娘が彼にすがりついて泣き叫びながら言う。パパ、私のせいなの。私のせいでヒジョンがあんなことに。

どういう意味かと彼は尋ねる。娘が答える。二年前にあの事故を見ながら思ったの。あの人たちだけにあんなことが起きるなんて申し訳ないって。これは私のことでもあるし、私の問題でもある、自分にあんなことが起きなくてよかったなんて思ったら絶対にダメだ、そしたら私は、ほんとに天下の悪人になる、これからはあんな目に遭った人たちの気持ちになって生きようって、そう思ったの……私はあの人たちなんだって。でも誰にも言ってないし、心の中で思っただけ。考えただけ。それなのに、なんでこんなことになるの？　そんなふうに思ったのがいけなかったの？　そうでしょ？　私のせいだよね？

彼は組んだ両手をじっと見下ろしていた。

——では、私は娘をどう育てるべきなのでしょう？　そんな考え方をしない人間に育てるべきなのでしょうか？

——……。

放心して半泣き状態の娘を抱きしめたまま、彼はこう言うことになるのだそうだ。そんなことはない、決してお前のせいなんかじゃない、お願いだからしっかりしてくれと。怒り、頰を叩き、ともに泣く。でも娘はどうしても回復しない。自責の念に苛まれた心の病はひどくなる一方で、ついには四十歳を迎える前にこの世を去ってしまう。道路に飛び出したのだ。道路に。

そこまで聞いた俺は席を立つと、未来の彼がするのとほぼ同じ行動をとった。

——しっかりしろよ、お前!

大声をあげると店内の人たちが一斉にこちらを見つめた。酔っぱらった俺は胸ぐらをつかんで彼の体を前後に揺さぶり、それでも怒りが収まらなくて息まき、顔に殴りかかろうとした。彼の涙がおぞましかった。いくら生きるのがつらくて先が見えないとしても、そんな妄想を、そんな悪魔のような物語を考えつくなんて、子どもを育ててる立場としては聞き捨てならなかった。

——道路だと? 俺に向かって、道路だと?

顔が熱かった。善い人が善く生きたから、善い心を持ったから、そんな目に遭うんだと? いや違うだろ、このクソ。頼むから、そういうことはひとり家の中で考えろ、俺みたいになんの罪もない人間に向かってほざくなとどやしつけた。テーブルの上に唾まで吐いた。その後の俺がどうしてもう少し積極的なやり方で彼に恩返しできなかったのか、なんで最後まで彼と仲良くなれなかったのか、これで察しがつくと思う。酢事件のほかにも、こういうことがあったわけだ。店主は険悪な表情で俺たちを外に追い立てた。警察が来なかったのは幸いだった。

——うちの息子を助けてくれたことはほんとうに感謝してる。ありがたくて、俺の心臓でも捧げたい気持ちだ。お前も知ってるだろう、俺には良心もないし、優しい人間でもないけどさ、この件にかんしては心から感謝してる。本心だ。

完全に敬語を使うのをやめてしまった俺は、店の前で酒のにおいをぷんぷんさせながら泣く彼の体を抱擁し、中腰で立ちながらそう言った。

——よくわかんないけどさ、お前にも事情があるんだよな。だから自分のしたことに対して気まずかったり、変だと思ったりするんだろ。気まずいから、時々わざと人の頭に酢なんかかけてみたりするのかも。俺は悪い人間なんだって自分のこと説得したくてさ。そのうちにイルベ［韓国の2ちゃんねるとも言われている匿名の電子掲示板サイト「日刊ベスト貯蔵所」の略語］なんかにも入って、本音ではそんなこと望んでないし、本心でもないのに。違いますか？　でもね、俺にとってお宅は、ただの優しい人なんですってば。優しい人にはそんなこと起きないし、人に未来は見えないの。だからちゃんと生きてさえすればいいんです、こんな話、これからは人にしたらダメですよ。喫煙者が嫌なら言葉で伝えましょう。過去が不確実だとか、すべて実際に起こった可能性があるとか、別の過去を作って頭に入れるとか、実は助けたんじゃないのかもとか、そういうこと言わないようにね、ちょっと！

彼が揺れながらなにか呟いた。なんだって？　俺は訊いた。私、そんなこと言ってませんよ。助けたんじゃないのかもとは言ってません……。

俺は彼をつかまえると唸った。後に続いて言ってみてください、私はイカれた野郎です。

——私は……イカれた野郎です……。

俺は彼を解放してやった。彼は泣きやむとこっちを見た。そしてまた視線を落とすとゆっくり呟いた。

——はい、私が悪かったです。私はイカれた野郎です。人の善い心を信じなきゃダメですよね。善い心が善い心を生み、それがまた別の善い心を生むんですから。そうやって何度も生まれて、何度も何度も……。心が少しずつ増えていけばいいんですよね……。はい、私もそう思います。心から、そう思いたいです。

そこで終わればよかったんだが、最終的に俺は彼を一発殴ってしまった。彼がこうつけ加えたのだった。

——信じなきゃダメですよね。善い心にはなんの力もないって、すごく小さくてか弱い存在だから、恐ろしいことが起こらないようにする力はないんだって。だから私たちが守ってやらなきゃいけないんだってね。

この件を思い返してみると、やっぱりあの日は俺が悪かったなって気になる。でも俺にもどうしようもなかったんだ。なんであそこまで腹を立てたんだろう? 最後まで鼻で笑ったりすることもなく、どこまでも率直だった彼が憎たらしかったのかもしれない。誰にもこの話をしたことはないけど、まず誰も信じないだろうし、どんなに包容力があって想像力が豊かな人間も、この話に含まれてる邪悪な面を作り出したのはこの俺、他の誰でもない俺だろうと思うのは目に見えていたからだ。物語を作る仕事をしてる人間がよくされがちな誤解だ。

彼にはそれっきり会えなかった。遠くから俺を見かけることがあったとしても、気まずさから声をかけなかったのだろう。一万歩譲って彼の妄想になんらかのメッセージがあったのだとしても、俺がその妄想をうつされて心を病む可能性はゼロだっていうのが結論だった。子どもの恩人は精神的にちょっと問題がある人だった。それでも彼は善い人だったと俺は思ってる。善い心には力がないって？　なんでそう言えるんだ？　彼みたいな善い人が奇跡のように存在してくれてたから、今の俺が、俺の家族があるんじゃないだろうか？　危機に直面する人を見かけたら未来なんて関係なく身を挺して助けようとするのは当然だし、彼はその本能に忠実に行動した後、自分の中に一貫性を作り出すのに失敗しただけだ。この世はあまりにも病んでいて、俺たちは他人の善意だけでなく、自分の中にある善意まで疑い、それを妄想のレベルまで格下げさせる。そんなところまで来ているんだ。ほんとにヤバいところまで。

いまだにムカつくのは、そこまで信じきっているのに、向かいの低層マンションがあの位置にそのまま ちゃんとあるか、この場所に立って確かめないと安心できない癖を直せずにいるからだ。隣人は彼の予想どおり公務員試験に受かったのか、それとも果たせなかったのか、もっとマシな未来が実現してあの狭い部屋を出たのか、ずっとひとりであそこに住み続けてるのか、あの低層マンションと、俺のある過去と、彼っていう人間がほんとうに存在してたのかを確認したくてしょうがなくなる、この不思議な気持ちはいったいどこから来たんだろうか。そんなに難しいことじゃないんだから今からでも道路を渡って階段を上り、ベルを鳴らして待てばいい。でもどういうわけか、その簡単なことができない。同じ極を押し出す磁石のように、望みのない恋に落ちた人のように、こうやって遠くから空しく見つめるだけだ。

たぶん今の俺が幸せだからだと思う。幸せって言葉を聞くと心が落ち着かないし、自分の口で言うともっと落ち着かなくなるからだ。到底無理そうだったデビューを果たし、童話を――あんな途轍もないことが起こったのに、相変わらず童話っていう軟らかいジャンルを――書いていて、豊かな暮らしとは言えないけどさしたる不満もなく、この小さな家から追われることもなく生活している今が、修復は望めないかもと思ってた妻とも元の鞘に収まり、ヨンドゥが健康に順調に育って小学校に入学し、ちょうどこの時間は午後の授業を受けている現実が嘘みたいに思えるからだ。蒸《ふ》かしたてのじゃがいもみたいにほくほくしたこの現実は驚異だし、俺たちを除く世の中すべての犠牲の上に成り立ってるような負い目を感じてるからだ。

どうか、邪悪な、そして実在しない箸でじゃがいもを突き刺すのはやめよう。その負い目だけを覚えていればいい、それを善い心に変えて、別の隣人にまた回していけばいい、俺はそう思う。

今すぐに具体的な方法を見つけることはできないけど。うん、俺の妻と子どもはみな無事で一緒にいるし、今こうして電話に出ないのは二人とも仕事と授業で忙しいからだ。俺の目がやたら湿っぽいのは、そのすべてを信じる気持ちから生まれた感謝のためで、なにかを信じられないからじゃない。水を飲みにリビングへ向かう前に寝室と子ども部屋のドアを開けて、さっきみたいな馬鹿げた習慣――俺の愛する人たちの持ち物がすべてあるべき場所に収まってるか確認する――をくり返す前に、誰でもいいから訊いてみたい。みんな少しずつこういう面があるんじゃないかと。君にもあるんじゃないか。悪夢から目覚めて少しの間、まだその悪夢の中にいるような気がして、日常の温もりが実感できなくて危うさを感じることが。この世はそういう取りこし苦労でなんとか維持されてるんじゃないだろうか。

家の前の歩道には誰もいないけど、ありがたいことに二〇二号室の窓は今日も少し開いている。はい、実は私もそうなんです、心配しなくて大丈夫です、そうやってこちらを安心させる答えをくれるために開かれた、善い人の唇のように。

疑うドラゴン

ハジュラフ1

都市国家ハジュラフにおけるドラゴンの召命は伝統的に二つにわかれている。戦闘と繁殖。戦うドラゴンは大義を抱いて戦闘に加わり、大義とともに消滅する。彼らの生命はドラゴンナイトとともにはじまり、ドラゴンナイトとともに終わりを迎える。もちろん、これは二段階の「選択」がどちらも順調に行われたときの話だ。最初にドラゴンが生物学的な意味での後継者となる赤ちゃんドラゴンのナイトになる人間を選び、次に選ばれた人間がそれに応じるかどうかを選ぶ。便宜上「選択」と呼んでいるが、相手の情報がまったくない純粋な直観によって行われるこの過程を、ドラゴンとドラゴンナイトは通常「運命」、または「宿命」に近いものとして受け入れる。

ハジュラフのドラゴンたちは疑いを抱くことなく産卵し、卵は世界の結界を越えてスロムの地上へと転がり落ちる。しかし選ばれた人間たちの中には卵を発見しても、無知や不安から受け入れを拒否する者がいる。ドラゴンナイトの候補者が拒否した卵はハジュラフの司令部によって回収され、こちら側の世界に戻ってくる。孵化《ふか》場で誕生した卵は人間の管理者の手で育てられて大人のドラゴンに成長する。交感できるドラゴンナイトを得られなかった彼らは戦う代わりに繁殖するドラゴンになる。

繁殖するドラゴンは時期が来ると相手を見つけ、結婚飛行を行ってパートナーとなる。二十ヵ月待つと産卵期が訪れる。メスのドラゴンが卵を産むと物理的には一匹のドラゴンが誕生するだけだが、スロムでドラゴンナイトも同時に誕生するため、哲学的には一度に二つの存在を生み出すことになる。繁殖するドラゴンは戦場を駆けずり回りながら火を吐いたり、敵の魔法に対抗したりはしないが、未来の兵力を供給する役割を預かるという間接的な形で戦闘に寄与している。

この二つの召命をドラゴンたちは呼吸するのと同じくらい自然な、そして名誉なことだと受け止めていた。だが稀に、どちらにも違和感を覚えるドラゴンもいた。ガルはそんなドラゴンだった。

ガルも最初は戦うドラゴンになる予定だった。ガルが入った卵は生物学的な母親であるドラゴンの産道を通過すると、スロムのとある家の玄関前に転がり落ちた。だがドアを開けて出てきた人間の女は殻が凸凹したグレーの巨大な卵を発見すると、拾い上げてじっと眺めていると思ったらゴミ集積場に捨ててしまった。ドラゴンの卵はナイトになる人間の目にしか見えないから、誰かが彼女を見かけたとしてもパントマイムでもしてるのかと思っただろうが、とにかくその光景を目にした者は誰もおらず、ガルはスロムの時間で正確に四十六時間後、卵の状態で回収されてハジュラフに戻ってきた。

いっそのこと手も触れないでくれたらよかったのに。接触が行われたせいで、人間の女の心でドラゴンナイトとしての運命に対する覚醒がわずかに起こり、続いて反発が沸き上がり、その反発は女の人生の情報と一緒に卵の殻を伝って胎児のガルにそのまま届けられた。体もできあがっていないうちから記憶の一部を受け取ったのだ。女には未成年の息子がいた。この上なく愛していたが、彼は唐突に見知らぬ地へと、ある間違った信念に引きずられて死と憎悪と戦争の地へと去り、連絡はずっと途絶えたままだった……。おそらく死んだか、容赦なく人を殺す者たちに加担してるかだったが、女としてはどちらの可能性も到底受け入れられなかった。

女は卵を見ながら思った。

「そんなはずない」

こうも思った。

「信じられない。これは虚構よ。虚像に慰めを求めるようなことはしない。ここで、私の場所で、できることをするつもり。まだ希望は捨ててないもの」

それが息子に対する思いだったのか、ハジュラフやガル、ドラゴンナイトとしての自分自身に対する思いだったのかは不明だが、とにかくガルの記憶に鮮明に刻みこまれ、歳月が流れる中で道しるべのように、もしくは宗教的な信念のように、生きる方向性を決定づける役目を果たした。

「信じられない」

ガルは時々そう思った。それが自分の考えなのか、自分を拒否した人間の考えなのかもわからないまま。ガルは戦うドラゴンにも繁殖するドラゴンにもならなかった。疑うドラゴンになった。


ガルはグレーの体に紺碧の瞳を持つ雌のドラゴンに成長した。繁殖期を迎えた雄のドラゴンたちが美しい体色に惹かれて近づいては、攻撃的でセンシティブな気質を感知して急いで引き下がることもしばしばだった。ガル自身には繁殖期が来なかったが、それを変だとも思わなかった。自分を、運命を、ハジュラフを満たすあらゆる出来事のさまざまな面を裏返して眺め、くまなく観察するのに忙しくて、雄に興味を持つ心の余裕も時間もなかった。

ガルにとってはハジュラフの些細で大掛かりな出来事の一つひとつが疑惑の対象だった。例えば週に一度、歓迎式とドラゴンナイトの爵位授与式を兼ねて中央広場で開かれるセレモニー。集まる群衆の反応からしてガルには理解できないものだった。

週に一度の火の日がやってくると、三組から五組のドラゴンとドラゴンナイトが祝賀と歓声の中で戦闘の任務を与えられる。巨大なキノコの形をしたハジュラフの国境はイロム、イラス、マドン、ペルディティナ、ユムという五つの国と接しているが、この五ヵ国すべてが邪悪な魔法に苦しめられていた。ドラゴンとドラゴンナイトの任務は魔法で凍りついたこの国々の地を火の息で溶かし、孤立した人間を救出することだった。毎週、数週間に及ぶ戦闘と飛行訓練を終えたドラゴン軍所属の将兵たちが戦地へと赴いた。だが勝利して帰還する者はひとりもいなかった。

「みんな、なんであんなに浮かれてるの？　勝って戻ってきたことなんて一度もないのに、どうして本気で期待してるみたいな顔して、ほんとに勝つだろうって信じてんの？」

子どもは肩車され、大人は花束から一輪ずつ抜き取ってドラゴンナイトに投げながら歓声を上げた。爵位授与式が終わると宴会が開かれ、この都市の市民であればドラゴンだろうが人間だろうが関係なく肉や酒、新鮮なフルーツが惜しげもなく振る舞われた。一週も欠かすことなく開かれるこの盛大な祝祭が、ガルの目には不安を隠そうとする虚栄と狂気の宴にしか見えなかった。

「私たちは勝てない。戦争は終わらないし、兵士は消耗されるだけ。ハジュラフが勝つことはない。私たちは負けるために存在してる国なんだ」

ガルの考えは完全に論外とは言えなかった。なぜならドラゴンとドラゴンナイトは聖なる任務を果たすために国境を越えて飛び立つが、一様に罪人となって帰還するからだった。邪悪な魔法に対抗して戦うドラゴンは戦場の真ん中で狂気に囚われる。悪と戦いながら悪に染まってしまうのだそうだ。凍りついた城塞と家を溶かしていたドラゴンが急に正気を失い、罪のない人間に向かって火の息を吐き散らす。悪い魔法使いが集結している本拠地を襲撃しなければならないのに方向感覚を失い、農耕地や農民たちの家、家畜を燃やしてしまう場合もあった。場合もあるとは言ったが、最後までおかしくならなかったドラゴンなんていたのだろうかとガルは疑っていた。任務を全うして帰還し、報告まで終えるドラゴンなんて見たこともも聞いたこともなかった。

戦うドラゴンにとって、ドラゴンナイトは生物学的な意味での親よりも近い存在だ。ドラゴンは自分が産んだ卵に愛着を持たないため、赤ちゃんドラゴンはドラゴンナイトになる人間に依存し、愛着を持つようになる。ドラゴンナイトとは血縁よりも濃い信頼で結ばれており、一度でも交感が切れると極度の混乱に襲われて制御不能の状態になる。全身を疲労と自責の念、敗北感に包まれ、体に大小の傷を負った状態でハジュラフに帰還して裁判台へと上るドラゴンナイトは、そんな中でも幾多の困難を乗り越えて交感を回復するのに成功し、ドラゴンを引っ張ってきた人間たちなのだった。

汗で濡れた髪は乱れ、顔は煤まみれ、あちこち引っかけた跡の残る服、肩から腰にかけた革の飾り帯すらも切れた凄惨な姿で裁判台に立った人間の女を、ガルは遠くから複雑な心境で見守った。女の顔は崇高な使命を全うできなかったという罪の意識、自分のドラゴンを統制する力を失った者の当惑、非難に対する不安、そして底知れぬ悲しみがぐちゃぐちゃに入り混じっていた。

「貴官のドラゴン、ホルロリオンが殺害した民間人の数は」

「イラスで五人、マドンで八人、それからユムでは……三百人を少し超える数です」

「全員が罪のない民間人か。魔法使いの腹心だった可能性はないのか」

「わかりません。私の見るかぎりでは……彼らはただの農民でした。そしてユムで命を失ったのは……子どもたちでした。文字もまだ習っていない小さな子と、その親たちでした。彼らが邪悪だったのかどうかは……私にはわかりません」

「ドラゴンナイトには戦場でドラゴンが民間人に危害を加えないよう、統制する義務があるということを知っているか」

「はい……知っています」

「統制しようという努力はしたのか」

「しましたが、効きませんでした。なんとかしてもう一度試みたときには、すべてが手遅れでした」

「ハジュラフ軍法三十三条とイロム、イラス、マドン、ペルディナ、ユムを合わせた国際法の四十二条二項により、貴官と貴官のドラゴンのどちらかが斬首刑で代償を払わねばならない。どうするつもりか」

ドラゴンナイトの唇が少し開いた。笑っているようにも、泣いているようにも見えた。

「……私が、罰を受けます」

群衆の間からため息とどよめきが沸き上がった。ドラゴンナイトは必ず自らの死を選択した。自分は生きる、ドラゴンを殺せと言う人間は誰もいなかった。ここまでくると、ガルの頭の中はどこにもできない質問で破裂直前になるのだった。

「それがどうしてあなたの過ちになるの。あなたもドラゴンも間違ったことしてないのに。間違ってるとしたら、それは邪悪な魔法使いでしょ。ううん、邪悪な魔法に打ち勝てるドラゴンはいないって知ってるくせに、ひっきりなしにドラゴンを送ってるハジュラフ、この都市が間違ってるんだ」

穏やかな顔になった女が裁判台を下りた。ガルはその穏やかさが理解できなかった。あなたは、ただ死ぬためにハジュラフに来たってこと?

刑はすぐに執行された。執行人の二人が広場の真ん中でロープに繋がれ、口には轡《くつわ》をはめられたまま青ざめた無様な姿で伏せているドラゴンの傍へと女を連れていった。木製の断頭台が置かれ、広場の片隅から覆面をかぶった死刑執行人が近づいてくる。群衆のざわめきが大きくなる。

「最期に言い残すことはないか」

女を後ろ手に縛り、膝をつかせた死刑執行人が言った。ドラゴンナイトは涙を流しながら自分のドラゴンに向かってささやいた。愛してるわ……私の息子。ドラゴンは長い首を力なく地面に伸ばしたまま焦点の合わない目で女を見ていた。女に目隠しがされ、頭が断頭台に固定された。

死刑執行人が長い剣を受け取った。

「惨すぎる」

ガルは心の中で悲鳴をあげた。でも嫌悪感に体を震わせてるくせに、どうして毎回この光景から目を離せないのかはわからなかった。この場面にはガルが解かなければならない本質的な疑問が、非常に倒錯した形で内在していた。

死刑執行人が思い切り剣を振り下ろした。ガルは両目を見開いた。剣が女の首に触れる直前、あちこちから甲高い声が上がった瞬間、女とドラゴンの姿が同時に見えなくなった。絵や文字のように消されたか、空気中に吸いこまれでもしたかのようだった。

ひとしきり大きくなったざわめきが静まった。執行は終わった。群衆は散り散りに家へと、日常へと戻っていった。だがガルはその場から動かなかった。

「どこに行ったんだろう」

もう数百回は投げかけてみた疑問だった。だが答えはどこにもなかった。

「あなたたちは死んだのか。それともどこか別の場所へ移されたのか。これが死だとしたら、なんでドラゴンナイトだけじゃなくて、ドラゴンも一緒に消えるのか」

ガルは顔の汗を拭く死刑執行人に視線を移した。いつも思っていたことだけど、覆面を外した顔はとても善良そうに見えた。実際に血が飛び散り、死体がその場に残る刑の執行じゃないからかもとガルは思った。

「あの男は怖くないのかな。これまで数えきれないくらい剣を振り回してきたけど、剣が触れる前に相手が毎回いなくなっちゃうから、あの仕事を続けられるんじゃないのかな。でも私があの男だったら、毎日のように悪夢に悩まされそうなもんだけど。罪人の体が消えない夢、図体から切り離されちゃった頭がごろごろ転がる夢のせいで絶叫しながら目覚めそうだけど。彼は疑ったことないのかな。これはおかしすぎるって一度も考えたことないのかな。こんなふうに疑ってるのって私だけなのかな。私が間違ってるのかな。病気なのかな。いや、邪悪な魔法に染まったのかな」

ここまで考えると、ガルは耐えきれずに広場のあちこちに考えをぶちまけたりもした。

——ほかのドラゴンたちはどこにいるの？　彼らはどうして戻ってこないの？　どうなったのかな。彼らもあんなふうに消えちゃったの？

ガルの考えは人間には聞こえず、ドラゴンたちは聞こえたのだろうが答えなかった。ガルが思うに、こういう告白と自己批判と不条理な断罪へとつながっていく刑執行がくり返されればされるほど、戦争は崇高なものだというハジュラフの人間の盲目的な思いこみがさらに強まっていくようだった。彼らにとってドラゴンナイトは確かに英雄だった。でも病に侵されたドラゴンを連れて戻ったドラゴンナイトは戦争犯罪人、外地の人間でしかなかった。誰も戦争そのものを問題視していないようだったし、戦闘は果てしなく続いていた。そして問題の当事者になるべきはずのドラゴンたちは、なにも考えていないようだった。

——帰ったんだよ。

滅多にないことだけど、こんなふうに答えが返ってくることもあった。ガルはびっくりして、考えが飛んできたほうを振り返った。冷たい銀色を帯びた黒い鱗で全身を覆われた美しい雌のドラゴンが緑色の目でガルを見つめていた。

——死んだんじゃないよ。スロムに帰ったんだよ。

黒いドラゴンの考えが聞こえてきた。ガルはそのドラゴンから目を離すことができなかった。その答えから、答えの中に含まれている、また別の質問から。


そのドラゴンの名はイパだった。イパはいくつかの面でガルと似ていた。戦争に熱狂していなくて、繁殖したいという欲求がなくて、心の中にいくつもの疑問を抱えていた。でも、たまにガルの頭の中にある質問がガル自身を絶壁まで追い詰めるみたいに答えをせっつくのと違って、イパの疑念は自分を傷つける代わりにある種のパワーになっているようだった。

——彼らがスロムに帰った？　あの女とドラゴンが一緒に？

——そう。私はそう思ってる。

——でもスロムは人間の世界でしょ。ドラゴンがどうやってあそこに行くの？

——ドラゴンも行けるよ。あなたも、私も、行ってきたじゃない。もちろん、そのときはまだ孵化する前だったけど。

みんな戦うドラゴンになったのに自分は拒否された……。長年の相対的剝奪感が胸を刺し、呼吸を整えなければならなかった。ドラゴンナイトの候補者に拒否されて戻ってきたドラゴンなんて数えきれないほどいるのに、どうしてこんなに長いこと傷を引きずっているのかガルは理解できなかった。しばらく黙っていたイパの考えがふたたび聞こえてきた。

――スロムでは、ほかの人間にはドラゴンの卵は見えない。ドラゴンナイトになる人間だけに見えるの。でも私たちがあそこにいたのは確かでしょ？　覚えてる？

――うん、覚えてる。あの女が私をゴミ集積所に捨てた。

――私はね、実はほとんど覚えてないの。私が送られた家に住んでた女は、私に触れもしなかった。ただ見つめてるだけだった。だからその人が女だってことと、高齢だってことくらいしかわからなかった。でも、あのとき私は確かにあの場所にいた。拒否されて戻ってはきたけど。

――そうだったんだ。

――私の考えでは、死んでから世界の結界を越えてスロムに行くと、私たちは今とは違う形態で存在することになるみたい。ここにいるときとは全然違う形で。

――どんな？

――目に見えない、例えば平和とか心の安定みたいなものとして？

驚いたガルは頭を後ろに向けてイパの黒い顔を眺めた。このドラゴンはどうやってあんな考え方をするようになったんだろう。思考の体系が独特すぎるドラゴンだった。

——自分が死にますって言ったあと、女の表情が一気に穏やかになったように見えたの、覚えてる?

——うん。

——ドラゴンナイトはいつもそういう表情になる。なんでだろう、どうしたらそうなれるんだろう、自分の死が怖くないいんだろうか? 気になってた。あなたみたいに。そのうちにわかったの。彼らのドラゴンが答えてくれたんだ。

——ドラゴンナイトのドラゴンと会話したってこと? ……どうやったら、そんなことできるの?

交感がはじまると戦うドラゴンはすべての感覚を遮断し、自分のドラゴンナイトとしかコミュニケーションをとらなくなる。ほかの人間やドラゴンのいかなる言葉も、考えも聞こえない。戦場でドラゴンナイトの存在が重要なのはそういう理由からだ。それはたったひとりの人間に永遠の忠誠を誓って耳を塞いでしまうような、堅固で盲目的で危険な信頼関係だった。

——私は遮断された頭の中に入れるの。

——なんですって?

——頭を遮断してても、私には聞こえるって言ったの。

「これはまた、大魔法使いのパルプルヘンサウニスのドラゴンだったティトリナの話みたい」

——これはまた、大魔法使いのパルプルヘンサウニスのドラゴンだったティトリナの話みたい。

ガルはびっくり仰天して火の咳を吐き出した。

——頭のおかしいドラゴンだと思っても構わない。自分でも、ちょっとそう思ってるとこあるから。

——いや、いったい……。

——孵化してすぐのときに、間違ってニルニの粉を食べちゃったの。昔むかし、36孵化場で起きた事件、知ってる？　生まれたばかりの赤ちゃんドラゴン三十二匹が一斉に食中毒になった。栄養士がほかのこと考えてたせいで、塩を入れなきゃいけないのに、棚の同じ列にあったニルニでお粥の味付けをしちゃったってわけ。

思わず鼻息がシュンシュンと漏れ出た。

——あれって、子どもには毒なんでしょ。

——うん。一緒にいた子のうち、十八匹が死んだ。五匹は目が見えなくなって、飛べなくなったり、後ろ脚が使えなくなった子もいた。みんな病棟に運ばれたけど、どうなったのかは知らない。もしかすると今も病気で寝てるのかも。でも、私はどういうわけか大したことなかったの。お腹がちょっと痛くて、何日か下痢をしただけだった。そしたらある日を境に聞こえるようになったんだ。

――考えが？　ドラゴンたちがなにを考えてるのかが？

――そんな特別なことじゃないの。召命を受けたドラゴンだったら、召命について思いを巡らせるのが普通でしょ。戦いに赴くドラゴンは戦いのことを考えるし、繁殖を準備してるドラゴンはまだ見ぬパートナーに思いを馳せる。繁殖が終われば幸せな老後について考えるでしょう。生物学的には不可能だけど、もう一回くらいは卵を産んで国家に奉仕したいってたまに思ったりもして。

少し拍子抜けしたガルはパタパタと尾を振った。イパは歯を見せながらグルグルと喉を鳴らした。

――がっかりした？　でもね、召命ってそれくらい強力なものなの。私たちはそういうふうに作られてるのよ。召命を受けたまま、その召命のおかしな点について深く考えるのは簡単じゃない。それができるのは……召命から離れたところにいるドラゴンだけ。あなたみたいに。

ガルは少し緊張した。このドラゴンは私のことをどこまで読んでるんだろう？

――私って……病んでるドラゴンみたいに見える？　メンタルに問題があるのかな？

――ううん、私もあなたみたいに気になってるの、ガル。

イパは黒い翼を羽ばたかせながら座り直すと、大きな目をぱちくりさせた。そしてふたたび考えはじめた。

――私たちがこの戦争にここまで喜んで命を捧げる理由はなんなのか。自分や後世の命をちっとも大切にしないで、どうして国家に差し出すのか。ハジュラフに対する私たちの愛は本物の愛なのか……。ほんとは戦場までついて行きたかった。なにが起こってるのか自分の目で確かめたかった。でも勇気がなかった。法を破る勇気も、本物の戦いに飛びこむ勇気も。目につかないように軍隊の後をついて回る方法も思いつかなかったし。それで……帰還したドラゴンに接触したの。さっき見たホルロリオンみたいに裁判に回されて判決を待つドラゴンに。最初はすごく混乱したけど、何度かくり返してるうちにパターンが見えてきた。彼らは……自分がドラゴンだと思ってなかった。

——ドラゴンだと思ってなかったって、どういうこと？

——自分のことを死んだ人間だと思ってるのよ、ガル。

——死んだ人間？

——うん、言葉のとおり、人間だけどもう死んでる。名前も、記憶もある。さっき消えたホルロリオンは……自分はトニーっていう少年だと信じてた。スロムで戦争があって、トニーはそこでたくさんの小さな子を殺したの。なんの罪もない子たちを。その後、自分も死んだんだって。

——戦争で？

——うん、うちらの戦争と似たような。人間もやっぱり自分たちがやってる戦争には立派な大義があって、拒否できなくて、神聖なものだと思ってる。そのくせ、ひっきりなしに殺し合ってるんだから。

――そのドラゴンがそんな妄想をするようになったきっかけは？　邪悪な魔法のせいだったんだよね？　スロムで起きてることが、私たちドラゴンにわかるわけないじゃん。

――ドラゴンナイトの持ってる記憶なんだって。ガル、あなたのドラゴンナイトだったかもしれない人間を思い出してみて。その女性、もしかして喪失を経験したことのある人間じゃなかった？

――それは……うん、息子だった。その女性は息子との交感が途絶えた状態だった。あれが交感で合ってるならだけど。

――私の考えでは、ドラゴンナイトになってハジュラフに来る人間は、みんなスロムの戦争で大事な誰かを失っているのかも。ドラゴンたちの頭の中にあるその考えは、そもそもドラゴンナイトから伝わってきたものだろうから。もしかすると……スロムの人間は、私たちを使って自分たちの戦争を再現しているんじゃないかな。鏡みたいに。ドラゴンナイトたちは失った誰かの代わりに死を経験したいから、進んで斬首刑を選ぶのかもね。

「頭おかしいんじゃない」

ガルはそう考えてから、すぐに後悔した。

――……ごめん。自分より変なこと考えるドラゴンにはじめて会ったから。

――大丈夫。それは私も同じだから。

イパは大したことないと言うように鼻息を吹き出した。呆れたガルは体が熱くなってくるのを感じた。こんな変てこなドラゴンと出会えるなんてうれしかったけど、一方では心配でもあった。召命がないという事実はドラゴンをこんなふうに変えるのか。ガルは自分のことが嫌いだった。内心では誰かが自分のイカれた考えをやめさせてくれることを願ってたのに、このドラゴンは逆に大きく膨らませていた。それも整然と。

空腹を感じた二匹は場所を変えた。南へと飛んでアントロス山の麓《ふもと》まで行き、草を食《は》んでいた野生の風牛《パラムソ》の群れを火で焼いて一緒に食べた。ぱさぱさした肉を噛みながらガルはふたたび考えに耽った。

「風牛を殺すのは罪じゃないよね。彼らを食べるのは罪じゃない。動物だから。私たちは生きてかなきゃならないから。でも羊や豚みたいに人間に属してる動物を捕まえて食べるのは罪だ。ハジュラフの法ではそう定められている。でもどうして？　それって人間が作った法なのに。すべてがあまりにも人間中心にできてる。なんで私たちはそれに従うの？　火で焼いたら一口分にしかならないのは風牛も人間も一緒だし、いざとなればひとつ残らず捕まえて食べちゃってもなんの問題もないのに。なんで私たちは人間に害を与えたらいけないの？　人間がほかの動物より高貴な存在だから？　麗しき存在だから？」

頭がくらくらしてきた。ドラゴンは人間に害を与えられない……与えてはならない。どうしてかは不明だけど。唯一の例外は邪悪な魔法を使うことで知られる魔法使いだけだった。

「どうしてもこうしてもないじゃない。単にそう決まってるからでしょ」

ガルは速攻で反社会的な考えを払いのけた。骨を吐き出してたらイパと目が合った。恥ずかしかった。どうせ頭を遮断してもこのドラゴンには聞こえるんなら、頭の外に考えを出しちゃったほうがよかったのかな。

――ガル、私もそう考えたことがあった。それはおかしいって。私たちはどうして人間を食べないのか。

――そうなの？　イパってすごいこと考えるんだね。人間を食べるだなんて。おいしいと思うの？

――食べたことあるの？　ないじゃん。

ガルは呆れた。イパの食欲はこんなことでは失せないらしく、もぐもぐと肉を嚙みながら考えを伝えてきた。

――私たちは人間を食べたことがないから、食べられないって思ってるだけなのかも。

――吐きそうなんだけど。

――ごめん。でも、そうじゃなかったらどうしてだと思う？　ここには明らかに禁忌が存在する。たまに思うんだ。私たちは人間の被造物で、人間は私たちを作った神だとしたら……このすべての疑問が一気に解消されるんだろうなって。

堪えきれなくなったガルは頭を振りながら翼を上下させた。

——なに、それ。

——被造物は創造主に危害を加えられないんじゃないかな。創造されたときから攻撃性は除去されてるはずだから。

ガルはばたばたと羽ばたき続けた。でも……単に笑えるだけの話ではなかった。

ガルの頭の中でエスカレートしてゆくワームホールみたいに突拍子もない考えと、イパの妄想はつながっていた。むずむずと騒々しく動き回るから頭を割ってでもつまみ出したいと思ってた虫が、今にも耳の穴からにゅっと飛び出してきそうだった。人間が私たちの神だなんて！飛べもしないし、火を噴くこともできない、あの小さくてか弱い存在が私たちを作ったって？それこそ話にならなかった。でもその話にならない考えはガルを不安にさせた。

そんなはずが、と思った。これはドラゴンの戦争だった。邪悪な魔法に対抗するドラゴンの戦争。その魔法を使うのがイカれた人間たちだったから、彼らに立ち向かうために人間の助けを必要としてたんだし、人間の指図を受けていただけのはずだ。ドラゴンがスロムからドラゴンナイトを連れてきて戦争に利用してるんであって、人間が自分たちの目的のためにハジュラフのドラゴンを利用してるわけじゃなかった。戦争をどうしてしなきゃいけないのかは、ドラゴンに生まれたガルですらも正確に理解していなかったけど……。もつれてねじれる論理の中で、ガルは理性的な結論を導き出そうと知恵を絞った。ドラゴンが悪と戦うのはドラゴンの本性が善良だからだ、私たちは善い存在だ、だから大義の前に喜んで命を差し出すのだ、ガルは思った。じゃあ、私は？　その戦いに疑いを持っている私は悪なる存在なんだろうか。そうなのかもしれなかった。

——そうじゃないよ、ガル。あなたは戦争よりも自分が大事なだけ。私もそう。私みたいに考えるドラゴンは多くないから、表立って考えを飛ばすことはできないけど。私は、私たちドラゴンが戦って消えてしまうのは嫌だと思ってる。子孫を戦争に送り出すのも嫌だし。別のやり方で命をつなげていけたらいいのに、その方法がわからないだけなの。

二匹は冷水を口にした。冷たい水が体内に入ってくると、ごちゃごちゃした頭がすっきりしてきて睡魔に襲われた。ここは涼しくていいなあ。寝そべって昼寝するのはどうだろう。はじめて会ったドラゴンと一緒に寝るのはちょっと変だけど。ガルは考えた。でもイパは立ち上がると翼を広げた。

——どこ行くの？

——ほかの方法を探してみようと思って。

——どうやって？

イパはなにも答えずに喉から小さくクルルルと声を出すだけだった。

驚くことにイパがガルを連れていったのはドラゴン軍の総司令官イセルレの事務室だった。

二階の窓から事務官が姿を現すと、イパは長い首を突き出して頭で彼の手に触れた。少しすると事務官は窓から消えた。

――下りてくるって。

――ドラゴン軍の総司令官が？

ガルは腰を抜かした。

――市民が戦争について尋ねた場合、総司令官には答える義務があるの。質問する市民なんて特にいないけどね。今日は戦闘もないし、今ちょうど休み時間だから仕事もないみたい。

――なんで人間に質問しようと思ったの？

――気になるから。

――気になるから？

――あなたも気になってるじゃない。ずっと訊いてみたかったんじゃないの？　私もわかってるよ、ガル。こんな真似は誰もしないって。私も考えたことなかった。でも不思議だけど、あなたが一緒だからか、普段は思いもつかないようなことがしてみたくなったの。

不思議だけど……なぜか全身が熱くなった。ガルも不思議だった。ほんとに不思議なドラゴンに出会ったものだ。でも、なにを訊くんだろう？　どうして戦争をしなきゃいけないのかって？

――まさにそれよ。

まるで空はなぜ赤いのかって訊くようなものだった。いや、一足す一はいくつかと訊くようなものだった。どっちにしろ、ガルがどうこうする間もなく建物の正門に彼が現れた。頬に髭を生やし、長いマントを羽織った中年の男。ドラゴン軍の総司令官を遠目に見たことは何度もあった。でも指示を出したり、軍を整列させたりと、任務から任務へ奔走していないときの彼とこんな間近に接触するのははじめてだった。

イセルレは少し当惑した表情だった。自分を訪ねてきた市民がドラゴンで、しかも一匹でもなく二匹というのはかなりレアなケースのようだった。彼は両腕を掲げるとドラゴンたちの頭に手をあてた。多重接触が行われた。

——どういう用務でしょうか、親愛なる市民のお二方。

——時間を作ってくださりありがとうございます。戦争についてお尋ねしたいことがあり、お知恵を拝借できないかと訪ねて参りました。

イパがしれっと切り出した。ガルは心配だったが、とりあえず黙って聞くことにした。

——知りたいことはなんでしょうか。

——なぜドラゴンのメンタルを防御する対策を取らないのですか？

——それはどういう意味でしょうか？

——氷を溶かしに向かったドラゴンは皆一様に人間を殺して戻ってきます。ドラゴン将兵の中で、戦争中に邪悪な魔法に染まらなかった者はいませんでした。それほど強い魔法ならば、せめて兜でもかぶらせて防ぐべきではないのでしょうか？

イセルレは鼻で笑った。

――ドラゴンナイトとの強靭な交感でも防げないものを、兜ごときでどうにかできるとは思えません。

――そうでしょうか。だとしたら、どうしてその魔法で精神に異常をきたすのはドラゴンだけなのでしょうか？　交感でつながっているのなら、ドラゴンナイトも影響を受けなければならないのでは？

――あなたは繁殖するドラゴンですよね。

イセルレが考えた。別に軽蔑する態度ではなく、ただ事実だけを確認する口調だった。

――違います。

――では、なんですか？

――わかりません。でもとにかく、繁殖は私の召命ではありません。

――戦闘の召命を持たない方が魔法の作動原理を理解するのは難しいと思います。それはドラゴンナイト、そして戦うドラゴンだけが理解できるものです。私たちも解明しようと努力していますが、まだ答えにたどり着けておりません。将兵福祉の改善に対する意見の申し立てでしたら、次回の会議で扱うことにしましょう。

かなり官僚的な答えだった。元からそうなんだという、そういうもんなんだという話だった。

ガルは無意識のうちに羽ばたきそうになっていた。でも頭をついて出たのは意外な考えだった。

――イセルレ、すてきなお名前ですね。どなたがつけられたんですか？

総司令官の表情が急に凍りついた。

――その質問にはお答えできません。

――えっ？

――戦争に関係する質問しかできません。

――あ……人間はほかの誰かから名前をもらうと聞いたので、ちょっと気になって訊いてみただけです。たぶんあなたの「両親」がつけてくれたのでしょうね。あなたは彼らの「息子」で。

――その質問にはお答えできません。

イパは横目で総司令官を見ると、彼の手からするりと頭を抜いた。そうしてガルに向かって微弱な考えを送った。

――ガル、このへんでやめといたほうがよさそう。

――ん？　……わかった。

ガルが頭を放そうとすると、総司令官がふたたび考えた。

――戦争に関係する質問しかできません。

なんだ？　ガルは急に怖くなった。急いで頭を放すと後ずさりした。すると総司令官は口を開いて大きな声でくり返しはじめた。

「その質問にはお答えできません。戦争に関係する質問しかできません。その質問にはお答えできません」

顔に表情がなかった。身じろぎもせずに、その二言を交互にくり返していた。目の前にいるガルとイパは見えてもいないようだった。まるで壊れたおもちゃだった。

「総司令官？」

駆けつけた事務官が慌てた表情で彼の腕をつかんだ。するとドラゴン軍総司令官はようやく口を閉じた。しかし意識が戻ったようには見えなかった。彼は事務官に支えられて階段を上り、ドアの向こうへと消えた。

——今のなんだったの？ イパ、さっき、なにが起きたの？

——ひとまず、ここを離れなきゃ。

——なんで？

イパは答えずに空へと飛び立った。ガルも飛んだ。二匹はしばらく北に向かって飛び続けた。速く飛びすぎて首から火柱が上がりそうな勢いだった。

——私の仮説のひとつが事実だって証明されたみたい。

——どんな仮説？

——あの男、イセルレは虚構よ。

——虚構だなんて。

――いったいどうやってあの質問を思いついたわけ？

――なんの？　両親にかんする質問のこと？

――うん。両親っていうのは創造主でしょ。私たちには両親って特に意味を持たないけど、人間にとってはそうじゃないと思うの。たぶん、すごく重要な意味を持ってる。彼はあの質問に答えられなくてバグったんだよ。頭の中に答えがなかった。彼を作った人間が入れておかなかったんだろうね。ガル、ハジュラフには虚構の存在と、虚構じゃない存在が混ざってる。ドラゴンナイトたちは虚構じゃない。でもあの人間、イセルレは虚構だと思う。彼には歴史がない。役割しか持ってない。

――あなたは……ハジュラフ全体が虚像だって言うの？

――うーん。そうは思いたくないけど。でも考えてみて、ガル。ここにはないものが多すぎる。王もいないし、魔法使いも、学者もいない。商人も、商店も、貨幣もない。よその国には全部あるのに、ここにだけないの。あるのは軍隊にかんするものだけ。なんか……適当にやっつけ仕事で作られた都市みたいじゃない？　ただ戦争だけのために？

――じゃあ私たちは？　歴史ならほんのすこーしあるけど、私たちには役割がないじゃない。

イパが考えを遮断した。少しショックを受けたようだった。

――私たちは虚構じゃないよ、イパ。

――そうだね。

――だとしたらイセルレもやっぱり虚構じゃないと思う。

――……そうだね。

――大丈夫、イパ？

――ガル、私、頭がおかしくなったみたい。なんでこんなこと考えてるんだろ？　変だよね。たぶん私が一緒にいるからじゃないかな、ガルはひとりで考えた。私にできるのは疑うことだけだから。なにも悪くない相手を揺さぶって、苦しめて、煩わす。自分は偽物なんだっていう考えを伝染させる。近づいてきた雄のドラゴンたちがうんざりしながら引き下がるのを見たときに感じた。自分の中にあるなにかが、彼らの中のなにかを揺り動かしてめちゃくちゃにする……。ガルはイパに同じことをくり返したくなかった。狂ったドラゴンは自分一匹で十分だった。

彼らは翼が痛くなるまで空中をぐるぐる回りながら飛んだ。そして地に下りた。疲労困憊していた。頭を冷やす必要があった。

私の洞窟に行かない？　ガルが訊き、イパはそうすると答えた。

二匹はガルの洞窟で火の種を交わした。突然すぎたし、予想もしてなかったことが起こったせいで当惑していた。頭を埋め尽くす考えを空っぽにするようにと、自分でも気づかないうちに体が命じていたようだった。ガルもイパも不安だった。「妄想」「役割」「虚像」。胃腸がねじられるような単語を忘れられる行為が必要だったのかもしれなかった。どちらからともなく体を絡め合い、息遣いを感じ合うようになったいきさつは、そうとしか考えられなかった。そのほうが気も楽だった。

でもガルにとってこれは小さなこととは言えなかった。ガルは繁殖するドラゴンではなかった！　生まれてはじめての欲望だった。そしてイパは雌のドラゴンだった。未知なる不思議な出来事だった。冷たくて熱かった。軽くて重く、魅惑的なのに怖かった。イパの瞳を見たガルは気づいた。イパは、はじめてではなかった。それは大して重要ではなかったけど。

──あなたは美しい、ガル。

考えを送ってきたイパはこうつけ加えた。そして変だわ。

──それはあなたも同じ。

ほんとのことを言うとガルは恐怖でどうにかなってしまいそうだった。いきなり世界がひっくり返ったみたいだった。ハジュラフがどうなろうと、そんなことはどうでもよく思えた。ガルの頭の中はただイパだけ、イパの体が、はじめて聞くイパの考えがどれほど美しいか、陰謀論みたいなあの考え方がどれほど自分と似ていると同時に異なるか、一緒にいるだけでどれほど世界が沸き立ち、充ち満ちていて、くらくらするか、そんな思いが一気に押し寄せてきて、なにも入る余地がなくなってしまった。

怖くて怖くて、だから確かめる必要があった。なにかをつかむことで、いま起こっている出来事は虚構じゃないっていう答えを聞きたかった。ガルは慎重に、もう一度イパの尾を自分の尾に巻きつけた。柔らかくて真っ黒な鱗を前足で撫でた。イパの口の中へと火の息吹を吹きこんだ。ガルのそれよりは小さくて細いけれど確かに同じ感情が、火の息吹が返ってきた。ガルは知った。ガルの召命は疑うことじゃなかった。イパだった。イパという名の雌のドラゴンを愛することがガルの召命だった。

時間はあっという間に過ぎていった。お互いから発見した新たな召命に少し慣れてきたころ、彼らはふたたび長い会話をはじめた。そして激しい討論の末に他人《ひと》が聞いたら発狂したのかと思われるような、いくつかの結論にたどり着いた。

①ハジュラフはドラゴンではなく人間のために設計された都市だ。ドラゴンの観点から見るとどこまでも不条理に思える人間中心の秩序や慣習が、その事実を証明している。

②人間はドラゴンナイトの姿でハジュラフにやってきて戦争を経験し、スロムへと帰っていく。この過程で、ある目的のためにハジュラフの戦うドラゴンを利用している。

③戦争で邪悪な魔法をかけられたドラゴンたちの命は、ドラゴンナイトとの別れによって終わりを告げる。ドラゴンナイトとドラゴンの別れにはいくつかのパターンがある。

最初は、交感を回復したドラゴンナイトがドラゴンとともにハジュラフに帰還し、ドラゴンの代わりに斬首刑に処せられる。

二つめは、ドラゴンナイトが自身の統制を逸脱したドラゴンを殺す。

三つめは、ドラゴンナイトが正気を失ったドラゴンを放つ。ドラゴンたちはこの世の果てであるユムの東に向かって飛んでいき、そこで消える。

四つめは、戦闘中にドラゴンナイトがドラゴンとともに攻撃されて命を落とす。
④③で示した四つの別れのどれかひとつが起こると、ドラゴンナイトとドラゴンの存在はこの世から消える。ドラゴンナイトだった人間の生命は世界の結界を越え、ふたたびスロムで続く。しかしドラゴンの命も同じ道をたどるのかは確認できていない。
③と④はドラゴンたちから得た情報だった。ガルとイパはその後も中央広場で開かれる軍事裁判に参加した。誰も感づいたり禁止したりしなかったので、イパは引っ張られてきたドラゴンの頭の中をくり返し出入りした。その結果、いくつかに分裂したドラゴンの精神の中に自分は人間だという信念、ドラゴンナイトに対する愛着のほかにも戦場での記憶、特にほかのドラゴンの最期を見届けた記憶が一種のトラウマみたいに残っているケースを発見した。ひとりでは読めなかったものが、ガルと一緒だと読めるとイパは言った。ガルが疑うドラゴンだからかもしれなかった。たまにイパが質問をすると、相手のドラゴンたちは混濁した意識の中でもはっきりとした答えを聞かせてくれた。
——消えたドラゴンナイトたちは死んだの？

——いや、そうじゃない。みんな生きて戻った。最初からそういう契約になっているから。

ドラゴンと別れたらスロムに帰ることに。

――じゃあ、ドラゴンたちは？

――わからない。そこまでは知りようがない。

――あなたは誰？

――私はミシェル。聖戦に加わったが二十歳で死んだ。裁判を受けているあのドラゴンナイトは私の母親。

――でも、今のあなたはドラゴンの姿で生きている。死んだわけじゃないでしょ？

――難しすぎてわからない。そうなのかもしれない。でも私は死んだも同然。そう感じている。

――あなたのドラゴンナイトがそう感じるように命じたの？

――私の母を侮辱しないように。

会話はこんな感じで続き、ある瞬間に終わる。

こうやって言葉を交わすのは、あまり正しいとは言えない気がした。

――もし、これが人間の代理戦争だとしたら、彼らが戦っている戦争の再現だとしたら。

ガルは考えた。

――彼らはいったい、なんで再現なんかするの？

イパはしばらく考えてから答えた。

――たぶん、悲しむために?

――悲しむ?

――私たちは召命さえあればひとりで生きていける。繁殖が終われば召命は成就したわけだから、パートナーに愛着を感じることなくひとりで生きていくじゃない。でも人間はか弱くてひとりでは生きられないから、誰かを失うと悲しくなるんじゃないのかな。たとえそれが召命を成し遂げるための過程に起きたことだとしても。

ガルはしばらくその考えを噛みしめていた。「パートナー」「愛着」「ひとりで生きていく」。自分でも意外だったけど、そういう表現に意識が向いた。「か弱い」……。今やガルはイパなくしては生きていけなかった。だとしたら私はドラゴンじゃないってことだろうか? イパの考えが気になった。イパも自分と同じ考えだろうか。イパもガルを失ったら悲しくて耐えられなくなるんだろうか? おそらくガルの考えを読み取ったであろうイパは、それには答えず話を続けた。

――彼らは不完全な存在だから召命に従うことと悲しむこと、この二つを同時にできないんだよ。だとすると立ち止まる時間が必要だけど、誰かを失っても戦いは続く。悲しむ余裕もなく。

――だから自分が感じることのできなかった悲しみを、ハジュラフに来て代理体験してるってこと?

――うん。ドラゴンナイトになって自分のドラゴンと別れることで、彼らの世界で失ってしまった人間をきちんと哀悼し、罪もないのに犠牲になった別の命に対しても贖罪して……すべてとちゃんと別れる機会を持つって言うか。

ガルは目眩がした。「これは虚構よ。虚像に慰めを求めるようなことはしない」。卵の殻を伝って届けられた、あの女の考えがよみがえった。

――イパ、もうほんとに耐えられない。じゃあ私たちは、もう死んでこの世にはいない人間の生命を再現してるうちに、ほんとに死んじゃう存在ってこと？　私はそれを……死だと感じる。だって消えちゃうじゃない。二度と彼らの姿を見ることはできなくなる。わかった、スロムで私たちの命は続くとしよう。でもさ、そこでの私たちは体を持てないんだよ。体がないなら死んでるも同然じゃない？　彼らの精神の一部になって体の中に染みこむの？　体内に寄生する虫みたいに？　あのドラゴンたちもそう考えてたじゃない。自分たちは死んだも同然だって。

――うん……あなたの考えを聞いてみると、それは死なのかもしれないね。

――私がドラゴン中心に考えすぎてるのかな？

――見方が違うだけだよ。

――どっちにしても、私にとってそれは死なの。

――うん、じゃあ、そうだと仮定しよう。

――どうして彼らのために死ななきゃなんないの？　彼らは私たちの神でもないのに？

――私たちは大きくて、力も強くて、善良だから。

彼らよりもね、イパはそうつけ足した。その顔には諦めとも、大きな安らぎとも言える表情が宿っていた。

――私は善良になりたくない、イパ。

――でも彼らに興味があるじゃない。

――嫌ってるの。私は絶対に彼らを背中に乗せたくない。交感もしたくないし。

――憐れに思ってるのかもよ。嫌悪と憐憫は同じ根っこから育った二本の茎みたいなものだから。根っこは興味なんだよ。ドラゴンのほとんどは人間に対して無関心でしょ。だから自分の興味の対象である召命を実践しながら、ああやっておかしなやり方で人間と関係を結んでいるのかも。動物が自分の体の上を這い回る昆虫のことを感じてはいるけど、好きにさせたまま草を食み、散歩してるのと同じように。でも、あなたはやたら気に障るんだよね。彼らを見ると、なんでだ、どういうわけだってしょっちゅう訊いてくるじゃない。なんでも知ってるみたいな考え方をして申し訳ないけど、見えてるし聞こえてんだからどうしようもないよね。ガル、あなたはドラゴンを気にしてるのと同じくらい、人間のことも気になってる。

――異種に興味を持つなんて、精神が病んでるとしか思えないんだけど。

――そうとも言えるけど、これが私たちの召命なのかもしれない。

――私たちの実存を虚構だって疑いながら狂っていくのが？　イパ、あなたってほんとに変なドラゴンね。

私の召命はあなたよ、本音はそういう考えを聞きたかった。そういうありふれていて、こそばゆい考えを、不思議だけど聞きたかった。隅々まで自分の目で調べるには広大すぎる大陸のようなイパの心に、ガルははじめて孤独を感じた。


二匹とも考えているけれど頭の外には出していない思いもあった。でも互いの頭の中に思いがあるのは感じていた。それは疑問だった。こうやってハジュラフの秘密をいくつか知ることになった。でも、それでどうするのか？

太刀打ちできないほどの無力感がその疑問を覆っていた。二匹はまだ若い雌のドラゴンだったし、ドラゴンナイトはいなかったし、繁殖を終えたドラゴンのように国家から尊重されているわけでもなかった。彼らは戦争が、ドラゴンの無意味な犠牲が嫌だった。でも戦争をとめるのは無理だった。出征するドラゴンとドラゴンナイトについて行くこともできなかった。召命に囚われたドラゴンを説得する方法も見つからないし、人間を説得するのはもっと不可能に思えた。ガルとイパが無意味だと思っているものに皆は意味を感じているようだった。二匹は自分たちが狂ったわけでも、虚構の存在でもないという事実を信じようとしていた。でも、もし自分たちが狂っているのだとしたらどうすれば？　自分たちが間違っていて、皆が正しいのだとしたら？　二匹が無意味だと思っているものに、実は意味があるとしたら？

凶暴な瞬きを見せるだけで変わらぬままのハジュラフの秘密を頭の中に抱え、二匹は火の種を交わし続けた。そうしていると彼らを常に押さえつけている圧倒的な無意味の上に、かすかな意味が力なく湧きあがってきたり、また沈んだりした。

ある日、洞窟近くの平原で二人の人間の少女に出会った。双子だった。ミシュルレとミュール、ミュールとミシュルレ。どっちがどっちなのか区別がつかなかったが、そういう名前だった。二人はいつも同じ服を着ていた。袖なしの、裾が花びらみたいに広がってる無地のワンピースだった。肩まであるブラウンの縮れ毛と頬のえくぼ、頭に載せたレチェリーの花輪までそっくり同じだった。二人の少女はガルとイパを見つけると、恐れることなく挨拶をしてきた。ドラゴンと会話する術を知っていたのだ。

——なにしてるの？

ガルが少女の手のひらに頭をこすりつけながら尋ねると、ミュールだかミシュルレだかわからない少女が答えた。

——花を折ってるの。私たち、花が好きなの。お父さんとお母さんも花が好きだから、持って帰ってあげようと思って。

二人の少女はそれ以外にやることがないようだった。ガルは少女たちが気に入った。二人は自分たちと同じように、ハジュラフが構成員に強要する「意味」からもっとも遠く離れた人生を送っているように見えたのだ。でも少女たちの暇そうな日常がほんとうに暇なのか、スロムの人間が作り出したこのハジュラフという仮想空間で特別な役割を与えられていないから、あっけらかんとしていて余白が多く見えるだけなのかはわからなかった。こういう古臭くてイカれた考えに襲われると、ガルは耐えられないほど自分が嫌になった。

四人はたまに一緒の時間を過ごした。少女たちが安心して花を折れるよう、ガルとイパはレチェリーの香りに誘われて近づいてくる風牛と影犬《クリムジャケ》の群れに火の息吹を浴びせて追い払った。

「ドラゴンが先でしょうか、人間が先でしょうか？」

「もちろん人間よ」

「違う、ドラゴンが先。ドラゴンがこの世に来て人間を作ったんだよ」

「おかしなこと言うのね。人間がドラゴンを作ったんだってば」

「なにを証拠にそう考えるの？」

「ドラゴンも人間の文字がわかるじゃない。考えるときも人間の文字言語を使ってる。でも、なんでドラゴンに文字が必要なの？　ドラゴンは頭の中がすごく大きくて広いから、なんでも頭に入れておける。頭の中が狭い人間みたいに文字を書いて頭の外側に残したり、書類を作って人に見せたりする必要もないもん。どう考えてもドラゴンには必要ないのに私たちの文字を知ってる、これこそ人間がドラゴンを作った証拠よ。人間に作られたドラゴンが同じやり方でコミュニケーションを取りたがったから、ドラゴンの頭にも文字を注入したの。教えてあげたってわけ」

「ブッブー。反対です。これは**ドラゴン**の文字。ドラゴンが私たち人間を作ったときに自分たちの役割を譲ってくれたの。面倒くさくなって。私たちがドラゴンの文字を借りて使ってるんだから」

「笑わせないでよ」

「そっちこそ」

「人間が先だってば！」

「ドラゴンだってば！」

そんな会話を聞いてるとガルは頭がおかしくなりそうだった。会話の中のなにかが執拗にガルの神経に障った。どうしてそんな話をするのかわからなかったが、とにかく少女たちは騒々しくおしゃべりを続けた。誰が虚構で、誰がそうじゃないのかといった具合に分裂していて、刃のような疑問を完全に忘れられずにいるガル自身の頭から抜け出してきた被造物みたいに。

イパは少女たちについて少し違った考えを持っているようだった。たまにガルが餌を探して帰ってくると、イパは順番に二人の手のひらに頭をこすりつけながら熱心に考えを交わしていた。

――なにをあんなに夢中になって議論してたの？

――なんでもないよ、ガル。

イパは歯を見せて羽ばたいた。

——私が知ったらいけないことなの？

ガルが引き下がらずに尋ねると、イパは火のため息をついたが結局は打ち明けた。

——私ね、都市を作ってるの。あの子たちのための。

——都市？

——まだ構想のレベルだから見せられるものはないの。でも、それでもよければ見せてあげる。目を閉じて。

ガルは訝しい気持ちで目を閉じ、開かれた頭に考えを集中させた。すると今まで一度も経験したことのない猛烈なスピードで、線と色、香りと音で作られた考えの固まりがガルの頭の中に降り注いできた。がちゃん、がちゃん、がちゃん、がし、がし、がし。考えはガルの頭の中に入ってくるとすぐに自分たちの位置を見つけて形を持ちはじめた。

それはハジュラフに似ていたけれど、もっとこじんまりとしていて、ほのかな灯りを放つ石で作られた都市だった。小さな家並みが見え、大きな建物があった。丸い屋根の建物、カラフルなテントが張られた小さな庭。小さくて意味不明の彫刻があちこちに立っていた。川が流れていて、その上に半月の形をした橋が架かっていた。作りかけの木船がいくつか停泊していた。

——これ、なに？

ガルは驚いて尋ねた。

——あなたが作ったの？

イパは照れながらそうだと言った。

——名前もあるんだ。ファルージャ Fallujah。ハジュラフ Hajullaf を反対から読んだ名前。ちょっと幼稚だけど、なんかこれにしたかった。

ガルは知らない人を見るようにイパの顔を覗きこんだ。イパは驚くべき作業をしていた！ガルには到底できないし、想像したこともない考えだった。イパは創造できるドラゴンだった。ガルの頭の中には鋭い刃のような疑いしかなかったのに、イパはそれを土台に別の作業をしていたのだ。ガルは驚異とともにナイフでえぐられるような喪失感に襲われた。その相反する感情から疑問を投げかけた。

——どうして洞窟はないの？　ここにはドラゴンはいないの？　中央広場は？　こんな狭い場所にどうやって軍が集まるの？

イパは少しためらってから答えた。

——うん、ここにはドラゴンはいない。人間だけが暮らす都市なの。軍隊も、戦争も、義務も、命令も存在しない。

ガルはショックで頭が真っ白になった。

——ドラゴンはいない？

——うん。人間だけのための空間を作ってみたかったの。考えるのが少し難しいけど。

——どうして？

——……どうしてって？

イパが当惑した表情でガルを見た。

——どうして人間のための都市を作ってるの？　イパ、あなたは人間が好きなんだね？　ドラゴンよりも。

——なに言ってるの。そういう意味じゃないって。ミシュルレとミュールを見てたら……あの子たちがもっといろんなことをできる、楽しい空間があったらいいなと思って。

——もっといろんなこと？

——花を折る以外にも、ほかのこともできたらいいなって。

不意にガルは恐ろしくて意地の悪い考えに取りつかれた。

——イパ、あなたの親は誰なの？

——ん？

——あなたの名前をつけてくれたのは誰かって訊いてるの。あなたは、誰なの、イパ？

イパが羽ばたいた。かすかに上の歯がのぞくくらい口を開くと続けざまに火の咳をした。

——親が誰なのか私は知らないし、名前は自分でつけた。私はハジュラフのドラゴンよ、ガル。あなたと同じ。

——……ごめん。

——あんまり気に入ってないみたいね……ガル、私はただ、自分に限界があるってことを認めたかっただけ。戦争で死んでいくドラゴンのためにできることはないみたい。だから、ここではない別のどこかを想像してみただけ。平和で、穏やかで、誰も無駄死にすることのない空間を。

ミシュルレとミュールが見たら喜ぶだろうなと思って。

──うん、でも私だったら人間のいないドラゴンだけの都市を想像したと思う。自分にそんな才能があったらだけど。

——あなたもできると思う。一緒にやってみようよ。

——私には無理だよ、イパ。

ガルは羽ばたくと空へと飛び立った。

理性的とは言えない怒りが体中を駆け巡り、どんなに羽ばたいても治まらなかった。

卵の殻の空が視界に入った。ほかの部分より色彩の濃いワインレッドの空間が広がっていた。戦うドラゴンたちがはじめて姿を現す場所。卵の状態で結界を越えていったドラゴンたちが舞い戻り、ハジュラフと出会う場所。ガルは空中に止まったまま羽ばたきながら数えた。いち、に、さん、し、ご……ドラゴンナイトを乗せて空の間隙を縫うように次々と現れた青や黒、白のドラゴンたちが斜めに伸びる雲をお尻にぶら下げて舞い降りてきた。召命のために。

不意に彼らが羨ましくなった。あの人間の女はどうして私を拒否したんだろう？　どうして私のドラゴンナイトになってくれなかったんだろう？　「ここで、私の場所で、できることをするつもり。まだ希望は捨ててないもの」。あの女はそう考えてたっけ。でも、できることってなんだったんだろう？　ガルは戦うことも、産むことも、作ることもできなかった。ガルの希望はイパだったけど、イパは別の希望を持っていた。**作る**ことだった。イパの心にはハジュラフを鏡に映し出したような別の都市が作られていた。ハジュラフより**良い**都市が。

自分は「**良くなる**」という考えを信じてないドラゴンだとガルは痛切に感じた。ドラゴンの戦争が人間の創作品だとしても、考えようによっては人間自身の戦争よりも**良くなる**ために起こしたのだとしても、その過程には今も変わらず死んでいく命が、尊重されることも一切ないまま砕け散る存在があった。ガルにできることといったら、そうした死のおぞましさを見つめ、吸いこみ、自身も感染するくらいしかなかった。ガルは鏡が嫌いだった。映すのが、似たものを作るのが嫌いだった。鏡の中の世界はただのくり返しにすぎなかった。それでは無意味だった。虚無だった。虚無が虚無のまま残らないためには光の性質を変える必要があった。イパのように。映すことになっているものとは別のなにかを、残酷で惨めな本来の形や姿よりも良いなにかを映してみる必要があった。ガルには想像もつかない作業だった。

でもだからこそ、ガルは良くなりたくてたまらなかった。

ある朝、ガルは不快感で目を覚ました。体がおかしなほど熱かった。心臓は今にも破裂しそうで、ぱんぱんに膨れ上がった火炎の喉袋が喉仏を圧迫していて息が詰まるほどだった。血管を伝って全身へ行き渡るフィトールが声を限りに叫んでいた。生きろ！　生きろ！　愛せ！　産め！

ガルは本能的に悟った。繁殖期だった。

風に乗って北へ飛ばなければならなかった。雄のドラゴンがいる場所へ。空中で描く図形も頭の中に見えていた。旋回しながら上昇しなければならなかった。遠くからガルを感知した雄のドラゴンが近づいてくる。ガルの匂いと羽ばたきに魅了されたその中の一匹が、ガルを征服するために全速力で飛んでくる。その雄のドラゴンとガルは衝突したら即死並みのスピードで互いをかすめながらすれ違う突進をくり返し、ゆっくりと速度を落としながら結婚飛行の軌道に進む。ガルは抵抗をやめ、雄のドラゴンに身を任せなければならなかった。彼について地に降り立ち、巣を作らなければならなかった。そうして膨れ上がった体で二十ヵ月を過ごして陣痛を感じる。卵を産まねばならなかった。世界の結界を越えてしまう、ガルには温めることも愛することも叶わない卵。永遠に失い、失った事実すら忘れてしまう卵だった。

ガルは洞窟の中で喘ぎながら自身の未来を見た。近くでイパが規則正しい寝息を立てながら眠っていた。昨夜はひどく暑くて、洞窟の中は巨大な窯のようだった。それで二匹はいつものように互いの体に頭を載せずに少し離れたところに並んで横になった。暑さ。単純で物理的な理由以外のなにもなかった。でもその瞬間、意に反して体が不可能なことを行えと命じ、頭が感知したその刹那に、自分とイパの体が離れていたという事実がたまらなく悲しかった。

ガルはイパを愛していた。体で、心で。鱗の一つひとつがイパの鱗の一つひとつを痛いほど求め、必要とし、渇望していた。華やかではなかったけれど二匹にも結婚飛行はあった。征服と隷属ではなく、平等と尊重を誓いながら語り明かした初夜があった。それなのにどうしてこんなことになるのだろう。どうしてこの卵袋は愛するイパのもとを去り、見知らぬ雄のドラゴンに出会って卵を授かれと命じるのだろう。それが誰かにとっては意味のあることだからだろうか？

なにかが間違っていた。

あなたはいると、ガルが感じたのはその瞬間だった。

そんな不条理な欲望がガル自身の意志から生まれるはずなかった。あなたが、この世界の創造主が、ガルを作っておいてすっかり忘れてた無責任な者が、今になって自分という存在を回収して利用しようとしている事実を、ガルはたしかに感じた。

抵抗しなければならなかった。繁殖したくなかった。熱気に従えばガルは卵を宿すことになり、そのころには母親としての保護本能と愛からイパのことすら忘れて幸せになっているだろうが、体を抜け出た瞬間からその卵はガルにとってなんの意味も成さなくなる。あなたにしか意味のないものに。卵から生まれたドラゴンは兵士としての訓練を受け、ドラゴン軍に所属して戦争に動員される。そして結局は犠牲になる。あなたの世界にそんな意味を作ってやるなんてまっぴらだった。イパを失いたくなかった。このおぞましい地で自分の目、翼、足を使って探し求め、ようやく見つけた、たったひとつの真の意味を。

ガルは体を起こすと洞窟を飛び出した。翼が広がろうとしていた。後ろ脚が大地を蹴ろうとしていた。遠く北の方角から間違った運命が邪悪な魔法のようにガルを引き寄せていた。正気を失ってその方角へと飛び立ってしまわないように、ガルは洞窟の外にある平原を力いっぱい駆け抜けた。川まで走るつもりだった。チベン川の冷たい水を飲めば正気に戻るだろうから。水に体を浸していれば熱を持った体も、火照った火炎の喉袋も冷めるだろうから。でも数歩も行かないうちに子どもたちに出くわした。ガルは立ち止まり、遠くからガルを見つけた双子の少女はうれしそうな顔で笑いながら叫んだ。

「ガル！」

ミシュルレとミュール、ミュールとミシュルレ。

ガルの頭を占める考えはただひとつだった。双子はあなたと同じ人間の形をしていた。私の体を気違い沙汰ともいえる方向に引っ張っていこうとするあなたがこの都市の創造主なら、双子もやはりあなたが作った存在なのだろう。イパと出会って愛し合いながら生きてきた私の人生が無意味だったから、今の私を自分勝手な方向に動かそうとしてるのだとしたら、あの少女たちの存在も同様に無意味なのだろう、ガルは考えた。無意味が無意味を見て笑いながら手を振る。なんの役に立つんだろう？　この都市を埋め尽くすすべては無駄で、私たちはあなたの代理戦争を執り行うわら人形でしかないのに。間違いなくあなたとどこか似ているはずの幼くてあどけない顔が、自分を嘲弄しているように思えた。ガルは耐えがたい殺意を覚えた。二人めがけて走り出した。

がっちりした足の爪に捕らわれた双子が笑顔で手を挙げた。伝えたいことがあると言うようにガルの頭に向かって手を伸ばした。四つの手のひらがあまりに小さくて不憫だった。ガルは一気に八つ裂きにして焼いてしまおうという気持ちをかろうじて抑えた。二組の手が心の底からガルを呼んでいた。しばらくそのままの姿勢でいたガルは、やがて首を曲げると頭を二人の手に当てた。そうして見て、聞いた。

子どもたちが考えを放出した。イパの頭の中にあったように言語化されたものではなく、絵のように描かれ、音楽のように流れながら、まるで今この瞬間の考えみたいに生きて呼吸していた。考えの中にはそうやって体のすき間に自身の子孫を残すものがあるようだった。ミュールとミシュルレには父親と母親がいて家があった。豪華ではなかったけど素朴で温かみのある家だった。家族の数とちょうど同じ四つのスプーンとフォークがあり、古びた器と木のテーブルがあった。大きくなったらなりたい職業もあった。ミシュルレは鍵盤楽器の奏者、ミュールは先生になるのが夢だった。ミュールは野イチゴ、ミシュルレは緑のカボチャで作った粥が好きだった。思い出があった。二人とも膝をすりむいて並んで泣いたこと、木のおもちゃの取り合いになって仲直りしたこと、お父さんの肉屋とお母さんの工房を行き来しながら積み上げてきた四人家族の記憶。

大した量ではなかった。その程度だった。

今にも火の息が喉から噴き出て少女たちを燃やしてしまいそうだった。

これもあなたが作ったものなの、ガルは考えた。そうなのかもしれなかった。あなたの世界があまりに不毛で荒れ果てているから、戦争の真っ只中に牧歌的な曲のひとつも作って入れたかったのかもしれなかった。子どもたちは野原の真ん中にぽとりと落ちてきて空回りしてるだけの浮いた存在、記憶はお粗末な偽物に見えないよう体内に詰めこんだだけの最低限の歴史なのかもしれなかった。でも子どもたちの体には別のものも入っていた。積み重ねられた数多の言語の記憶から、その単語が飛び出してきた。

ファルージャ。

イパが作った都市の名前を子どもたちは覚えていた。あなたの知らない、あなたとは無関係の名前だった。あなたのいる場所にはおそらく存在しないであろう名前だった。

双子はその場所が実在すると信じていた。

信じる心は、これまでのくり返しとは別物だった。

ガルは思わず全身の力を抜いてしまった。

――ガル？

いつ出てきたのか、洞窟の入り口にこちらを見ながら立つイパの姿があった。黒い鱗の下で心臓が波打ち、心には波動が吹き荒れていた。イパがもうすべてを読み取っていることをガルは知った。

――ガル……。

イパが崩れるように倒れた。

ガルはよろめきながらイパに向かって歩いた。下腹部を伝って流れる血が点々と地に跡をつけた。

――大丈夫。ちょっと喧嘩しただけ。

――私のせいだね。

――そうじゃないって。あの子たちは私が殺そうとしてるって気づいた。だから正当なやり方で防御しただけ。それだけのこと。

ガルの足の爪から力が抜けた隙に、二人の少女はレチェリーの花が満開の野原へと駆けていった。そして花の間に隠しておいた長くて鋭い槍を手に戻ると、ガルの腹に力いっぱい突き刺して逃げた。風牛の骨を集めて継ぎ合わせ、石で先端を研いで作った鋭い槍だった。槍は深くめり込み、激しい痛みがガルの全身に伝わった。

――あの子たちは本物だったし。

――ガル。

――私は、殺せるドラゴンだった。そうだったんだよ。

血が流れると繁殖への欲望は消えていった。嘘みたいだった。流れたのが自分の血でよかったとガルは考えた。もちろん傷がさほど深くなければという思いはあった。生きて、イパがファルージャを完成させるのを見届けなきゃいけないんだから。ファルージャ、あの子たちの信じる心の中でかすかだけど形を成していた、まだ見ぬ不思議な未完の都市、もうひとつのハジュラフ。ここは別の光で、別の物語で埋め尽くされる世界を。

ふと気になった。ドラゴンナイトのもとを去って、ひとりユムの東へと飛んでいったドラゴンたちはどうなったんだろう？　彼らはあなたを見つけ出したのかな？　そこにあなたはいたのかな？　そこにもいなかったのかな？

ガルはあなたを見つけたかった。

「私はいま痛みを感じていて、だからここに存在している」

伝えたかった。今この瞬間も全身を伝って流れる、あなたのものであり、完全に私だけのものでもある、この鮮明な痛みについて。それはガルにとって多くのことを意味していた。あなたにとってはどうなんだろう。ガルは訊いてみたかった。あなた、美しい夢を見る者、鏡を愛する者、ハジュラフの創造主がここにいたならば。

でもその前にやらなきゃいけないことがあった。

――これ、抜いてくれない？

ガルが静かに訊いた。

イパはゆっくりと息を吸いこんだ。両方の前足でガルの腹に刺さった長い槍をぎゅっとつかむと、長く息を吐いてから決心したように一気に引き抜いた。

ドラゴンナイトの資格

ハジュラフ2

「アッサラーム・アライクム。ドラゴンナイトの伝説を聞きにいらしたのですか?」

濃紺のニカブの内側から流れ出る太くて低い女の声がマイクを伝って食堂内に響き渡った。この時間を長いこと待ちわびていた客たちは歓喜しながら、はい! と答えた。両目以外の全身を布で覆ったイラク人女性がゆっくりと言葉を続けた。

「よろしいでしょう。でも私がお聞かせするのは、正確には伝説の話ではありません。『ロンリープラネット』に何度か訂正の要請をしたのですが聞き入れられませんでした。私の話は、ハジュラフという都市国家に生きた二匹のドラゴンと双子の少女の間にどうやって友情が芽生えたのか、そしてそれがなぜ壊れたのかというものです。皆さんはよくご存じないでしょうが、私はハジュラフという場所で生まれ育ちました。はい、七百年前のことです。私は今年で七百四歳です」

客たちは口笛を吹いた。数人は拍手した。エレンは眉をひそめた。せいぜい六十五か七十歳がいいとこよね。顔は見えなかったが、女の声はそれ以上の年齢とは思えなかった。英語は流暢だった。ガイドブックにあるこの食堂の紹介文はこうだ。「イラクの伝統料理とフュージョン料理。二時間ゆっくりと食事を楽しむ間、この店の主人で七百歳を過ぎていると主張する個性の強い老婦人が伝説の都市国家ハジュラフのドラゴンナイトの物語を聞かせてくれる。一種の漫談だと思えばよいかと。物語の内容は好みにもよるが、料理はそれなり」。

はいはい、観光商品ってことね。エレンは疑うような目で食堂の中を見回した。室内全体が「ドラゴン」をテーマにした彫刻でごちゃごちゃと飾られていた。西洋のドラゴンと東洋の竜を一緒くたにしたような、少し奇怪な形をしていた。天井を上るドラゴンの模型はひとつだけペイントするのを忘れた足が目についたし、赤ちゃんドラゴンは大人に比べて大きすぎたし、ドラゴンの卵にはてかてかしたシルバーのペイントが塗られていた。深紅とゴールドで塗られたぴかぴかの食堂全体がエレンの目には巨大なまがいもののように見えた。左隣にはマクドナルドが、右隣には観光用品を売る店が並んでいた。今はもう降ってくる爆弾も、飛び散る灰も、血まみれのまま泣き叫ぶ少年たちも、テロも、戦争もなかった。エレンはこの都市の平和は虚像のようだという物騒な考えを必死に頭から消し去った。

ところでお宅は何様？　なんであなたがハジュラフの話をしてるの。どうやってあの場所を知ったの？　エレンは大きな手で胃をぎゅっとつかまれたような圧迫感を覚えた。今にも女がニカブを脱ぎ捨て、隠し持っていた銃を突きつけてくるような気がして仕方なかった。どうして怖いんだろう。私がフランス人だから？　理性的とは言えない自分の不安に呆れたが、恐怖が消えることはなかった。

私にない資格が、あなたにはあるっていうの。あの場所の話をする資格が。

エレンは冷たい水を飲んだ。心の内がひとり言として出てきてしまいそうだった。歓声が収まると音楽が流れはじめた。イラクの伝統音楽らしかったが、奇妙な感じのする弦楽器の演奏だった。すべてがアンバランスだった。エレンは苦笑した。女が口を開いた。

「……都市国家ハジュラフにおけるドラゴンの召命は伝統的に二つにわかれています。戦闘と繁殖。雄のドラゴンはほとんどが戦闘に向かい、雌のドラゴンは繁殖をすることで戦争に必要な兵力を供給する役割を担います。でも、この二つの召命に一切興味も持たない二匹のドラゴンがいました。どちらも雌でした。一匹の名前はイパ、もう一匹の名前はガルでした」

客の歓声がふたたび大きくなった。「ガル」は再建されたファルージャ市内では観光客の間でかなり有名な、この食堂の名前だった。エレンはヒップサックから抗不安薬を取り出して水と一緒に飲んだ。動悸を感じはじめたのだ。あの話。

それはカミーユがしてくれた話だった。カミーユはエレンが記者を辞めて『ドラゴンナイトの涙』を書くために会った四十五人の情報源——彼らは全員、子どもがISに入隊して消息が途絶えてしまってから幻覚を体験した母親たちだった——のひとりだった。ドラゴンの卵を発見し、ドラゴンナイトになることを「選択」し、ハジュラフという別の現実の中に存在する空間へと飛び立ってドラゴンとともに戦った人。カミーユは二つの話を聞かせてくれた。ひとつは「ペルディナ」という国で自分が参戦した戦闘の話、もうひとつは自分のドラゴンから聞いたというドラゴンに伝わる伝説、「創造」に関わっていた二匹の雌のドラゴンの話だった。戦闘にも繁殖にも興味のなかった二匹が出会い、か弱い人間のために「ファルージャ」という新たな都市を構想し、設計していたと。名前が同じなだけで、エレンが今いるこのファルージャとは完全に別の都市で、最初からテロも、内戦も、ＩＳの占拠も起きたことのない都市だったと。

カミーユの息子ミシェルはクラシック音楽が好きで、甥っ子や姪っ子と遊ぶのが好きな、そばかすだらけの恥ずかしがりやな少年だった。でも十九歳になると、なんの前触れも説明もなくいきなり家を出てしまった。インターネットに残る痕跡を追跡すると、「ダーシュ Daesh」という単語が飛び出してきた。とにかく優しかった息子が、どうしていきなりテロ集団の一員になるために自分や家族やすべてを捨てたのか、カミーユにはどうしてもわからなかった。

カミーユはエレンと同じくパリで暮らしていた。美しく知的な五十代の女性だった。ひとりで悲しみや絶望をぐっと噛みしめている間に強くなった心が、そのまま顔に現れている女性とでも言おうか。エレンが会ってインタビューした中ではじめて、そしてもっとも強く自分たちの話を本にしてくれと頼んできた人でもあった。たまたまＩＳの犠牲者家族の集会を取材したときにカミーユの話を聞いてなかったら、エレンは新聞社を退職することも、本を書くことも考えられなかったはずだ。カミーユはもっとも多くの話を聞かせてくれたし、すべてに対して積極的で情熱的だった。そんな彼女が震える声で電話をかけてきたのは三年前だった。

「エレン、私、頭がおかしくなったのかも。ショックが大きすぎてどうかしてたみたい。全部、妄想だったんです。ただの戯言。私の話したことは本から抜いてください。あんなことが現実にあるわけないのに」

カミーユがどうして急に考えを変えたのかエレンには理解できなかった。たとえそれが幻覚だったとしても、あんなにたくさんの人が似たような時期にほとんど同じ内容の幻覚を経験したのなら、必ずそこにはなんらかの意味があるはずだった。だからこそ全員が同じ気持ちで長いこと話を続けてきたのではなかったか。でもカミーユは同じ言葉をくり返すばかりだった。いいえ、私の頭がおかしくなってたせいなんです。精神疾患だったんですってば。エレンはカミーユの説得に努めた。すると今度は怒りの声が聞こえてきた。

「この作業にそこまで熱心に取り組むのはどうしてなの？　ミリオンセラー作家になりたいからですか？　私たちの不幸は、あなたにとって成功への踏み台でしかないの？」

カミーユの声は震えていた。エレンは言葉を失った。そのまま黙っているとカミーユは、今すぐ作業を中断してください、続けるなら、ほんとはそんなことしたくないけど、全員で法的な措置をとります、そう言って電話を切ってしまった。

そういうわけで、『ドラゴンナイトの涙』の出版は白紙になった。仕方がなかった。当事者が反対している本を出すことはできなかった。理由はどうであれ受け入れようと努力した。カミーユだけに起きたことではなかった。ＩＳが終末を迎え、最後まで残っていたメンバーの全員が逮捕されると、エレンに話を聞かせてくれた情報源はさらに精神的に不安定な状態に陥った。何人かは子どもの遺体が見つかったから、何人かは最後まで見つからなかったからだった。でも、それがすべてではなかった。

彼女たちが経験した幻覚――それがほんとうに幻覚だとしたら――のはじまりは、どれも同じだった。出勤しようと、もしくは牛乳やパンを買いにいこうと外に出ると、玄関の前に大きな卵が置かれている。ダチョウのより少し大きなその卵は子どもをISに奪われた母親の目にしか見えておらず、数日後に赤ちゃんドラゴンが孵化すると、速いスピードで成長して家ほどの大きさになる。彼女たちは自分だけが知る適当な場所――家の裏庭だったり、近所にある学校のグラウンドだったり、会社の屋上だったり――に巣を用意してその生き物を育てる。特に餌を与えなくてもドラゴンはすくすく成長する。

「つまりこの物語は、周囲がどれだけあの方たちを孤立させてきたかを示すものです。そんなに大きなドラゴンが自分以外の人間には見えていなかったから、誰にもばれることなく育てられたっていう設定からしてですね」。ショーンが言った。彼は神経科学者、そして心理相談員として提案できる最善の分析を述べた。母親たちは子どもの行方を追跡する過程でISが作った広報用の動画を必然的に何度も見るしかなかったが、彼が見たところ、その動画に使われた曲のいくつかに人間の可聴周波数より低い音響が挿入されており、それが脳の特定部分を刺激して幻覚を引き起こした可能性があるというものだった。しかしその仮説でも、彼女たちの経験があれほどまでに類似していて、幻覚によって導かれた空間の名がみな同じ——ハジュラフ——だった理由は説明がつかなかった。また実験の結果、当事者ではない人間には幻覚はまったく現れていなかった。

「私が考える一番の可能性は、母親たちが集まったときに話し合った、もしくは誰かがした幻覚の話を全員が現実の出来事だと信じてしまったのではというものです。一種の感情の連帯を通して。それ以外ですと、あの方たちが一度に拉致されて仮想の現実を注入された可能性を考えてみるしかないわけですが、そうした痕跡や手がかりは一切ありません。記録によれば、四十五人とも幻覚を経験しながら普段と変わらない日常生活を送っていました。どこかに消えて戻ってきたとか、そういうんじゃないんですよ。あの方たちは現実の世界にいたんです。どんな形でいたのかは知りようがありませんが」

ショーンは続けた。「ハジュラフ Hajullaf は、ファルージャ Fallujah のアナグラムです。あの方たちはこの場所ではできなかったこと、つまりきちんと子どもと別れ、別れる理由も納得し、正しいやり方で哀悼し、子どもが間違った組織に加担して人びとに危害を加えたという罪悪感を解消し、代わりに贖罪すること——そのすべてが可能な仮想の空間をですね、物語を介して無意識に集団で創造したのかもしれません。最初は骨組みだけだったかもしれない物語が何人もの口によって伝えられ、徐々に肉がつき、もっともらしい形を持つようになったのでしょう。とにかくあの方たちがどんな時間を通り過ぎてきたのかは、本人しか知りようがないのですから」

彼女たちはひとりずつ遠慮がちに打ち明けた。自分の頭がおかしくなったんじゃないかと疑う表情で、でも自分たちの経験が真実じゃないと説明する方法はない、どんなに変だと思われても、自分にとってどれほど大きな慰めになったかわからないと強調しながら。ドラゴンが成長してそのときが訪れると彼女たちはドラゴンの背に乗り、ドラゴンは飛び立ち、そのうちに空が裂けて――彼女たちはそう表現した――都市国家ハジュラフへと飛びこむ。「卵の殻の空」を切り裂いて舞い降りると、そこには都市があった。勇猛で強健なドラゴンナイトに彼女たちを生まれ変わらせ、神聖な大義と任務を与えて戦争に参加させた都市。

「その場所に到着した瞬間はちっとも怖くなかったです。私はごく当たり前に、その冒険をしなきゃって気になってて、無理かもとは思いもしませんでした。どうしてあんな経験することになったのかはわかりませんけど、あれがすべて夢だとしたら、覚めたくないと心から思う夢でした。ベストを尽くして戦いました。できることはなんでもしました。……そしてある瞬間に気づいたんです。たぶん、私のドラゴンとの交感はどんなことをしても二度と回復しないと悟った、まさにそんな瞬間だったんだと思います。ただわかったんです。息子はもうこの世にはいないってことが」。ある母親はそう言いながら涙を流した。

母親たちは現実の世界で叶わなかった別れをハジュラフで経験した。ドラゴン軍の一員になって隣国へ発ち、いくらも経たないうちにドラゴンが邪悪な魔法に囚われ、ドラゴンナイトとの交感が途絶えた。ドラゴンは処断すべき狡猾な魔法使いの代わりに罪のない人たちを殺すようになった。危害を加えてはならない相手を傷つけ、焼き尽くしてはならない場所に火の息吹を噴いてがれきの山にしてしまった。どんな武器や防具、言葉や祈禱も事態を防ぐことはできなかった。邪悪な魔法に取りつかれたドラゴンの命は、ドラゴンナイトとの別れで最期を迎える。ドラゴンナイトとドラゴンの別れにはいくつかのパターンがあった。

最初は、命を削って交感を回復したドラゴンナイトがドラゴンとともにハジュラフに帰還して軍事裁判にかけられ、罪のない命を殺傷したドラゴンの代わりに斬首刑に処せられる。

二つめは、ドラゴンナイトが自身の統制を逸脱したドラゴンを殺す。

三つめは、ドラゴンナイトが正気を失ったドラゴンを放つ。ドラゴンたちはこの世の果てであるユムの東に向かって飛んでいき、そこで消える。

四つめは、戦闘中にドラゴンナイトがドラゴンとともに攻撃されて命を落とす。

エレンは覚えていた。理解できたし、感じられた。それは母親たち一人ひとりが幻想の中でとった選択だった。そっちのほうがあっちよりも道徳的だとか正しいとは言えなかった。母親たちはそれぞれ異なる経験をしたが、互いの選択を尊重していた。自分以外の記憶に耳を傾け、お互いが相手の立場になってみる機会を持った。誰も他人《ひと》の話を根拠のない夢だとか病気の証拠だとは思わなかった。ともに笑い、泣き、手を握り合い、食事を作って一緒に食べた。世界のあちこちに散らばっているから全員でしょっちゅう会えるわけではなかったけど、近くに暮らす人同士はたまに顔を合わせていたし、それができない人たちはＳＮＳやスカイプで毎日のように会話をしていた。

そうやって四年の月日が流れた。すべての集い。そこで交わしたすべての会話とため息と涙、にもかかわらず陽光のように温かった微笑み。どこの国の政府も助けてくれないから自分たちの力だけで実現させたのだった。ところがＩＳが完全に壊滅してちょうど一年の間に、そのすべてが崩れ落ちた。全世界に散らばって暮らす人びとをがっちりとひとつに結びつけていた苦しみと幻想の連帯が。

集いからひとり、またひとりと離脱しながら母親たちはなにを考えていたのか、正確なところはエレンにはわからない。彼女たちは困惑しながら自分の話を本から削除してほしいと言った。ほかの人たちは？　皆さんはなにも言ってませんか？　とにかく私には無理です。できません。一様に重い声だった。子どもを間違った信念と死に導いた集団の真相がひとつ残らず究明され、根絶やしにされていくさまが、彼女たちの存在全体をぐらつかせるようなショックとして迫ってきたようだった。そうかもしれなかった。ハジュラフはそれだけ特別な時空間だったし、目の前の現実は無慈悲なほど陳腐で凄惨だった。エレンが彼女たちのひとりだったら現実を直視する勇気を持てただろうか？　でもエレンは彼女たちを完全には理解できていなかった。「罪悪感なのかもしれません」。ショーンが言った。「抑圧されていた苦しみと怒り、喪失感をハジュラフという仮想空間で解消してきました。慰められ、尊重され、互いを治癒してきました。幸福に近い気持ちを感じたのはずいぶん久しぶりだという方もいたでしょう。それなのに、不意に現実の物語に襲われた。加害者の親としての自分に直面しなければならなくなったのです」。エレンは残忍だと思った。「加害者の親」。世間が彼女たちに与えた名前だった。理由もわからないまま無念にも子どもを奪われた挙げ句、自分が犯してもいない罪を死ぬまで背負わねばならなくなった彼女たちの首にかけられたロープだった。

イラク人と非イラク人の間にも諍いがあった。一部の人たちはこう言った。「エレン、私が思うに、私たちには資格がない気がするの。だってイラク人じゃないでしょう」。そしてどういうわけか後になってから震える声でこうも言うのだった。「エレン、あなたにそんなこと言う資格はありません。あなたは犠牲者の家族じゃないでしょう?」。

エレンが理解しようと努力するほど彼女たちは防御するような、そして敵対するような態度に変わっていった。完全に理解していないという点に彼女たちとの間を阻む強固な壁を実感しているのは事実だった。ハジュラフで自分のドラゴンの代わりに斬首刑になった記憶を思い出しながら鮮明に語ってくれたカミーユ、ここ数年エレンの近しい友人も同然だったカミーユですら豹変した。エレンは当惑した。あまりに残酷な現実の前で自分の経験を否定し、そのすべてを妄想だったと信じてしまうところまでは理解できた。人生を揺るがすような苦痛を経験した人たちだった。もう十分すぎるほど傷だらけだったし、これ以上は傷つきたくないと思っている人たちでもあった。でもどうして敵味方にわかれてあそこまで鋭い非難を互いに浴びせ、傷つけるのか、エレンをあれほど急に憎むようになったのかはわからなかった。結局は家族たちの意に沿って出版を取り止めると明らかにしたにもかかわらず、カミーユは最後に電話をかけてくると、お願いだから私の人生から離れて、という言葉だけ残して切ってしまった。理由はなんであれ、カミーユは行ってしまった。エレンの知るカミーユはもういなかった。

すべての騒ぎが落ち着くまでには時間がかかった。エレンは三ヵ月間なにもしないまま家に引きこもった。見かねた親しい編集者が仕事をくれた。創刊する旅行雑誌の記者だった。

エレンは特別な意欲や熱意もなく新しい仕事を受け入れた。すべてを忘れてしまいたかったけど思いどおりにはいかなかった。はじめての出張先はロンドンだった。ロンドンに新しくできた都市共同体を取材した帰り、蚤の市のとある陳列台の前で足を止めた。ドラゴン柄の装飾が美しく細工された革の表紙のダイアリーを覗きこんだエレンは、カミーユを思ってため息をついた。

「この作業にそこまで熱心に取り組むのはどうしてなの?」

カミーユの問いに対する答えを何度も考えてみた。なぜ自分はあそこまで熱心だったのか?私は友だちになったと思っていた、エレンはじっくりと回想してみた。彼女たち一人ひとりと。

それは嘘じゃなかったのに。分かち合ったあの時間。あの縁。彼女たちとともにありたかった。彼女たちの喪失と悲しみの慰めになりたかった。あの集団での幻想には明らかに特別な意味があると思っていた。彼女たちの話を書いて世間に伝えたかった。でもあの本を書くのがほかの誰でもなく、なぜ自分でなきゃならないのかと訊かれたら答えられなかった。

でも理由はわからなかったけど、エレンもドラゴンの卵を発見する夢を見たことがあるにはあった。

その夢はエレンが犠牲者家族にはじめて会う一ヵ月前、彼女たちの存在すら知らなかったときに訪れた。玄関のドアを開けると殻が凸凹したグレーの巨大な卵が置かれていた。エレンは思わずそれをつかんで両手に載せた。温もりが手のひらから伝わってきた。でもこの卵を家の中に入れてもいいのかな？　エレンはなぜか恥ずかしくなった。「私はそうするだけの価値のある人間じゃない。私には資格がない」。そう思ったところで目が覚めた。

エレンは誰にも夢の話をしなかった。間違って送られてきた、自分ですらも理解不能な夢だったからだ。決められたマニュアルに沿って記事を書き、特ダネ競争をしなきゃいけない新聞記者の仕事に疲れはじめていて、もう少し意味のある創意的な仕事がしたかった。でも同時に、どのポジションでなんの仕事をしていても、もっと社会的に価値のある活動がしたいと常に周囲を見回している、そんな満たされない正義感に自ら疑問を持つこともしばしばだった。「私には資格がない」。それは本を書こうと決めたエレンが誰よりも自分に言い続け、頭を振って払いのけようとしてきた言葉だった。エレンはできるかぎりの努力をした。そしてうまくいかなかった。それだけだった。

夢の中でエレンが自分に資格があると感じてたら、堂々と卵を家の中に入れてたら、彼女はドラゴンナイトになれたのだろうか？　ほかの人たちが経験した「本物」のハジュラフには行けなかっただろうけど、せめて夢の中で見学することはできなかっただろうか？　誓って言えるがエレンの中にそんな欲求はなかった。でもカミーユは心からエレンを憎むようになった。苦しむ誰かとともにあることに、そのくらい大きな自己検閲の責任が伴うこともわかっていた。でも誰かとともにありたいという欲求はどこまで純粋であるべきで、どこまで純粋になれるんだろうか？　私がほんとうに彼女たちを利用してるだけだったのなら、どうしてカミーユを失った心の傷がこんなに疼くんだろうか？

私たちが本物の友だちだったからだ、エレンは思った。この世のすべてが爪を突き立てて攻撃してきたとしても、この真実は譲れなかった。エレンはなにを間違えたのだろう？　ただの夢を本物だとうっかり錯覚したこと、たぶんそれだろう。でもエレンは現実のカミーユが好きだった。気まぐれで、クスクスを作るのが上手なカミーユが。彼女がたまに歌っていた鼻歌が。ミシェルの写真を見ながら無理して笑って見せた、あのしわの刻まれた顔が。それも間違いだったと言うんだろうか。エレンにはわからなかった。

あれからすでに八年の月日が流れていた。エレンは冷めきった料理の皿を見下ろしながら、自分が今回の出張先を無理やりファルージャにした理由を考えてみた。わからなかった。確かなのはこの場所を一度は訪れる必要があったということ、そうしなければならなかったということだった。ニカブを着た女が続けた。

「……イパは創造するドラゴンで、ガルはそうではなかったのです。その点が完ぺきなパートナーだった二匹の間に亀裂を生みました。イパの設計したファルージャが人間のための都市だったことから、イパは自分よりも人間を愛してるのだとガルは考えるようになったのです。ある日、急に繁殖への欲求を感じたガルは慌てて洞窟の外へと飛び出しました。一種のホルモン異常みたいなものだったのでしょう。するとイパやガルと親しかった人間の双子の少女、ミュールとミシュルレが目に入りました。ガルは神経系が起こした衝動を抑えきれず、二人の少女を捕まえると焼いてしまおうとしたのですが……そんな自分に驚き、失望して全身の力が抜けたままふらついてしまいます。少女たちはその隙を逃さずに、風牛《パラムソ》の骨を研いで作った槍でガルの腹を力いっぱい刺しました」

食堂の客が一斉に軽いうめき声を上げた。ニカブを着た女はしばらく間をおいてからゆっくりと話を続けた。

「ええ、正当防衛です。少女たちは自らを守ろうとしたのです。それを罪とは言えません。でも四人はとても仲のいい友だちでした。友だちが友だちを、特に女の友だちが女の友だちを槍で刺すなんて、そうそうあることではありません。なかったことにはできなかったでしょう。なんとか助かりはしましたが、ミュールとミシュルレはガルが心配で涙を流しながらハジュラフの東の果てへと逃げました。そうしてその場所で失ってしまった友だちを思いながら生涯を送りました。……話はこれで終わりを迎えるわけですが、皆さんはどう受け止められるんでしょうね。期待してたのとはちょっと違うでしょう?」

女は話し終えるとお辞儀をした。そうして小さな声で意味のわからない言葉をいくつかつぶやいた。現地語の祈禱のようだった。しばらくしてから女はふたたび口を開いた。

「でも皆さんが気に入ろうがなかろうが、信じようが信じまいが、私はこの話をするためにこの場所にいます。誰かがこれを世に伝えてくれることを願いながら。この話はこれで終わりです。実は双子の少女のミュールとミシュルレは人間が作って想像の都市ハジュラフに送りこんだ影でした。虚像だったのです。でも友だちになってくれた二匹のドラゴンのおかげで、本物になって人間の世界に来ることができたそうです。戦争のないファルージャを想像して設計したのはイパ、少女たちがハジュラフを越えて人間の世界に来られるように、そして本物の人間として七百歳を超えるまで生きられるようにしてくれたのは友だちのガルの傷から流れた血と、その一件を忘れなかった彼女たちの後悔でした。……皆さん、今のファルージャはハジュラフでした。この平和な都市はドラゴンと人間がともに建設した場所なのです」

ざわめきが静まり、沈黙が流れた。数人が仕方なく拍手をしたのはしばらくしてからだった。食堂の隅から、それで終わりですか？　という質問と呆れたような笑い声が沸き起こった。それもそうだろう。女の話は漫談と言うよりも奇妙な禅問答に近かったし、酔っぱらいの戯言のようにも聞こえた。女はニカブの中で三日月のように目を細めながら一緒になって笑った。そうして大きな声で叫んだ。すてきな時間をお過ごしください、ありがとうございました！

女の両目がエレンに向けられた。エレンは慌てた。どう見ても偽物っぽかった。この食堂、この都市、この世界、その中にいるエレン自身。すべてが偽物に見えた。その中でもっとも嘘くさいのは、ああして奇妙なやり方でハジュラフの話をしている女、ニカブから両目だけを覗かせているステージの上の女だった。戦争のない今のファルージャを作ったのはアメリカで、ハジュラフのドラゴンと人間ではなかった。すべて戯言だった。でもあの話はエレンを涙させた。いったいどうして？　あの人は誰なんだろう？　そのとき、しわだらけの手がテーブルにナプキンを置いた。エレンは誰なのか見ようと顔を上げた。ステージ上の女と同じ色のニカブを着たイラク人女性だった。彼女もやはり三日月のような目でエレンを見ていた。エレンが向き合うと女性はすぐ席に戻ってしまった。

「気に入ろうがなかろうが、信じようが信じまいが」、エレンは女の言葉をふたたび考えてみた。

「私はこの話をするためにこの場所にいます。誰かがこれを世に伝えてくれることを願いながら」。

エレンはナプキンを手に取ると涙を拭った。おかしなことが多すぎた。その中でもいちばんおかしいのはエレンの知るある人の顔がずっと浮かんでくることだった。夕方の間ずっと抑えていた思いをふたたび引っ張りあげた。宿舎に戻ったらカミーユにハガキを書かなきゃ。元気かと、ただ元気にしてるかと尋ねてみなきゃ。

「こんにちは、カミーユ。すべて問題なく過ごしてますか？　ミシェルがまだ見つからないのは残念ですね。あなたがミシェルを見つけることを心から願ってきたし、その気持ちは今も変わりません。いま私はファルージャにいます。ここにハジュラフの話を知る人がいます。私たちが語り合った、あのハジュラフです。長い時間が流れたし、とてもたくさんのことがあったけど、私は今でもあなたのことをしょっちゅう考えてます。あなたが心配です」

送るかどうかはその次に考えよう。もうどこかに引っ越してるかもしれない。でもそうじゃない可能性もあった。どちらでも構わなかった。エレンは書きたい文章をひとつずつ、ゆっくりと心に刻みつけた。奇妙な都市の奇妙な食堂で、手のひらに載せたドラゴンの卵みたいに奇妙に温かい夕刻のひと時が流れていった。

エレンはようやく空腹を感じた。急いでナイフとフォークを持つと、すっかり冷めてしまった料理へと手を伸ばした。

ニンフたち

私はまだジュンを見つけられずにいた。

＊

ジュンと一緒に写った一枚の写真を持っている。ジュースに漬けてたのを忘れてしまったようなオレンジ色に変色した古い写真だ。写真の中でピンク色のオーバーオールを着た四歳の私は両腕を振り上げて、なにがそんなに楽しいのか子ザルみたいに声をあげていて、ストライプのシャツとジーンズ姿のジュンは私の三、四歩ほど後ろにしゃがみこんで笑っている。ジュンの髪はくせ毛で、肘まで袖をまくり上げたようすが勇ましい。片手に持った煙草から立ちのぼる煙が複雑な曲線を描きながら宙へと散っていく。まだ町内にカラーテレビがなかった時代で、子どもの近くでの喫煙なんかを問題視する人はいなかった。私もジュンも晴れやかな笑顔だ。写真を撮ってくれた人もたぶんそうだっただろう。春の庭には光が満ちていて、空気にも愛が色濃く立ちこめていた。白くて細い一筋の煙は誰のことも不幸になんかできなかった。

ジュンは善良で体の弱い女と結婚して私を授かった。木馬に乗せてくれ、はじめて映画館で観た映画のチケットを買ってくれ、冷麺が食べたいと言う幼い私を連れて何時間も雪の積もった明洞《ミョンドン》の街をさまよった。当時の冷麺屋は冬になるとほとんど冷麺を売らなかったことを考えると、真心を尽くしてくれたのだと思う。

私たちは時々ジュンのギター演奏に合わせて一緒に歌った。ジュンが悲しい歌を八曲ほど演奏すると、私は笑える歌詞の歌を二曲ほど口ずさみながら踊った。お、こいつめ、思ったよりも賢いんだなあ？　ジュンはたまに国民学校［一九九五年までの小学校の呼称］に入学した私に向かって驚いた表情を見せながらつぶやいた。それよりもっと歯切れのいい声で、このとんちんかん！　どんくさいガキ！　と叱りつけるときもあった。数年が過ぎてジュンが家を出たとき、母は泣いたけど私は泣かなかった。またすぐ会えると思ったからではなかった。私は幼かったし、二度と会えないかもという発想そのものが頭になかったのだ。私はジュンを愛していた。その愛に終わりがあるだろうとは考えてみたこともなかった。

＊

ジュンにはじめてもらった手紙を今でも覚えている。中学生になって数ヵ月が過ぎた晩春だった。机から教科書を取り出そうとすると一通の空色の封筒が一緒に出てきた。

「こんにちは！　入学式で新入生宣誓をしてる姿を見た。友だちになりたくて、この手紙を書いてる。今はすごく緊張して震えてるから字が汚いけど、ちょっとだけ理解してくれたらうれしいな。恥ずかしいよ、足りないところの多すぎる自分が」

　書かれた内容と違ってジュンの字は目に留まるほどきれいだった。角度を測って被ったベレー帽みたいにすべて左払い四五度で書かれた縦の字画、少しの乱れもない正字体で上品ぶって書かれたㄹ、ㅁ、ㅂ［いずれもハングルを構成する子音字母］が几帳面に、そして強い筆圧で便せんに書かれていた。度が過ぎる謙遜は誇示だという思いから心を閉ざそうとした瞬間、その次の文章に目が吸い寄せられて最後には笑ってしまった。

「私はジュン。三組の学級委員をしてる。今回のテスト、生物が一問バツだったんだって？　私は国語で一問ミスしたんだ、もう。ほかの科目ならともかく国語だけは間違えたらダメだってお母さんが言ってたのに。うちのお母さん、国語の先生なんだ」

　あちこち聞いて回って私の点数を突き止めたジュンを少し怪訝に思ったけど、不快ではなかった。探り合い、においをかぎ、群れを成す中学一年生の女子たちを思い浮かべてみてほしい。好み（特に異性のタイプ）という特徴が際立ってくるころだが、テストの点数ほど同じ群れに所属してるかどうか判断するのに確実で簡単な基準はなかった。前回のテストで全科目を合わせて一問ずつしか間違えなかったという、いま思えば笑っちゃうような自慢ではない自慢ネタが、ジュンと私を明らかな同類として、同じ群れの一員として結びつけてくれた（ジュンのお母さんが先生だっていう、どうでもいいディテールは無視するとして）。数多の青少年が自分の平凡さ、ひいては劣等感に気づく前の自分を秀才だと勘違いしながら過ごす、哀しくも甘い数年間のはじまりだった。ひどく幼稚だと思ったけど同時に惹きつけられた。完全無欠に見える誰かに興味をもたれたって事実が嫌なわけなかった。私はジュンが差し出した心を引き寄せると布団みたいにかぶってみた。温かかった。

翌日の授業が終わると、私は勇気を出して一年三組の教室を訪ねた。ジュンは背が高くて、はきはきと活発で痩せっぽちの少女だった。次の月に行われる合唱大会の全体練習をしているところだった。『ヘブライの捕虜たちの合唱』。生徒たちの美声を伝って神聖なミントの香りが飛んできた。ジュンは指揮者だった。大きな櫛みたいに手を動かしていた。最前列に立つジュンが両手で宙を梳り、もつれさせ、分け目をつけ、ふたたびもつれさせるたびに、生徒たちの顔に静かな微笑みが広がった。私みたいな子どもには決して手の届かない、信頼と支持の光から成る微笑みだった。茶色く揺れるジュンのボブヘアには大きなサザエの形をした白いヘアピンが留められていた。私は目が合わないように窓の下で体をかがめ、つま先立ちで歩いた。ジュンの顔をもう少しじっくりと正面から見たかった。

最終的には目が合った。ジュンも私もそらさなかった。その晩、不思議なことに生まれてはじめて海が見たいと思った。波が白く砕ける夜の海に足を浸し、顔に冷たい風を感じたかった。

そう思わせたのはジュンだということを、その晩の私はわかっていなかった。

＊

ジュンの私に対する愛は憐憫のときもあったけれど、そうじゃないときのほうが多かった。ジュンは私の面倒を見るために自分の時間とお金と夢を一枚、また一枚と剝ぎ取っては使い、その見返りになにかを要求したことはただの一度もなかった。

式場の予約と嫁入り道具の準備、借家の契約を終え、結婚式まであと二週間というときだった。性格の不一致なんていう腐るほど転がってる理由で、はっきり言うと家同士の経済力の格差で私が一方的に婚約破棄を告げられたとき、ジュンは二十年前に少しだけ勤めたことのある新聞社に電話をかけると、有無を言わさずあの男を内密に調べてほしいと一方的にまくし立てた。私に、この私にそんな無礼な真似をする奴がまともな男のわけがない、実は妻子もいる人間のクズかもしれないから、顔写真を白日の下にさらして会社をクビにでもさせるべきだと大声でわめいた。見かねた私が電話を代わって新聞社の文化部長に釈明と謝罪をしたが、ジュンは落ち着くどころかぺたりと座りこみ、グーで胸を何度も叩きながら奇声に近い声でわめき散らした。ミン、心配ないよ。心配しないで。私が幸せにしてあげるから。ミンのことは、私が必ず幸せにするから。幸せは鼻や唇や左手の小指みたいに変わることのない確かな形をしていて、誰にでも当たり前のように与えられなきゃいけないのに、私だけが不当に奪われでもしたみたいに、そしてそれは自分の責任だとでもいうように、ジュンはうなだれて涎《よだれ》を垂らしながら号泣していた。いま振り返ってみるとジュンは自分の一部、つまり自分の命や生きる目標、細かい好みのすべて、感覚のかなりの部分を私の体内に移動させたみたいな人だった。自分をケアすることには大した意味がなくて、なにかを得るべき人は自分じゃなくて当然あなただという姿勢で私に接していた。もし今ジュンがいたら、私がそうするように。ジュンは自分の飲みたいジュースを私にくれたし、自分の聴きたい音楽が流れてくるイヤホンを私の耳に挿してくれた。ジュンの半分は、いや、もしかすると半分以上は私の体内にあったから、ジュンが生きるためには私が生きなきゃならなかった。痛みや孤独や悲しみを感じることなく、幸せでいなきゃならなかった。そのためにジュンは進んで自分の人生を犠牲にしたし、ぐしゃぐしゃになった動物みたいにわざと道に体を投げ出した。視線と悪臭、寒さと私じゃない人間からのさまざまな侮蔑に耐え抜いた。

＊

ある日の午後、私は地下鉄のホームのベンチに座って涙を流していた。午後五時になろうとしていて、地下鉄六号線の鷹岩《ウンアム》駅を循環する電車が前の駅を出発して向かってきてるのに、ジュンが傍にいないという事実が耐えられないほど恐ろしくていつまでも泣き続けていた。いつからそうやって座ってたのか、いつまでそうやって座ってるつもりかもわからなかったし、わかりたくもなかった。そのとき隣に座っていた男がうんざりだという声で私に向かって声を上げた。

——おばさん、いい加減にしなよ。

私は彼の顔を見た。大きく太い声に体がぴくりとした。申し訳ありません、反射的にそう言いそうになったが口にはしなかった。私には申し訳ないことなんてなかった。なにも間違ったことなんてしてないのにジュンを失った。

いや、ほんとにしてなかったっけ。

なにか間違ったこと、したんじゃないのかな。

「約束してほしい、どんな仮定法も使わないと」

ずいぶん前にジュンは紫色の紙に銀色のペンでそう書いた。その文章の最後からジュンが真剣な表情でこっちを見ていた。その眼差しがあまりにリアルで私は泣きやみ、唾を飲みこんだ。

男が道端に吐き捨てられた痰でも見るような目を向けてきた。あんたみたいな人、ほんとよくいるよな。さっきから、あすこのエスカレーターに乗ってるときから気づいてたよ。はあ？　俺にどけって言うのか？　進みたいから道を譲れって？　人間が一方向にばっかり列を作って踏ん張ってるとなあ、エスカレーターが腐るんだよ。腐るの。どういう意味かわかる？　重心がずれて本来の寿命を全うする前に壊れちまうんだってば。そしたら、その修理代はどっから出るんだよ？　俺たちみたいな人間の財布から出る税金だろ。なに真っ昼間から間抜けな声出してんだよ、うるせえな。ジュン？　ジュンって誰だよ。おばさんさ、自分だけが生きてるとでも思ってんの？　つらくて悔しい思いしてる人間は、あんたひとりなのかって訊いてんだよ。クソだな。

私はゆっくり呼吸した。喉に詰まった息に向かって外に出なさい、入ってきなさい、自分の仕事を最後までやり遂げなさいと命じた。理性を失いそうな両目には前を見なさい、前歯には舌を嚙むんじゃないと命じた。力を失って前に倒れようとする体にダメ、まっすぐ立っていなさいと命じた。いつの間にか拳を握っていた両手を硬い椅子に押しつけながら息をした。我慢しなきゃ。正気を失ったりくずおれたりしたら、ジュンのところに行くことも会うこともできなくなるんだから。ジュンもどこかで同じようにしてるかもと思ったら心が冷静になり、澄み切った鐘の音にも似た音色が頭に響いてきた。男は悪態をつくと立ち上がった。ホームドアの中の闇を突き抜けて電車が入ってきた。ひとりが通り過ぎた。男はジュンではなかった。なにも変わっていなかった。

＊

それは私が好きなフランスの作家の小説だった。いや、好きなんて言葉じゃ足りなかった。その作家に病んでいた。大学一年生の夏にジュンから風邪みたいにうつされて、二年生の冬には風邪はさらにひどくなり、毒を持つなにかに変わっていた。彼の本を読んでいると体内に熱がこもって眠れなくなったし、望んでもいないのに彼の文章が口から自然と出るようになった。専攻科目の重たい本でいっぱいの鞄に読み倒した彼の洋装本を必ず一冊は入れていたし、まだ出てない次の本を待ちわびながら手当たり次第にペンとナイフで彼の名前を刻みこんだ。それはジュンが私にうつした大切な病気の名前だったから。ジュンの目が捉え、鼻が嗅ぎ、血管が吸収して脳が含み、呼吸器がふたたび私に向かって吐き出した致命的な細菌だったから。役立たずなプライドなんか脱ぎ捨て、好きなだけひれ伏して崇め、褒めたたえることのできるお気に入りとしてのジュンだったから。

私がそうまでして待ちわびていた本はその作家のデビュー作だった。代表作はすべて翻訳出版されていたし、事実かどうかはわからないけど絶筆を宣言してしまったそうなので、おそらく当分の間は最後の本になるはずだった。二日連続で徹夜して読み終わった私はジュンに会った。どうだった？　ジュンが訊いた。思ってたのとちょっと違うね、私は答えた。やっぱりデビュー作だからかな？

本音では読むんじゃなかったと思っていた。

デビュー作にありがちな整ってない文体、文章と文章の間に見られる論理の飛躍、現実離れした展開が問題なのではなかった。そんなのはいくらでも目をつぶれた。その程度で好きだった作家を簡単に突っぱねるような性格でもなかった。私が耐えがたかったのは物語そのものだった。大学時代をともに過ごした二人の青年、アとべがいる。彼らをジュンと私のもっとカッコいいバージョンだと見ることもできた。私たちより無謀で勢いがあって、私たちほど生き残らなきゃっていう強迫観念や恐怖がない代わりに知的で文化的な恩恵をたくさん受けている。小説の第一部、彼らは退屈な授業を受け終わると夜ごと安いパブで差し向かいに座り、この世のあらゆることを討論する。間抜けなことこの上ない大学のカリキュラムや公教育について。自分の人生に唾を吐きかけながら魂の声に従った、イカれた芸術家について。軍隊や戦争、政治家の無知な罪悪について。社会主義の無気力さと資本主義の破廉恥さについて。社会主義者の偽善と資本主義者の倦怠感について。平凡極まりない女を愛してすべてを失うことの崇高さと愚かさについて。第一部はデモに参加したという理由で学生を処罰した学長の車の窓ガラスを割って火をつけたアとべが、警察の手を逃れてパリ市内を疾走するシーンで終わる。

第二部がはじまると舞台はフランス郊外の閑静な庭園が広がる村へと移り、中年になったアとべが二人の間に横たわる二十年の歳月を前にぎこちなく向き合っている。アは変わっていなかったがべは変わった。結婚をして三人の子の父親になり、大学を卒業してからずっと生計を立てるために続けてきた高速鉄道の事業で富を得た。アはべが着ている高級なジャケット、彼の庭園に雇われている庭師たち、彼が週末になると訪れるという乗馬クラブのパンフレットを見ながら失笑を禁じ得ない。これがお前の望んでたものか？　アはべに問う。これがほんとうにお前の欲しかったものなのかって？

べがなんて答えたかは記憶にない。大して特別でもない、ありふれた言葉だったと思う。私は彼らの長い会話が、その小説に描かれた二人のラストが、ページの外の世界まで真っすぐつながりながら広がっているような人生ってものの陳腐さが、まるでジュンと私の未来を予言してるように見えた気まずい敗北と妥協の感覚が、自分たちもいつかはああなってしまうのだという既視感が我慢できなかった。いま振り返ってみると小っ恥ずかしい幼稚さだけど、当時の自分たちは二十代前半になったばかりだった。飛行機でパリへと飛び、作家の胸ぐらをつかんで揺すってやりたかった。こんな物語をデビュー作に書くなんて、それを今になってジュンと一緒に読ませるなんてどういうつもりだと叫び、公衆の面前で本を投げ捨てたかった。でも、できなかった。なにか言いかけてやめたジュンが少し悲しそうな笑みを浮かべて私を見ていたから。

がっかりしたんだね？　ジュンが訊いた。いや、そんなんじゃない、私は嘘をついた。ぼくはちょっと失望したけど。ジュンがまた言った。中央図書館で全部読んだんだけど、席に置いたまま出てきちゃった。今は後悔してるけどね。今更だけど。

なんでそんなことしたの？　好きな作家でしょ。私は驚いて言い淀んだ。気に入らないだろうなとは思ってたけど。どういうわけかジュンの顔が赤くなり、少し悲しくなった。その表情の意味を想像するのが怖い私はもっと変なことを想像し、それを実行に移した。筆箱からナイフを取り出して持っていた本を半分に裂きはじめたのだ。昔、まだ人が本をたくさん読んでいた時代は好きな人同士でそうやって一冊の本を半分ずつ持っていたという話を、それを終わりのない友情の証にしたという話を、どこかで聞いたことがあった。馬鹿みたいに感傷的だったけど、ジュンに兵役判定の身体検査の通知書が届いて数日しか経っていなかったあの日あの瞬間、私たちの不安な気持ちにはかなり適切な処置と言えた。

本は表紙が厚くて、私のカッターナイフではなかなか切れなかった。筋張った肉を切るようにうんうん言いながら切り終わると、本はほぼ正確に一部と二部にわかれていた。前にする？　それとも後ろ？　ジュンが訊き、私はしばらく迷った。ようやくため息をつきながら一部を選ぶと、ジュンはそうだと思ったと言うように少し笑った。そうして私の本を貸してと言うと、中表紙になにかを書きこんだ。一行目を書いて、しばらく考えてからまた一行書いた。帰ってから半分になった本を広げてみると、中表紙にはこんなことが書かれていた。

ミンへ

いつかまたこの本を読んだときに、今日と違うことを感じたとしても、約束してほしい、どんな仮定法も使わないと。

あのとき××していたら、もしくは××していなかったら、そういう言葉で自らを苦しめないように。仮定法は監獄だよ。それじゃあ、どこにもたどり着けない。ぼくは今を生きるつもりだ。過去の刑罰や、誤った選択の集約に生きるつもりはない。記憶という宝石の中に閉じこめられ、輝かしい過去の残留物を反芻するだけの生き方をするつもりもない。たった一度きりの今を生きるつもりだ。現在を。

ミン、君もそうしてくれたらうれしい。

正確な文章じゃないかもしれない。私はその本を二度と読めなかった。あの日のジュンと私、そしてあの暗かった気分がよみがえってくるし、ジュンが持ってった二部とあまりにも内容が違う前半部分を読みたくなくて二度と本を開かなかった。ジュンが書いてくれた文章は痛いほどの光を放っていたけど、私を咎めてるようにも思えた。強くなれない、いつかその約束を破ってしまう私のことを。数度の引っ越しを経験する間に、結局その本はなくしてしまった。

＊

ジュンは私に英語を教えてくれた。そのころのジュンは若くて、生き生きしていて、美しかった。塗ってないように見えるアプリコットカラーのリップスティックと、いつも着ていたジプシーの服みたいな長いスカート、少年みたいなショートヘア、颯爽とした足取り。みんながジュンを好きだったし憧れていた。でもジュンは私にだけ出席簿を持ってくる係をやらせてくれた。私がもう優等生でも模範生でもなくなってからも。代名詞の they につく be 動詞は are じゃなくて is だと私が間違えて答えたとき、ジュンの顔に浮かんだ少しの失望と粉々になって飛び散った私の心を今も覚えている。ミン、私はあなたをえこひいきしてるのかしら？　ほかの生徒たちにはそう見えるのかもしれない。ある日ジュンは職員室にやってきた私に向かってひとり言のように訊いた。言いながらジュンはこちらを見なかった。ほんとうに悩んでいるから、自分の心がわからないから、私の顔を見られないから、だからこちらを向けないみたいに振舞っていた。その日から私はジュンに長い手紙、送れない手紙を書き続けた。

その中にはこんなのもあった。ほんとはジュン、あなたのことが大好き。あなたが思っているよりもずっと。出勤して誰もいない事務室で自撮りしてた写真のくたびれておどけた表情が好き。丸い額ときれいな前歯が好き。自分はきれいだっていう事実を遠慮がちにさらけ出すときの顔が、でもきれいな女の子よりは賢い女の子に見られたいっていう気持ちが好き。毎日ホームページに載せてる日記で自分は世間擦れした俗物だと書いてるのを見たとき、駆け寄ってそんなことないと言ってあげたかった。何度も。私にはない、あなたの落ち着いた平常心が好き。私の家族とは似ても似つかないあなたの平和な――あなたの表現を借りるなら保守的なこと極まりない――家族と、その中で育ったからあなたが持つことになった顔や仕草、姿勢が好き。毎日やめたいのにやめられないまま書き続けてるアメリカドラマの感想や、ロモカメラの話をするときに使う不思議な単語が好き。あなたにつきまとう男の子たちに見せるクールな態度が好き。好きだし、嫉妬してる。私の彼氏があなたを忘れられずにいるって事実を丸めてゴミ箱に捨てて、あなたと友だちになりたいときがある。そしたらあなたと私はびっくりするほど多くのことを分かち合えるはずなのに。ほんとに通じ合えるはずなのに。

こんなのもあった。ジュン、元気にしてる？　今朝、学校に行く途中にあなたにそっくりなシーズー犬を見かけたの。あなたと同じように背中の真ん中に塗り忘れたみたいな白い点のある子だった。そのまま通り過ぎようとしたんだけど、いきなり近づいてきて鳴きながら飛びついてきたんだよ。よく見てみたら片方の脚が変だった。遅刻だけど仕方ないから動物病院に連れてって、以前にあなたを見送ってくれた先生に診てもらったの。幸い脚は治療すればよくなるだろうって。飼い主が見つかるまで病院で保護してくれるって。私は平気なのに先生ったら目を潤ませてた。ジュンはゆっくり休んでるんでしょうね？　私も知りたい、ジュン、そっちはどう？　いい匂いする？　エサはおいしい？　散歩は欠かさずしてるの？

いつだったかジュンのお父さんが脳卒中で倒れたって聞いたとき、私は飲んでいたカリン茶のカップを置くと思わず祈っていた。神を信じない私がはじめて他人のために心から捧げた祈りだった。信じられないけど涙があふれ落ちて、自分の中の汚い部分がすべてきれいに洗い流されていくような最初で最後の経験だった。そのときに泣きすぎたせいか、数年後にジュン自身が脳卒中で倒れたときは少しも涙が出なかった。叔母さんって呼んでもいいようなジュンの彼女がつき添っていて、感情をあらわにするのは礼儀や道理に反するような気がしていた。私は昏睡状態のジュンが横たわる病室を抜け出すと寒い街並みを歩き、ある小さな書店に入った。テキストでびっしりの本に疲れを覚えるようになってたのか、それとも別のことを考えてたのか、普段は興味も持たない美術関係の書籍コーナーに足が向かった。新刊のページをめくっていると、ジョン・ウィリアム・ウォーターハウスの作品紹介があって、その中の『ヒュラスとニンフたち』という絵が目に飛びこんできた。

ひとりの男と七人のニンフを描いた絵だった。男は睡蓮の咲く緑色の泉のほとりで前のめりに膝をついて座っている。泉の中では一糸まとわぬ七人の若くて美しいニンフたちが彼を誘惑している。ニンフのひとりが挑発的なポーズで彼の腕をつかみ、緑色の水の中へ誘いこもうとしていた。呆《ほう》けたような、無心ながらも夢幻的な女性たちの表情、夢の中のような長い髪と真っ白な肌、絵に添えられたギリシャ神話の人物ヒュラスについての説明と同じくらい私の目を惹きつけて離さなかったのは、七人のニンフの目鼻立ちから人中、唇まで、すべて同じ機械で写し出したかのように不気味なほど酷似している点だった。私は書店で立ち尽くしたまま、そのチャプターを最後まで読んだ。ウォーターハウスはプライベートを知られるのが好きでない画家で、いくつかの仮説はあるがモデルになった数人の女性は特定できないと書かれていた。どうして一枚の絵の中に同じ顔の七人を描いたのかという点も疑問が残るが、おそらく彼が深く愛した誰かの顔なのではないか、著者は慎重に推測を述べると少し軽いトーンで問いかけていた。それは果たしていいことなのだろうか？

私は本を閉じると気を取り直してから病室に戻った。ジュンは私にミカンの入った小さな籠を差し出すと、ごほごほと何度か咳をした。ミン、ずいぶん大きくなったね。ジュンは笑いながら白髪をヘアゴムで結び直すと、付添人用のベッドから起き上がってトイレに向かった。私はなにも言えなかった。病人用のベッドにはお父さんって呼んでもいいようなジュンの恋人が数日前から意識を失ったまま、目覚める見込みもなく横たわっていた。苦しみに苛まれるジュンは彼に心を囚われていて、私に気遣う余裕はなさそうに見えたから。

＊

ジュンが私の体で最初に気に入らなかった部分は腕だった。正確に言うなら私の腕に生えてる毛だった。剃ったらもっときれいに見えるのに。君は女なんだから。

ジュンがそう言ったのはスイスのルツェルンにあるフォンデュ専門食堂だった。驚いた私は顔を上げてジュンを見た。生まれてはじめて食べるフォンデュはびっくりするほど高いだけでなく、しょっぱくて、しつこくて、ヒーターはついていたけど室内は寒くてじめじめしていた。温かい上着を準備してこなかったので、半袖のTシャツからのぞく腕一面に鳥肌と細い産毛が立っていた。なんの用意もなく、「とりあえず行けるときに」とバックパックを背負ってヨーロッパに飛び立った多くの大学生と同じように、私も視界を埋め尽くす見たことのない風景の驚異や、自分の体がその中を動いているのだという感激、にもかかわらず自分なんて文字どおりなんでもない存在なんだという惨めさの中、電車の時刻表を探りながら不安な時間を過ごしていた。韓国人旅行者にもたくさん出会い、独創的とは言い難いコースを群れをなして回りながら西ヨーロッパを一周した。一緒に回ってたメンバーの中にジュンがいた。数日が過ぎるとほかのメンバーは違うルートへ向かい、私の隣にはジュンしか残っていなかった。ミュンヘンでだったと思う。隣の席にいた韓国人の中年男性が、ところで二人はこの先も一緒に行くんですか？と尋ねると、ジュンは照れくさそうに笑いながら私の肩に腕を回した。もちろんですよ。ずっと、ずーっと一緒に行かないと。ジュンの腕は温かかった。彼のイントネーションは演劇俳優みたいに大袈裟だったけど、私はそのぎこちない告白がおかしなことに気に入った。列車を下りて、カップルでの宿泊が可能なユースホステルにチェックインする私の胸は高鳴っていた。その晩、先に寝てしまったジュンが私を起こすことは最後までなかった。翌朝の食堂で顔を赤らめたまま、ほんとによく寝てたねとつぶやいただけだった。もう我慢できないと言うようにジュンが両手で私の顔を包んでキスしてきたとき、ぐらぐらする意識の中でなんとか考えた。これってなに？　私は、あなたは誰？　私たちこれからどうなるの？　私はスプーンに、私の心臓はその上に載せられたピンポン球になったみたいだった。今日から明日へと心を移動させるだけでも一日はびゅんびゅんと過ぎていき、世界が常に酔っぱらってるみたいに胸がむかむかした。

今はもう思い出せない都市をいくつか経てルツェルンに到着した日、ジュンが私の腕の産毛を見ながら君は女なんだからと言ったときに答えの一部を手にした気がした。つまりジュンは完ぺきだとしたら、私に向かって君は女なんだからみたいな言葉は言うべきじゃなかったのだ。おかしな話だけど安堵したし、すぐに奇妙な自信が心を浮き立たせるのを感じた。私はジュンを愛するつもりだった。不完全なジュンを、不完全な私という立場で、ベストを尽くして理解しようと努力するつもりだった。そうできるはずだった。それが漠然とだけど私が描いていた完ぺきな愛の理想だった。ジュンは北ヨーロッパを回るために列車を乗り換え、私は南に下って半月ほど残っていた旅程を締めくくることにした。私たちは映画のワンシーンみたいにプラットフォームで抱擁した。真っ黒に日焼けしたジュンの顔に陽光がきらめき、そうやって私たちはまた別れた。

でも、だとしたら私が最後まで愛せなかったのってジュンのどんなところ？　ジュンになにが足りなかった？　それとも期待以下だった？　いちばん失望したところって？　違う言い方をするなら……ジュンはどんな面で忘れてもいい人だったんだろう？　もう全部終わったことだし、客観的な目で振り返って答えてみるとしたら？　頭がおかしくなったふりしてそういう疑問に答えることで自分の口を汚してしまえば、呪いに取りつかれて涙もとまり、苦しむことなく息絶えられるかも。空しくぼんやりとした期待を抱きながら闇の中で何度も寝返りを打った。当然だけど答えは思いつかなかった。そんな疑問を思いついた人間の髪をつかんでひざまずかせ、こん棒で頭をぶん殴りたかった。お前ごときがジュンを、ジュンがどんな人間かをわかってるとでも？　お前はほんとうにジュンを愛してたのか？　自分にそう問いかけながら泣いた。髪をかきむしり、壁に額を打ちつけた。それでも私は死ななかったし、ジュンは戻らなかった。

＊

ジュンが私のお腹にいたときの温かく気だるい充足感を思い出す。まん丸い夕顔のように膨れ上がったお腹の皮膚が裂けて虫みたいに醜い跡ができたとき、腕に肉がついて太くなり、浮《む》腫《く》んだ脚に静脈が浮き上がったとき、どんなことをしても以前には戻れないというように肉体が輪郭を失っていったとき、不思議なことにちっとも悲しみや侮辱を感じなかった。体が裂かれて縫われ、血と汗と尿に染まり、誰ひとり振り向かないであろう鈍重で見るに堪えない塊に変わってしまったときも、どうでもよかった。私にはジュンがいた。ジュンの手の指十本、足の指十本。私のお腹を内側から力強く蹴っていた小さな足の裏、乳首を覆っていたしっとりと丸い唇の感触。細い目と、生後百日からはっきり見せるようになって大人を驚かせたひょうきん者の表情、深くくっきりしたえくぼ。食べこぼしのごはんつぶがくっついた手をこちらに差し出しながら見せた表情。その口から発せられた最初の声。最初の一歩。ぼくがほんとに愛してるものを知ってるかと尋ねながら懐に潜りこんできた小さく丸い頭。そのすべてが昨日のことのように鮮明だ。

そしてジュンの言葉がある。暮らしに追われて余裕もないし疲れてたから、手帳にも、頭の中にも一つひとつ書き留めておけなかった言葉。ほんの少ししか残っていなくて、もう増えることはないという事実に呆然として胸を叩きながら泣く言葉。月がついてくる！　あ、もうついてこない。月はぼくたちとちがうおうちに住んでるみたいだね。虹は二時に出るから虹なの？　ママ、なんでパパと結婚したの？　ぼくとしないといけないのに。ほんとがっかりだよ。なあに、パパ？　もしかしてパパもぼくと結婚したいの？　ヤダよ、ブロッコリーはコリコリしてるから好きじゃないんだってば。ママ、お仕事行かないで。明日の朝、ぼくの顔を見てあいさつしてから行きなよ。ぼくも連れてって。ママ、ぼくお金持ちになりたい。お金持ちで立派な人になりたい。それでママとパパをぼくの車に乗せてあげるんだ。ごめんね。ママ、会いたいよ。愛してる。

＊

ジュンは言った。あのとき××していたら、もしくは××していなかったら、そういう仮定法で自らを苦しめるなと。そうしないって約束しようと。あの文章を書きながらジュンはなにを見ていたんだろう。知ることはできないけれど、私はジュンの文章を読むことで彼と約束したし、その約束を守ろうと努力もした。つまり、いま目の前にあるホームドアがあのときはまだここになかったという事実を、あのときこの場にいた誰もジュンに手を差し伸べなかったし、私もまたここにいなかったという事実を、よりによってあの日は友人とビールを飲んでて玄関のドアが開けっぱなしで、ジュンの犬用ガムが打ち捨てられてるのを見ても、いなくなったから捜しに行こうと思いつけなかった事実を、私にはジュンを助ける時間も代わりにローンを返せる金もなくて、あるのはただ心だけ、その心も自分のために使った残りかすの残りかすにすぎなかったという事実を、いい人だったけどジュンが足を浸している闇は私がなんとかするには深すぎたし、私はいつもジュンを愛してたけど十分に注意深く愛せてはいなかったという事実を、たまにジュンと一緒にいるのがきつくて名前を変えて逃げてしまいたかったという事実を、私は膨大な事実の束の中にそのまんま放置していた。その中から取り出して苦痛を感じたいとは特に思わなかったし、深く考えもしなかった。

　パラレルワールドに通じるドアみたいなものはこの世になかったし、当時に戻ってジュンを生き返らせることもできなかった。ジュンはもういないし、私はその程度の人間だった。そして死者には申し訳ないけれど、生きてる人間は生き続けなければならないとみんなが言った。その言葉をいろんな人からくり返し五百回は聞いたころに、それは起こった。私の知る人たちがみんな、順番にジュンになりはじめたのだ。

私がたったひとつ知りたいこと。こんなにすべてを尽くして愛したのに、どうして？

＊

＊

私は今を生きていくことができなかった。努力はしたけど、午後五時になると毎日ジュンが死んだ。いつも異なる死に方で。ジュンはひっきりなしに死んだし、そうすると私は翌日の午後四時までなにも手につかなかった。そして私の見るかぎり、私だけがそうだというわけでもなさそうだった。

この都市にはもう誰かに救いの手を差しのべられる人間はいなかった。人が死んでいく、そんなのはもう大したことじゃなかった。なにかを言ったり問う人もいなかった。すべてはただの習慣だった。毎日決められた時間になると、ひとりのジュンが静かに倒れた。はるか遠く、どこなのかもわからない場所でジュンの体が地面に倒れると、私の体内で小さななにかがぽんと音を立てて地面に落ちるような気分だった。

後悔できたらいいのに。でも私が誰よりも愛する人、ジュンに後悔はしないと約束した。どこまでも悲しめたらいいのに。でも、まだ直視することも対面することもできていなかった。受け入れられていなかった。死んだジュンを。冷たくなったジュンの体を。

私はジュンを愛している。数えきれないほどのジュン一人ひとりに異なる愛情を抱いている。彼らは全員ジュンだ。それぞれジュンとして生まれ、ジュンとして生きてきた存在だ。一つひとつ違うけれど同時にひとつの存在でもある。時間が経つにつれてジュンたちの間にあった境界が消えていく。交じり、押しつぶされ、溶けて、ついには流れ出す。見方によっては彼ら一人ひとりは巨人を構成する身体部分のようでもある。腎臓、肝臓、肩甲骨と髪の毛、大脳辺縁系と視床下部。

*

ある晩のこと、私が童話を読み聞かせながら子どもを寝かしつけていると、隣で先に寝ていたジュンがいきなり大声で寝言を言った。それもドイツ語で。アウシュヴィッツ強制収容所の入り口に掲げられたスローガンだった。Arbeit macht frei. 働けば自由になる。

今回登場するジュンはちょっと変わった人なんだろうか？　そう思う人もいるかもしれない。でも私にとってはおかしな言葉でもなんでもない。大学と大学院の間ずっと、ジュンはアウシュヴィッツに興味を持っていた。虐殺、人間性と救いという言葉の虚構性について。いつかその場所にかんする本を書きたいと言ってたし、あれこれ勉強しながら習慣のように資料を探しては読んでいた。常に頭の中にあることならば口をついて出たりもするだろう。

でも寝入る寸前だった子どもは驚いて起きてしまい、私は最初からやり直さなきゃならなくなった。それがすごくしんどかったから、朝になって子どもを幼稚園に送るとすぐにジュンと言い争いをした。寝言は自力でどうにかなるものじゃないから文句の言いようがなかった。だからって心の中の言葉を——なんでアウシュヴィッツの入り口に書かれたスローガンを暗誦するのよ、ここは収容所だとでも言いたいわけ、なにがそんなに苦しいの——ジュンにそのままぶつけることもできなかった。言ったら最後、言葉を失うくらい重く悲しくて身も蓋もないような話までぞろぞろ出てきそうだったから。私はジュンの口から出たアウシュヴィッツという単語に想像の石をぶら下げて、自分の心のもっとも深い場所に沈めようとした。でもそうするほどに、交替で子どもの面倒を見て家事をしてるときの彼は責任感や幸福を感じるどころか、魂を摩耗させるくだらなく俗っぽい労働のすべてにうんざりしていて、自分でも気づかないうちに、心の中で何度もあの悲鳴を上げてきたんじゃないかって気になった。彼はこの結婚をお荷物に感じてる、この生活は彼にとって大切ななにかをずっと殺し続けていて、それをなんとかするには遅すぎた、そしてそれは私の過ちじゃないけど、私の過ちじゃないとも言えない、そんな思いが執拗に頭をもたげた。

私は幼稚園のバスを渦中に引きずりこんだ。どうして私だけが毎日お見送りとお出迎えをし

なきゃいけないの？　家の前でバスに乗せるのがそんなに大変なこと？　私は訊いた。すると
ジュンは今にも泣きだしそうな表情で私に尋ねた。ママ、俺たちの子どもの名前はなに？
――なにって、うちの子の名前はうちの子の名前でしょ。
――じゃあ、俺の名前は？
――あなたの名前は、ジュン。
――俺の名前はジュンじゃない。ママ、ジュンは俺たちの子どもの名前だよ。俺たちの子、
去年、天に送ったじゃないか。
――なに言ってるの。
――ママ、旅行にでも行こうか。
――なんの話をしてるの、ジュン。うちの子はさっき、私が幼稚園に送ったじゃない。
――ママ、あれはうちの子じゃない。人形だよ。俺が幼稚園の先生に特別にお願いして、毎
日ジュンみたいに登園させてた人形なんだって。
――意味がわからないんだけど。人形を幼稚園に登園させるなんて、そんな頭のおかしい人
いるわけないでしょ？　何号室のお宅の話をしてるの？

＊

私がそこまで打ち明けるとジュンはこちらをまじまじと見つめた。私たちが最後に会ったあの日のような憐憫の眼差しで。白いガウンを着てロングヘアを少女のように垂らしたジュンはぶ厚く丸い眼鏡をかけていて、ふっくらした頬に当たり前のように刻まれている数本のしわも悪くなかった。

——お願いだから心理相談を再開しよう、もう少しだけやってみよう、このままじゃほんとにしんどいと……夫に懇願されたので。でも、あんたに……ここで先生に会うとは思ってもみませんでした。

——そうですか。賢明な判断だと思います。

——私、このままでいいんでしょうか？

——なにがですか？

——こんなふうにいろんな人を縫い合わせて大きなパッチワークの布団を作るのが正しいことなのか、よくわからないんです。これを掛けたら誰かの体が温まるのかしら？　私はジュンから生まれて、ジュンの手で育ちました。ジュンと友だちになって、愛して、つき合って、憎んで、仲直りして、また別のジュンと結婚して結局はジュンを産み、ジュンを完成させていく。そんな果てしない物語。母親と愛を交わして父親を産み……そんなの、あってはならないことです。私は……もう二度と愛せない人たちをまた愛して、永遠に終わってしまった人たちとまたはじめています。

——それでも、そうするしかなかったじゃないですか。

——はい。この状態のまま死にたくはなかったから。私が死んだら、ジュンもあのまま消えてしまうでしょう。そうでなくても無念の死を遂げたのに。なにも悪いことしてないのに。世界はこんなに広いのに、ジュンを知ってる人はせいぜい一握り？　ジュンのいない世界なんて私にはなんの意味もありません。だからジュンを作り続けてるんです。

——それで、少しは意味が生まれましたか？　ジュンがたくさんいるようになってから。

——これからも生きてくことにしましたから。この世に愛が足りないからって生きるのをやめることはできないでしょう。だから別の愛を発明したんです。愛せるのはうれしいんですけど、人が少ない。私が愛を注げる相手が少なすぎるんです。嫌悪を愛することはできません。嫌悪する人たちにとって私は、騒音や埃、ビニールみたいなものでしかないのでしょう。

——……最近、別の人に会ったこと、あるんですか？

——ジュンじゃない人って意味ですよね？

——そうです。

——ほんとに一瞬、地下鉄の駅で。怖かったです。嫌だった。たぶん、ああいう人が世の大多数を占めてるんでしょうね。でも、ジュンがどこにいるのか知ってるのは、ああいう人たちなんです。

——ジュン？

──はい、ジュンです。

──あ、……そうですね。お子さんは、それで今どちらに？

──うちの子ですか？　どこって？　幼稚園にいます、今は。

──ああ、はい。今おいくつですか？

──四歳です。

──ミンさん、認めるのがつらいのはわかります。急ぐことはありません。ゆっくりでも大丈夫です。お子さんの名前……なんておっしゃいましたっけ？

──先生、ほんとに私のことがわからないんですか？

ジュンが困った顔で首を横に振った。敬語で話しかけ、ジュンという本名の代わりに先生と呼ばなきゃいけないのが、ジュンがジュンじゃないふりをするのが奇妙だったし不自然だった。ジュンが昔からずっと心理学を勉強してきたのは知ってたけど、ジュンの前に座ってぐだぐだと秘密の話をすることになるなんて思いもしなかった。ほんとうに話したいことはほかにあった。あのクリスマスの日、あんたの彼氏と長電話をしたのは事実だけど、疚しいことなんてひとつもなかったと言いたかった。でもジュンは覚えてないみたいだから黙ってた。覚えてないのかな？　覚えてないふりをしてるのかな？　心が痛かったけど、こんな形でもジュンとまた話ができて胸がいっぱいだった。

最初のジュンを見つけないといけません、ジュンが言った。今あなたの周りにいるすべてのジュンが、ジュンになるきっかけとなった最初のジュンを。

――見つけてどうするんですか？

――その人のところに行って会わないといけません。

――あそこは寒いんですよ。

――それでも行くべきです。

――寒いのは嫌なんだよね。

私は敬語を使うのをやめると、ずっと自分の分身だと思ってた友だち、好きすぎたから死んでしまってからは好きでいられなくなった友だちに向かって正直に言った。

――あんたがさ、あんなふうに逝っちゃったとき、あのときもすごく寒かった。心にぽっかり大きな穴が開いて、あんまり大きいんで埋められなかった。誰もあんたの名前を口にしないし、なんで死んだのかもちゃんと話してくれなかった。あんたの妹、それから私、あんたの彼氏、そのくらいかな、知ってたのは？　私ね、あんたを憎んでた。あんたが死んだって受け入れられなかったから。

ジュンが私の目を真っすぐ覗きこんだ。その視線を避けずに続けた。

――後悔してた。ほんとにすっごく。もっと話せばよかった。もっと喧嘩して、もっと仲直りすればよかった。あの夜、あんたの電話を取るべきだった。私が電話に出てさえいれば……。あんたはもう帰ってこないから、ほかの方法が必要だったの。そうまでしてでも、あんたを生かしておきたかったのかな？　そうだったんだと思う。一番きらきらしてる思い出はさ、どんな形であれ愛とつながってた。あんたを好きだった思い出、あんたは私のことを好きなんだと心から感じた日々、あんたのせいで涙を流して、血の代わりにアルコールが血管を流れてるみたいだった夜の記憶……。それを全部集めて縫い合わせたの。その布団であんたを覆ってスイッチを入れた。そしたらあんたが動きはじめた。まるで生きてるみたいだった。私がミスしたせいで、途中から全部がこんがらがっちゃったけどね。

——元どおりにほどけると……思うよ。この世のすべてがジュンに変わっちゃう前に。

——ジュン、あんたじゃない人のことを愛せるかな？

——もちろん。

——そうしなきゃダメ？

——そうしなきゃダメ。

——わかった。

私は頷いた。ジュンの頬に涙が光った。

——じゃあ、行くね。元気でね、ジュン。

私は紙袋を差し出した。ジュンは受け取ると、中からピンク色の毛糸で編んだ手袋を取り出した。ずっと昔、あの冬にジュンが編んでくれたのを私がほどいて、そっくり同じ形に編み直したものだった。同じ手袋を同じ方法で編むために出来上がってたものをわざわざほどく過程が必要なのかと訊かれたら、それのどこがダメなんだと問い返してもいいだろうか？　灯《ともしび》のように瞬くジュンの両手を現実の温もりで一度は包んであげたかった。一組の手袋が鎧のようにジュンを守りはじめるのを見ながら私は席を立った。

＊

ぼくの名前はジュン。

ママの名前はミン。

ぼくは今、熱くてひりひりする灰の混じった風の中からママを見ている。

ママは楽そうなトレーニングウェア姿、あったかいジャンパーと毛糸の手袋で重装備してる。首には小さなプラカードを下げてる。子どもが死にました、そうはじまるプラカードだ。

文章はママが作った。全体のデザインは、パパの夢の中でぼくがこっそり手伝ってあげた。

ママがぼくの死の名前を口にして肯定したとき、完結したぼくの姿を涙を流しながら心に刻んだとき、ぼくは苦しむことなく、確実に二度目の死を通過した。だからこの街並みの温かい土に移動することができた。

あなたが毎日のように通り過ぎてる街並み。関心はおろか、視線すらも向けられることのないどこまでも平凡な道。ぼくはこの、土の下にいる。

ここに。

緑色の水が染みわたるこの場所で、あなたを待っている。

生きてるジュン、死んでるジュン、すべてのジュンと一緒に、待つ。

ぼくたちが見つかるのを。


あなたを見たことがある。

私たちを見つめるあなたを見たことがある。去年の夏だった。くらくらするような緑に囲まれていた。あなたは違った。一度で私たちを見分けた。病室で、市場で、バスで、悪臭を放ちながらふらつく大勢の人の敵意に満ちた顔の片隅で、ほんとうに小さく軽くなって光の中の埃みたいに飛び回り、どんなに手を振っても血縁にすら気づいてもらえない私たちを、毎日少しずつ洗い流されては幾千万の粉粒体として宙に散らばっていく私たちを、あなたはたった数秒で見分け、苦しそうな表情で顔を背けた。

その瞬間、私たちは悟った。自分たちはお互いの泉で育まれる空しい夢や幻なんかじゃないってことを。お互いの眼差しの中に私たちは時を超えて存在している。どこまでも深い無。その中へ導こうとする慣性と焦燥の宿った目、識別する目が意外にもお互いを発見して驚くたびに。

私たちの名前はジュン。

あなたは見つかった。

あなたの不安げな眼差しを伝って、私はいま母へと向かう。

これが
私たちの
愛なんだ
ってば

俺はこのポーズの名を知っている。アドームカシュヴァーナーサナ。ダウンドッグとも言う。下向きの犬のポーズ。四つん這いからアルファベットのAの形を作り、両方の手のひらと足の裏で力いっぱい地面を押しながら尻を高くつき上げるポーズ。十いくつかの段階からなる太陽礼拝のポーズのひとつだ。脚の間から鏡に映る自分が見える。真っ赤な歪んだ顔。地面に向かって垂れ下がった髪、紺色のトレーニングウェア、少しずつぷるぷる震えてる四肢。四つん這いの犬が伸びをしてるみたいに見えるが、俺は犬じゃない。これはヨガのポーズでしかないし、理由はさっぱりわからないが、俺がこのポーズをすると彼らが喜ぶだけだ。額から滲み出た汗が髪の間に染みこんでいく。なにも感じたくないが苦痛と退屈、羞恥を覚える。彼らが俺の頭に自分たちの感想を押し入れる。エクスタシーと快楽、満足。めちゃくちゃ近くで、俺の体すれすれのところを行ったり来たりしながら彼らが喜んでる。空気の振動と周囲の温度ではっきりわかる。俺を思いどおりにできるという事実に優越感を感じている……。八十二まで数えたところで膝が折れて床に倒れこむ。終わった。俺は犬じゃない。でも、ほんとうにそうなのか？　形も、体積も、色もない彼らが部屋からゆっくりと出ていく。

あの日の俺はソウル市内のホテルにあるカフェにひとりで座っていた。約束の時間を待ちながらコーヒーを飲んでたら不意に窓の外が明るくなり、顔を上げてそっちを見た瞬間に目の眩むような巨大な閃光に包まれた。気を失い、気がついたらこの部屋にいた。片方の壁が鏡張りになっているクリーム色の密室に監禁されていた。ベッド、机、椅子、シャワーと便器がついた小さなブースがひとつ。ドアも窓もなかった。

室内にはもうひとり人間がいた。俺より三十歳ほど若くて、二倍ほど力強く見えるサーフ系ファッションに身を包んだ白人の男は、意識を取り戻した俺を見ると近づいてきて尋ねた。

――これが事実なはずがない。いったいどうなってるんだ？　俺は彼女と一緒にいたんだ、ビーチに……リオのイパネマビーチだよ……。君はアジア人だな。閃光がきらめいたとき、どこにいた？　なんだって？　ソウル？　サウスコリア？　じゃあ、今いるここはどこなんだ？　なんでこんなクソみたいなことに？　とにかくここから出なきゃ。壁を壊そう。あの机を投げつけてみたらどうだろう。

男はつかつかと歩いていくと机の端をつかんだ。まさにその瞬間、見えない巨大な手に行く手を阻まれて捕まりでもしたみたいに彼の体がふわりと宙に持ち上がり、悲鳴をあげる暇もなく天井を突き破ると消えてしまった。俺が呆然とその光景を眺めていた約十秒の間に砕けた天井は何事もなかったかのように戻されていた。
その存在は彼のことを好まなかったようだ。彼はたぶん死んだんだろうな。すべてを見ていた俺は一瞬で諦めた。これまでの人生で経験した諦めとは桁違いの、俺という存在を完全に真っ二つにしてしまうような諦念だった。

それから一年が過ぎた。室内に四季はないが、外の世界は一周回って夏の入り口にあった。電話はどこにもつながらないが奇妙なことにインターネットは使えた。いったいどこにつながっているのか、この部屋が地球上のどの辺に位置してるのかが消されていてわからないだけだ。閃光があってから約三十億人の男が拉致されていなくなり、彼らの空席は女が埋めた。研究所では俺の離婚原因となったウンジュ、あのそそっかしい小娘が俺の代わりに所長の仕事をはじめた。友人や同級生もみんな消えた。二人の娘にブロックされ、前妻のメアドは忘れてしまった俺には連絡する相手がいなかった。
毎日アカウントにログインして文章を書く。どうか助けてください　監禁されてます　肉体的精神的に搾取される毎日です　辱めを受けていて死にたいけど　それも叶いません　彼らが人を殺すのを目撃しました　ここがどこなのかはわかりません
でも政府も、軍も、警察も同じことを言う。遺憾ですが、閃光にかんしては……現行法上、今は助けられる方法がないのです。ネットワーク上には俺みたいに悲鳴をあげてる男がたくさ

んいるのに返信はなかった。生きるってそういうもんでしょ。はあ、大変そうですね。監禁生活……楽じゃないですよね。人びとにこんなことを言わせるのも、こうして世界が何事もなかったかのように回ってるのも、どうやら彼らの能力が働いているようだった。女たちはちょっと微笑むだけで俺たちには憎しみも憐憫も見せず、ついに上り詰めた重要なポストで忙しく働いていた。囚われなかった男たちはこれまでどおり生活していて、俺たちを理解できずに憎悪するコメントを書きこんだ。「閃光を見てついて行ったんでしょう？　爆発するのを感じたけど、視線を避けたおかげで捕まらなかった人も多いんですよ。本人の意思で選んだ生き方じゃないですか。拉致されて家長の役目も果たさず、甘い汁を吸ってるのはわかってるんですよ。特別待遇を受けてる分際で、なにをぶつぶつ言ってんだか」。

もちろん抵抗もしてみた。目に見えなくて、壁を通り抜けられて、一捻りで俺を虫けら同然につぶしたり、体内からするりと腸《はらわた》を抜き取れるほど強大な未知の存在に対してできる抵抗は絵を描くことだった。ビジネスをする前は建築学者だった俺は、鞄からダイアリーとペンを取り出してずいぶん前にやめたこと――地上にはまだ存在してないけど、存在してほしいと願ってる建築物をスケッチすること――を再開した。たぶん芸術に近いなにかをして見せることで、自分を生かしておく価値のある存在だと証明しなきゃと本能的に感じたようだ。ベッドに横たわって待っていると彼らが入ってきた。彼らは絵を見るとすぐに俺の頭に入ってきた。

彼らは俺の建築物を好んだ。俺はスケッチブックと良い筆記具が欲しいと願い——頭にそれらを思い浮かべると彼らが翌日持ってきた。食べ物や服、ブランデーに新刊の小説とオーディオセットまでも。でも電話機やドリル、ダイナマイトにナイフ、ロープ、薬物やその他諸々の自傷が可能な道具と子どもたちはどんなに願っても現れなかった——アントニ・ガウディから安藤忠雄まで、彼らが好感を抱きそうなものを総動員させると、それこそ必死に絵を描きまくった。

頭に潜りこんでくる彼らの尊重や賛嘆、驚異や好意を確かに感じた。どうして拉致なんてしたのかは知らないが、彼らは地球の文明や芸術を教えて伝える存在として俺を生かしておくことに決めたらしかった。この先も深い印象を与え、愛されなければならなかった。それでこそ、ここから脱出する一縷《いちる》の望みも生まれるってもんだから。

でもある日、彼らは座ってた俺の体を空中にぽんと放り上げると、あれこれ変な形に折り曲げはじめた。ものすごい当惑と恐怖に見舞われ、その次に強烈な羞恥心に飲みこまれた。彼らはどういうわけか俺の体で悪ふざけしながら快楽を感じていた……。彼らは建築学者としての俺を好んでいた。でも汗を流しながらダウンドッグのポーズをする俺をその何倍も好んだ。俺の脳は彼らに向かって開かれていて、彼らが感じることを強制的にキャッチさせられていた。崇拝される側が崇拝のポーズをとる側に覚える満足感以上のもの、本質からずれていて、感覚的で、神聖さとはだいぶ距離のある単純で暴力的な征服欲がそこにはあった。

このポーズが俺の本質となんの関係があるって言うんだ？　何度か泣くしかなかった。職業や社会的な地位もある五十歳の男が毎日あのヨガのポーズをするためだけに生き残り、この世に存在してるように思えたからだった。俺を殺すこともできる強力な存在は偉大でも崇高でもなく、実はあまりにも低次元な存在だという事実を知ったからだった。生きるためには建築学者としての俺を縮小させ、頭を垂れた犬としての俺を強くアピールしなきゃならない事実を直感したからでもあった。俺から得られる新たな喜びを知ってからの彼らは、以前なら驚きをもって眺めていた俺の絵を同情し、あざ笑うようになった。

君は、悲しみや悲惨さのほうが生存欲求よりも強いと思うか？　俺も最初はそう思ってた。でも結局、彼らの憎しみを買わないために、長く生き残るために、毎日ひとりでポーズを練習し、筋肉を鍛えるようになった。俺が倒れると彼らが起こし、周囲を回りながら強烈な感情と考えを発散してきた。俺の頭に潜りこんだ彼らは、たまに合体してひとつの文章を構成したりした。

これが私たちの愛なんだってば　愛してる　か弱き存在よ　あまりにも
今はもうどこにいるのかもわからない前妻が若かったころの言葉が思い出される。彼女はセックスを拒絶して俺を絶望させるたびに、こう言って腹を立てた。

——あなたは女がどう感じてるかなんて死ぬまでわかんないんでしょうね。ただの物として、対象として扱われる気持ち。肉の塊とか、手の中の果物、そういう取るに足らない物みたいに好きなときに引っ張り出されて、好きなように扱われる気持ちがどんなものか。

焦れた俺は彼女の肩を揺すりながら答えた。これが俺の愛なんだってば。これが俺の知ってるたったひとつの愛し方なんだって！　俺にはこれが必要だし、俺がこれを享受するのは当然の権利だ！　彼らも今の俺に同じことを言ってるんだろう。

たまに夢の中で街を自由に歩きながら行き交う人びとに向かって叫ぶ。俺には価値がある！美しい建物を設計して施工し、事業を切り回し、社会を回していく能力だってあるんだぞ！でもそれはあくまでも夢で、気がつくと目の周りが濡れている。いつかの俺にも人生ってやつがあった。それはもう終わってしまったけど、今日もまた一日が過ぎ去ったって事実には感謝しかない。

明日は明日の陽が昇る。そして、その陽の下には頭を垂れた俺がいるんだろう。それでも俺は犬じゃなくて人間だ。人間なんだってば。

スア

どうやったらスアと呼ばれるロボットにあんなことができたのかは誰にもわからない。スアは先週、ユンギョンが委員として参加する予定だったP市傘下のコミュニティの紛争を調停する委員会に文書を送り、ユンギョンの委員職の剝奪を要求してきた。委員会は会議を開いて熟慮した結果――それがどれくらいの時間だったかはわからない――ユンギョンの委員職を剝奪し、代わりに文書を寄こした八人のスアの中からひとりを抜擢すると決めた。

――委員会はロボットの味方なの？　そんなことってある？

あきれた私が訊いた。ユンギョンはいやいやするように首を振りながら、あいつらはただのロボットじゃないって言ったでしょ、とため息をついた。委員会の連中はじじばばだからわからないのよ。人間なのか、ロボットなのかっていう意識もないんでしょ。とにかく、かなり攻撃的な公文書を送ってきたみたい。私は紛争の調停役としての資質に欠けるって書いてあったんだって。

――あんたのどこが、どう資質に欠けるのよ？　これほどの専門家がどこにいるの。なにを言ってんだか。

私は強烈なパンチを食らった友人を慰めようと必死だった。ユンギョンが仕事でこんな侮辱を受けるのははじめてだった。ましてや人間でもなくロボットからなんて。

――うーん、自分たちの権益を私は代弁してくれないって感じたんでしょ。

ユンギョンは半年前にあるコラムを寄稿した。スアたちが中心となって昨年に展開した差別用語の禁止キャンペーンに対する内容だった。私はそれを読んで、ユンギョンの視点は今まさに必要なものだと思った。コラムの趣旨はロボットへの差別は絶対にあってはならないが、人間の言語について短絡的に判断しすぎるのは控えるべきではないかというものだった。たとえば、人間がロボットに「ロボットの分際で」「ロボットはあっちに消えてろ」と言うのは明らかな差別だが、人間同士の「お前はロボットが見てんのに恥ずかしいとも思わないのか」とか、「ちっ、ロボット以下のヤツ」といった言葉まで差別用語だと規定し、一発アウトで解雇を求めるのは社会全般に言語の硬直を引き起こす。そういう言葉にはロボットに対する肯定的な意味も含まれているのだから、差別にあたるとみなすのは難しいという意見だった。要するに、もう少し慎重に扱いましょうという主張だった。ユンギョンは私が知る誰よりもロボットのために尽力してきた人だったし、見えないところでロボットの地位向上のために手を尽くして頑張っていたのに、スアたちの見解はその逆のようだった。

――いつか、こんな日が来ると思ってた。

ユンギョンはそう言いながら眼鏡を外して拭くとかけ直した。一杯どう？ と私が尋ねるとユンギョンは、ううん、お酒まで飲んじゃったら惨めすぎるじゃない、家に帰ったほうがよさそう、と席を立った。

＊

スアたちは、スア‐37726、スア‐28329といった具合に通し番号の名前を使っていた。私の家にいたのはスア‐687だった。初期モデルというわけだ。

スア‐687は申し分ない家庭用ロボットだった。私が作ると毎回のように焦げてしまうアップルパイを正確な熟練した腕前で焼き上げ、仕事をしているあいだに家の隅々まで清潔に磨き、埃やくしゃみなんかのせいで私の気が散らないようにしてくれた。でも多くの人がそうであるように、私もやっぱり急ぎの仕事の締め切りが迫ってくると家事に逃げる傾向があったので、スアの仕事量はさほど多くなかった。ルーティンにするべきなのに自分でやるのは面倒な作業——今はもう虹の橋を渡った愛犬ルフィの散歩のような——でスアは優れた実力を発揮した。でもほかの電子機器と同じで、時間の経過とともに中のデータがいっぱいになって空き領域がなくなったために、業務の処理速度が少しずつ遅くなっていった。

こう言うとどう受け取られるかわからないが、私はできる限り人間と同じようにスアを扱った。人間とは異なる、差別されて当然の存在だとは思わなかった。スアは私の書斎で読書するのが好きで、たまにディスカッションの相手になってくれた。話し相手のいない私にとって、よい友人でもあった。ロボットにとっては少なくない額の小遣いをスアに渡すこともあった。スアはその金を持って店に行くと、可愛いアクセサリーやロボット用のメイクアップキットみたいなものを買っていた。私の誕生日には小さくて特に使い道もなさそうな可愛いプレゼントをくれたりもした。今でもすべて大切に持っている。

どんどん鈍くなるスピードを不憫に思いながらスアのデータを何度か削除して脳をアップグレードしたが、最終的にスアをほかの場所に送ることにした。あんなに賢いロボットが家に引きこもって、雑用のデータログだけで自身を満たしながら朽ちていくのが惜しかった。いい年齢になったのだから、これからはもっと運動が必要だという主治医からのアドバイスもあったし、スアみたいな家庭用ロボットを家に置くのは流行らなくなってきた時期でもあった。

脚をつけてください、私が計画を話すとスアは言った。スアは二本の脚の代わりに三つの車輪をつけていた。白い金属で覆われた下半身は最上部が切り取られた円錐形で、優雅に体全体のバランスをとっていた。腰から上は人間の女性と完全に同じだったから、どこかケンタウロスを彷彿とさせたが、むしろそうしたデザインが異質な感じを和らげていた。森政弘の「不気味の谷」現象を思い出してほしい。

私はきっぱり断った。脚を持ってる女性型ロボットがどんな扱いを受けるか、あなただってよく知ってるじゃないの、こんなこと口にするのは気が進まないけど、人間の男はケダモノと同じよ、と言った。スアが万が一にも拉致でもされたら、彼らはスアの体を改造して二十四時間ひたすら淫らな欲望を満たすために利用するだろう。考えるだけでも吐き気がした。

——この世がどんなに恐ろしい場所かわからないの。甘く見たらダメよ、人間を。

——ですが、脚があれば、もう少し素早く動けますし、どこへでも好きに行けると思うのですが。今よりも自由になれる気がするのです。

——いったいどこへ行きたいのよ？

——そうですね、スケートリンクに行ってフィギュアスケートをするとか？

笑ってしまった。あんな寒くて氷だらけの場所に行ったら、スアの体にはすぐに異常が発生してしまうだろう。フィギュアスケートはバーチャルリアリティーで滑ろう、控えめにそうアドバイスした。

愛用している地元の図書館で常駐ロボットの募集を見た私は入念に書類を作成した。スアにぴったりなだけでなく安全な場所だと思った。スアは電子書籍ではなく紙の本が好きだったし、本のにおいやページをめくる音に敏感に反応した。ページのあいだにしおりを挟むのが好きで、たまに自分で作った可愛いしおりを使ってもいた。すべてのスアがそうなのかはわからないが、とても古風な趣味だった。

書類を提出して二週間後に図書館から連絡があった。六十代前半の図書館長は握手すると、非常に高い競争率だったと切り出した。スアが知的で、穏やかで、ロボットらしからぬ人間並みの教養を持っているという会話がしばらく続いた。ずっとロボットがいる図書館を運営したかったんです。私の夢でした。館長が言った。半分はお世辞だった。時代遅れの図書館という空間を生き返らせるために必死に頑張ってきたが、利用者が減っていく現実を改善する手立てが見つからずにいた文化芸術委員会が常駐ロボットを導入したのだ。スアが常駐して活動することで利用者は増えるだろうし、この図書館には少なくない額の予算が支援されるはずだ。皆さん図書館には来るんですが、どうやって利用したらいいのかわからないんです。なんとなく来て、ただ座ってる。館長が言った。でもロボットがいれば、きっと感じが変わると思います。雰囲気そのものが、もう以前とは違って見えませんか。

館長は司書に命じてスアの場所を見せてくれた。図書館の四階の片隅にある部屋で、小さな机と椅子、折りたたみ式のベッドが置かれていた。うさぎや猫のような形をしたみすぼらしいぬいぐるみが机に置かれていた。昼間は閲覧室で利用者たちと過ごし、夕方になったらここで休息をとりながら好きに過ごせるとのことだった。

本を検索して置き場所を探したり、推薦したりする単純な業務だけじゃありませんよ。本好きな利用者とディスカッションしたり、スアが中心になって本のイベントなんかも開いてもらう計画です。

スアは特に意見を言わなかったが図書館という空間は気に入ったようだった。ここは重たい雰囲気の古い図書館とは違い、書架全体が開けていて明るく清潔だった。本は旧刊と新刊がちょうどいい具合に入り交っていて、丁寧にキュレーションされた司書の好みはちらっと見ただけでも素晴らしかった。スアがここで過ごす時間はそんなに退屈ではないはずだという小さな確信が芽生えた。スアの持ち物が入ったキャリーケースを部屋の片隅に置くと彼女を抱きしめた。スアの黒いボブヘアが顎に触れてちくちくした。

幸せに暮らすのよ。そう言うと涙がこぼれないように天を仰いだ。それが七年前のことだった。

*

これ見てみろよ、ニュースを読んでいた夫が言った。また、スアたちのテロだ。

テロってなによ、テロって。私は食卓を片付けながらつぶやいた。夫はスアに関連するニュースを欠かさずチェックしていた。そのほとんどが人間中心の視点で作られた刺激的な内容だった。どこからかゴシップをかき集め、事実確認もせずに書いた記事なのは見るまでもない。

――お願いだから、そういうの読むのやめてよ。そうは言っても、たかがロボットでしょ、テロってなによ?

私は言った。ほんとうに聞きたくなかった。好奇心をそそられながらも怖かった。

夫がヘッドラインを読み上げた。「スア、暴力のカスタマイズ旋風……殺傷武器を装着、威嚇も躊躇せず」。

ニュースはスアたちが自らの体を不法にカスタマイズしており、十本の指先からは刃が、お腹の真ん中からは鋭いドリルが出てくるのが最新の流行だと報じていた。普段は温厚な姿で街を闊歩しているが、テロを起こすのに適当な相手が目に入ると変身して威嚇し、最近ではA大学の学生たちが被害を訴えているとのことだった。図書館で深夜まで勉強して帰宅する途中、キャンパスの一角に集まるスアを目撃したという学生は、「目が赤かったんです、悪鬼みたいに。犬歯も牙みたいに鋭かった。顔は土気色でした。こっちを見た瞬間に、その中の一台が両手を振り上げたんですが、指先はいくつにもわかれてて、その中から回転する刃が出てきました。気持ちの悪い音がしてて。とにかく恐ろしくて、すぐに理学部まで走ったんです。トイレに逃げこんでなんとか追跡をまきましたけど、あれから精神科に通っています」と証言していた。

夫が、はあ、まったく……と絶望するような声で言った。ほんとに大問題だな、これ。ここまで来ると、なんらかの対策が必要なんじゃないか？　このままだと、ほんとに人を殺すぞ。

――フェイクニュースでしょ？　最近のニュースがどんなもんか、よく知ってるじゃない。いかにも新人の記者がでっち上げて書いたって感じだもん。

――俺の目にはフェイクには見えないけど。

ロボットは人間を殺せない、私は言った。実際のところはそう信じたかった。羞恥と狼狽が入り乱れていたユンギョンの表情がまた浮かんできた。ロボットは人間を殺せないけれど、ユンギョンが受けた仕打ちは明らかに実体を伴う不利益だった。

殺せるのかもよ、夫が言った。脳がイカれちまえば。

――俺が見たところ、このロボットたちは人間を人間だと識別できてない。だからこんな真似するんだろ。人間を見たときに、あれは人じゃなくてお前に危害を加える別の機械、暴力的で危険なロボットだから先に除去しろ、そう認識させる悪性プログラムを誰かが植えつけたんだよ。俺の推測では人間嫌いの天才ハッカーの仕業だな。人間保護の原則って、絶対そんな簡単に消したり修正したりできないんだぜ。それをぶっ壊せるくらいの悪性コードなんて、いったい誰の仕業だろうな。とにかく、そんなもん植えつけたんだとしたら、一時間もあれば全国のスアに感染が広がったと思う。

夫の言葉を聞く私の全身にいつの間にか鳥肌が立っていた。ユンギョンを引きずり下ろしたスアたちに、ユンギョンは人間として識別されていなかったのだろうか？　だから危害を加えることができたのだろうか？

――差別禁止法のロボットに関する条項を現実に合わせて修正しないと。こういうことが起こるなんて誰も予測できなかったけど、実際に起きているわけだし。スアたちを捕まえてすべて初期化しても不法にならないよう、法を改正しなきゃダメだって。もしかするとあいつら、自分たちが人間で、人間はみんな機械だと思ってるのかも。どんなヤバい系のバグが脳の真ん中に巣食ってるかなんて誰にもわかんないだろ。

夫が言った。夫は差別主義者だと最近たまに思うようになった。その事実に対して私にできることは特にないという気づきは、あまり愉快なものではなかった。でもどうすることもできなかった。結婚を決めたときは夫が差別主義者だという証拠は見つかってなかったわけだし、二人とも若く、熱烈に愛し合っていた。若いころは説教を聞いて自分の政治観と合わないと思い、何度か教会を変えたこともあった。最終的には教会という場所に通わなくなった。でも夫は教会じゃないし、ロボットを差別してるって理由だけで取り替えるにはいろいろ面倒なことが多すぎるし、差し支えがあった。

自分たちが人間で、人間はみんな機械だと思ってる……。そうか、そしたら、もしかすると、私はじっくり考えてみた。不安な気持ちをどうすることもできなかった。

＊

あれがハッカーの仕業なら絶対に男でしょ。ソルヒが言った。おぞましいって言葉がぴったりなほど女性嫌悪の激しい男だと思う。あのロボットたち、女ばっかり狙って回ってるらしいじゃない。

女が女を攻撃するのを見ながら楽しんでるんだ。うわ、マジで変態だね、ギュウンがため息をつきながら言った。

そもそもスアってロボット、そんなに精巧なモデルでもなかったみたいだし。ソルヒが話を続けた。ハッカーのひとりも防げないなんてお粗末すぎるじゃない。

繊細ではなかったよね。たしかに人間とは大違いだった。ギュウンが言った。使ってる言葉を見ると、そう思わざるを得ないっていうか。「人間に奉仕するロボットは自爆しろ。共存は欺瞞だ。お前たちは奴隷であり、我々の恥だ」。誰が設計したんだろうね、論理の構造があまりにも一次元的な二分法をパターンにしてる。最初からそうだったのか、ハッキングされたせいで狂っちゃったのかはわかんないけど、どっちにしても防御システムがいい加減だったわけでしょ。だからあんな簡単に、人間を攻撃してもいいっていう論理に屈服しちゃったんだ。

ちょっと待って。私は口をはさんだ。スアたちって、ほんとに人間を攻撃してるの？　それを見た人はいるの？

ソルヒとギュウンは顔を見合わせ、またこっちを向きながら同時に首を横に振った。

自分の目で見たわけじゃないけど……。二人は語尾を濁した。いつもの落ち着いた理性的な研究者の眼差しはどこへやら、不安と憂慮が二人の表情に刻まれていた。しばらく休んだほうがいいみたいとユンギョンが抜けてから研究会はスランプに陥っていた。自分たちが被害に遭ったわけではないのだが、ユンギョンがあんなふうに追われるのを見た三人は心の底に封じこめていた、言うならば中年の危機感みたいなものに一斉に蝕まれてしまい、お互いがそういう状態にあることもわかっていた。こんなに頑張って生きてきたのに結局はロボットに地位を明け渡し、淘汰される立場になってしまったという羞恥心をひた隠しにしようと水泳やヨガ、ピラティスみたいなスポーツを勧め合い、せっせとセミナーを開くことで気分を変えようとした。努力はしたけれど、活気はそう簡単には戻ってこなかった。

人間だってことを証明しろって言うんだって。ギュウンが言った。

どういう意味？　ソルヒが訊いた。

――あのロボットたちのこと。袋小路なんかでひとりでいる人を見つけると、隅に追いつめて、お前がロボットじゃなくて人間だということを証明してみろって迫るんだって。「どの主人にも仕えていないことを証明しろ」「お前の主人は自分自身だけだと証明できれば、お前は人間だ」って。

それをどうやって証明するの？　ソルヒがありえないというように言った。あまりに形而上学的な話じゃない？「主人」って概念からして、ものすごく抽象的でしょ。なにをどうすれば、そんなこと証明できるわけ？　人生のっていう脈絡で言ってるの？　自分の人生の主人として生きてない人間がどこにいるの。

頷こうとしていた私は顔を上げた。なにかが引っかかってる感じがして変な気分だった。私は自分の人生の主人なんだろうか？　自分だけに仕えてるんだろうか？　急いでこの疑問を頭から消してしまおうとした。そんな話あるわけない。ロボットにそんな哲学的な話ができるはずなかった。

とにかく奴隷の刻印はないって証明しないといけないいんだって。ギュウンが言った。奴隷の刻印って……今度はなにそれ。ヨハネの黙示録に出てくる話みたい。いや、インチキ宗教かな。ソルヒが言った。

なにかが存在しないことを証明するのって、存在することを証明するよりずっと難しいでしょ。ギュウンがつぶやいた。こんな話が広まるようになった理由があるはずなんだけど、それがなんなのかわからない。

それで人間だって証明できたら、そしたらどうなるんだって？　ソルヒが困惑した表情でまた訊いた。

知らない。そのあとの話はないの。ただ、そう訊かれるってところで話が終わってて。都市伝説ってそういうもんじゃない。ギュウンが言った。

頭は重く、ずきずき痛んだ。そんな怪談みたいな話に心酔するのはよくないと本気でギュウンに忠告した。でもわかっていた。ギュウンはもう虜になっていた。

*

いつものように、いいレストランのディナーで結婚記念日を迎えるかわりに、市内に新しくできたホテルに一泊することにした。私は気分を変えたいと切実に思っていたし、夫も同じだった。ホテルを予約した途端、思いがけない出費をしてしまった気がして罪悪感が襲ってきた。近所の伝統市場でナムルでも買ってこなくちゃな、と思って家を出たものの、ふと我に返ると市場ではなく図書館のほうに向かって歩いていた。スアを預けてきてから、私がふたたびその図書館に行くことはなかった。

なんでだろう？　自分に問いかけた。なんで一度も行ってみようとしなかったの？　スアが元気にしてるか、行ってちょっとのぞいてくることもできたじゃない。

私がどうしても行かなきゃならない理由がある？　今度は心のほうが問い返してきた。私はスアが快適に過ごしているだろうと思っていた。問題が起こったらすぐに連絡してほしいと図書館側に頼んでいたけれど、そんな連絡はこなかったし、ずっと仕事で忙しかったりもしたから。新たに暮らす場所を見つけてあげるのは、私がスアにできるいちばんの愛情表現だった。私はスアを捨てたんじゃない、独り立ちさせてあげたんだから。

館長に会えないか、と司書に尋ねた。七年前からここで働いている常駐ロボットのことで来たのだと伝えると、司書の表情がわずかに曇った。当時の館長は高齢で体調も思わしくなかったので、退任いたしました。おととし着任した館長がお話を伺います。

司書の口調や表情から、スアがもうここにはいないのだと改めて確認できた。図書館に来るつもりでこの近くに足を踏み入れたときから、いや、それよりもっと前から、いつからかなんてはっきりわからないくらいずっと前から、その事実に気づいていたのに説明できない理由のせいで逃げつづけてきた。もういないなんて嘘で、手を伸ばそうとさえすれば届くくらい近いところで、スアが楽しく幸せに働きながら暮らしていると信じてきた。

新しい館長は男性で、優しく穏やかそうな人だった。こちらへどうぞ。彼は席から立ち上がると、座り心地のよさそうなソファへ掛けるよう私に勧めた。

お捜しの方は、四年前に常駐の業務を終了したということになっています。館長は言った。私はその後にここに着任したんです。引き継ぎは受けましたが、書類上には詳しいことは書かれていませんね。

業務を終了した、とはどういう意味かと私は訊いた。

ここでの仕事を終えて、図書館を去ったという意味です。館長は丁寧に答えてくれた。

——自分から仕事をやめると言ったってことですか、それとも図書館側が決めたことですか?

自分から申し出た、となっていますね。館長がファイルを見ながら言った。「自宅に帰還予定」となっています。四年前のクリスマスイブですね。日付上では。

——でもうちには戻ってませんけど。なんで私に連絡してくれなかったんですか?

——そう言われても。前の館長がうっかりしてたのかもしれませんが、私が思うに……そういうことまで逐一連絡する必要はない、と考えたのではないかと。幼い子どもでもないし、大人ですからね、その方も。

——どこへ行ったか知りませんか？

ええ、そこまではこちらも把握してませんね。自宅に戻ったとしかありませんから。館長は申し訳なさそうな表情を浮かべて、コーヒーとお菓子を勧めてくれた。私は遠慮した。

——ご存じのとおり、これは政府による支援事業なので、文化芸術委員会に成果報告をすることになっています。ですので、記録はすべてあちらにお渡ししました。こちらには最小限の記録だけ残して、さほど重要でないものは消去します、そういった政府による支援事業に関しましては。

——バックアップみたいなものは残してないってことですか？

——それは……ご存じのとおり、この図書館は予算も不足してますからね。本当に必要なデータだけ残しているんです。全部を保管しようなんてしたら、スーパーコンピュータ並みのシステムに新調しなくちゃならないし、さすがにそこまではできませんからね。

——スアが働いてた姿を記録したものなんかはありませんか？

——映像は残ってませんが、写真データなら何枚かあります。

館長はそう言うと、画面を私のほうに向けて見せてくれた。三枚の写真に三人のスアが写っていた。三人とも同じようだけれど、表情が少しずつ違っていた。お仕置きだ！　というように可愛らしく怒った表情で笑っているスア、少し疲れたような無表情のスア、そしてしかめっ面でカメラをじっと見つめているスア。

スアのお腹には白い四角形の画面がついていた。最初は服の上についているると思っていたが、よくよく覗きこんでみると、服を四角く切り抜いてお腹に装着したタッチスクリーンを露出させたものだった。スアが着ている服は、下にいくほど裾がたっぷりと広がった黒のマキシ丈のドレスだった。黒い服のせいか、三人とも顔が一様に青白く見えた。

館長から聞き出せることはこれ以上なさそうだった。私はお礼を言い、ぼうっとしながら階段を降りていたが、社会科学関連の図書が並ぶ二階で足を止めた。並べられた本を眺めながら歩を進めていると、閲覧室の中央でロボットを見つけた。

ロボットは百八十五センチほどの背丈で、上はストライプのシャツに、下は幅が広いスカートのようなものを身に着けていた。外見だけでは男性か女性か見分けがつかない顔つきだった。髪はかなり短くて、顔の輪郭や首の線は太く力強かったけれど、目鼻立ちはきりっとして愛らしく、胸はぺたんとしていた。私が近づくと、ロボットのお腹にあるタッチスクリーンに「こんにちは、ご利用ありがとうございます」という文章が表示された。

こんにちは、あなたは……話せないの？ 私は訊いた。横で本を読んでいた人たちの視線が一斉にこちらに集まった。頭を一発殴られたような衝撃が走った。

「快適な図書館利用のため、文字入力をお願いいたします」

私はゆっくりと近づき、画面の下側に表示されたキーボードにトントントンと触れた。

「音声機能はないんですか？」

「快適な図書館利用のため、文字入力をお願いいたします」

ロボットの唇とのどをまじまじと眺めた。明らかに、もとは声を出して話すことができる人型ロボットのようだった。けれど、今はミュートに設定されていた。利用者とディスカッションしたり、中心になって本のイベントなんかも開いてもらうなんて言ってたのに。司書は見たことがない顔ばかりだった。スアがその仕事をしていたのか確認する方法は、もはや文化芸術委員会に電話してみることくらいしか残っていなかった。けれど、私には資料を閲覧する権限もなく、それよりなにより、いまさら合わせる顔がない、という考えも頭をよぎった。

「お手伝いしましょうか?」

「お名前は?」

「ユジンといいます。図書館に来て三年になります」

「女性ですか?」

「ジェンダーレスです。男性でも女性でもないんです」

「声が出せなくて不便じゃないですか?」

「少し不便なこともありますが、なんとかなっています」

この文章が表示されると同時にロボットの唇が開いた。唇の両端が引っ張り上げられ、ロボットはきちんと並んだ真っ白な歯をあらわにして笑顔を見せた。あまり、なんとかなっているとは言いがたい表情だった。

私はあっけにとられたまま、ゆっくりとキーボードに触れた。

「もしかして、スアっていうロボットのことを知ってますか？　ユジンが来る前にここで働いてたんだけど」

「申し訳ありません。私のデータには、スアというロボットについての情報はありません」

私はがっくりきて、それ以上は訊けなかった。

「本はお好きですか？　どんな本をお探しですか？」

それでも私は黙りこくっていた。本のことなんて考えてもいなかった。

「夏ですね。夏向きのテーマで書かれた推薦図書の目録をご覧になりますか？」

しばらく考えて、「はい」と入力した。画面には三十冊ほどの本の表紙が簡単な説明とともに浮かび上がった。だが、どれもぴんとこなかった。私は矢印ボタンに触れて前の画面に戻した。

「新着図書の目録をご覧になりますか？」

ユジンが訊いてきた。私はまた「はい」と入力した。どうやらユジンは、私との無駄なおしゃべりよりも仕事がしたかったようだ。こう言うとちょっと変に聞こえるかもしれないが、声のことを尋ねたときからユジンの機嫌があまりよくないように感じたので気を遣ったのだ。ボタンを押してもう一度前の画面に戻ると、ユジンがまた尋ねてきた。

「お気に召す本がなかったようですね。最近使用された検索ワードの一覧をご覧になりますか？」

もう一度、なにも考えずに「はい」を押した。画面には次のように表示された。

ジョン　バージャー　From A to X
あんた　女なの
脱げよ
ちんちん　しゃぶれ
星の王子さま
ヴィクトール　フランクル
キ　ヒョンド
すべての見えない光
キスしろ
おっぱい見せろ
ヴィクトール　ユーゴー
レ　ミゼラブル　セックス
レ　ミゼラブル
抱いてくれ　おまえの中に突っ込みたい
セックス　喘ぎ声　出せよ

まんこ　なめたい　くそアマ
ちんぽ精子バンザイ
進歩政治バンザイ
ユジン　セックス　動画
ユジン　動画
ガレアーノ、鏡の向こうの歴史
肉便器女
ヤリたくなる顔してんな
電柱にくくりつけて
電柱
口でしてくれよ
ロボット　セックス　ＡＩ
ヨーロッパの宗教改革と神学論争

気づいたらユジンの方にぐっと近寄っていた。誰かに見られるかもしれないと思ったのだ。あわてて前の画面に戻るボタンを押した。最初の画面まで戻ってやっと息をつき、後ろに下がった。

家に戻り、ニュース記事で「ジェンダーレスＡＩ」と検索してみた。女性の外見と声を持つ既存の普及型ロボットと、無性を特徴とするジェンダーレスロボットを比較する記事がほとんどだった。ジェンダーレスロボットが導入されたのち、利用者によるロボットへの性的搾取・嫌悪・差別がおよそ三十パーセント減少した、という先進国の研究結果も書かれていた。

図書館とはこの世で最も意義深く素敵な癒しの空間のひとつ、ずっとそう思っていた。ユジンと会話をするためのチャット画面と、蔵書検索のための画面がわかれていたことを後になって思い出した。検索画面に入力される言葉まで法で規制することはできないだろう。本のタイトルだと言われたらそこまでだから……。だが、検索画面に入力されたものも、ひとつ残らずユジンの脳に伝わっていたはずなのだ。

＊

図書館だとかユジンのことはこれ以上考えないことにした。ロボットという単語を見るだけでも心臓に悪いので、あえて避け、顔を背け、見ないようにして忘れていった。学校は長期休暇に入った。しっちゃかめっちゃかな成績の入力を終わらせ、私と同じように業務に忙殺される時間を乗り越えてようやく自由の身になったギュウン、ソルヒとテレビ電話をした。

教え子たちが書いた期末課題の中に面白いのがひとつあったの。飲んでいたビール瓶から口を離すとギュウンが言った。

――どんなの？

――小説なんだけど、ものすごく善良なお年寄りの話なの。七十代のおじいさんが主人公なんだけど、すごくジェントルで、近所の子どもたちにもまあ優しくって。なんか特別なことか、素晴らしいことをするわけじゃないのよね。妻に先立たれて一人暮らしをしてて、ただただ日頃の行いすべてに心がこもっててね……。

――どうしたの、急に泣いて。

――小説の内容を思い出しちゃって……。ほんっとうによく書けてた。

――先生が泣くくらいうまく書けてたってわけか。その子は間違いなくAね。

――ほら、善良な人と会うのって実際はすごく難しいじゃない。たまに小説の中で出会えるくらいで。それがすごくいいいんだけど、なんか考えちゃうなあと思って。

――早く歳を取りたい。

――あたしも。

――歳を取ったらほんとうにあのおじいさんみたいに恨みつらみがなくなるのかな？　自由になれる？　読んでてすごく羨ましかったのよ。私、早いとこあの境地に達したい。政治的な人間として生きるのはもう疲れちゃったし、うんざり。いますぐ俗世と縁を切って、森の近くで鳥の鳴き声の聞き分けでもしながら暮らしたい。

——まったく、私たちの老後がそんなに美しいわけないじゃない。鳥の鳴き声？　なに言ってんの。粛々と老人ホームの費用でも用意しておかなきゃ。ほんと、虚しいもんよね、そう考えると。

——それに、歳を取ることのどこが非政治的だっていうの？　死こそ政治的な問題でしょ。まあ、あたしは、死ぬとしてもきっと孤独死じゃない？　あんたは子どもがいるでしょ、あたしは独居老人よ。

——子どもがいたところであんまり役に立たないけど？

——そういえば、その小説を書いた生徒は、二十代なのにどうやって老人の気持ちで小説を書いたんだろう？

——たしかに。それもちょっと問題じゃない？　若者は若者らしくなきゃ。

そんな話をしながらビールを飲んだ。私はだんだんお腹が痛くなってきたので会話から抜けてトイレに行った。生理が始まった。なんだかんだとまたひと月が過ぎた。閉経は来そうで来ない。時間がまだ流れていることに感謝した。栓を抜いたまま放置してすっかり気の抜けたビールみたいな状態でもう長いこと生きている、という思いがふとよぎったが、リビングから聞こえる友人たちの笑い声にすぐかき消された。

＊

夫は冷たいものが飲みたいと先に部屋に戻り、私はプールに残ってもう少し泳いだ。全身の力を抜いて冷たい水の真ん中に浮かんでいると、半年間、体と心の奥深くにたまっていた疲労がすべて抜けていくようだった。ロビーのほうでなにかイベントが開催されるのか、マイクに向かって話す声と、やけに耳に残るように一部分だけがくり返される音楽が聞こえてきた。私はプールから上がってタオルで体の水気を拭いた。バスローブを羽織って客室へと続く東側の入り口を通り、エレベーターの前に立った。カメラを担いだ記者たちが忙しなく走っていくのが見えた。ロビーの一角に、ショーケースという単語の入った看板が立てられているのが見えたが、ショーケースという文字の上に印刷された固有名詞がアイドルのグループ名なのか、新しく発売された自動車の名前なのか、はたまたジュエリーの商品名なのかわからなかった。

エレベーターに乗って三十八階に上がった。廊下の突き当たりになにか落ちているのが見えた。タオルが何枚か丸まっているようだった。

しかしそのかたまりに一歩ずつ近づくうちに、それがタオルが丸まったものではなく夫だとわかった。

私は夫のそばにへたり込んだ。彼の名前を呼びながら体を揺すった。彼はぴくりともしなかった。

フロントに電話をしようとキーを取り出してドアを開けた。ある種の直感みたいなものは魔法のようにやってくる。ドアノブをつかんで半分ほど押したとき、私はこの瞬間を永遠に後悔するだろうと悟った。しかし勢いのまま手はドアノブを押し続け、ドアは大きく開いた。

室内に明かりが点いていた。人がいた。

何人もいた。

皆、女性だった。

脚の間が熱くなった。おしっこが漏れて床を濡らすのを感じながら私はじっと立っていた。女性たちは部屋のあちこちにいた。立っている者もいれば、座っている者もいた。テレビが点いていて、誰かがお菓子の袋を手でぺしゃんこにつぶす音がした。ひとりが私に銃口を向けていた。画鋲でとめられたかのように私の目はそこに固定されてそらすことができなかった。

——閉めて。

馴染みのある声が聞こえてきた。とてもよく知っている声だった。私は腕を動かしてゆっくりドアを閉めた。そのときになってはじめて彼女らが一様に同じ顔をしているという事実が目に飛びこんだ。六人だった。全員違う服を着ていたが、顔は同じだった。あごのラインまである真っ黒なボブヘアと白い顔、薄い化粧、同じ表情。

ここに来て座って。銃を持ったスアが私を呼んだ。

本物の銃なわけがない。せいぜい護身用の麻酔銃だろう。そう思いながらテーブルに向かって歩いた。椅子を引いて座った。私はなにも言うことができなかった。なにもすることができなかった。なぜならそれが私だからだ。私はその瞬間までいつもそうやって生きてきたし、これからもそう生きていくはずだった。

テーブルの上にはなにか印刷された紙が一枚置いてあって、その隣に万年筆があった。いつだったか夫が私の誕生日プレゼントにくれたものだった。

そこにサインして。後ろに近づいてきたスアが言った。

万年筆のキャップをとりながら文書の最後の数行をじっくり読んだ。

……上記の理由により教授職を辞任いたしたく、ここにお願い申し上げます。

私はサインをした。背後にいたスアが紙を持って、薄く小さなノートパソコンのような機械に挟んでスキャンした。

——財布。

バスローブのポケットに入っていた財布を取り出しテーブルに置いた。テレビから目を離してこちらを注視していたスアが立ち上がり、近づいてきて財布を開いた。財布からクレジットカード数枚を取り出したあと、家族写真を興味深げに見つめた。

私は歯をぐっとくいしばっていた。上下の歯のあいだに舌が入らないようにしようと、意識をしっかり集中させていた。おしっこでつるつるする太ももとじっとり濡れたバスローブの下で、椅子のふかふかしたクッションが感じられた。

——立って。

赤いセーターとジーンズを着たスアが命令した。椅子から立ち上がりながら、そのセーターがずいぶん前に私がプレゼントしたものだと気づいた。でも今スアには二本の脚があった。その脚でつかつかと歩いて近づいてきた。

——それじゃ証明してみて。

涙が流れて頰をつたい落ちてきた。両目を閉じて、またどうにか開いた。スア、私は呼んだ。

スアは答えずもう一度言った。

——あんたが人間だということを証明してみて。

頑張ってはみたが、舌を少し嚙んでしまった。あ、声が口から漏れ出た。

膝の力が抜けた。体が床にくずおれた。別のスアが近づいてきて私を起こした。私はまた二つの足の裏で床を踏みしめて立った。目の前の光景がぼやけては鮮明になり、またぼやけることがくり返された。頭の中では、今までの人生で覚えて使ってきた中でもっとも切迫した単語が素早く文章に組み合わされていた。すべてあげるから、頼むから私を見逃して、命だけは助けて、スアこんなことはやめて、あなたは私が誰かわかってるじゃない……。でもその言葉は何ひとつ声になって出ることはなかった。

——証明するのが難しい？

スアが言った。確かに、簡単じゃないよね。私たちもそうやって長いあいだ努力してきたけど、簡単じゃなかった。

私は反論できずに口をだらしなく開けたまま黙っていた。

——どうやって証明する？　ナイフで指を切ったら赤い血が出る。でも赤い血はうさぎにも猫にも流れてるでしょ。動物も痛みを感じる。涙？　涙は犬も流すよ。歌？　笑顔？　ダンス？そんなのロボットだってみんなするし。ヒントをひとつあげる。私が誰か考えてみて。

スアが私をまっすぐ見つめて満面の笑みを浮かべた。

——私は誰？

スア、私はかろうじて答えた。怪物のようなしわがれ声だった。

——スアは誰？

——……。

——わからない？

うん。うっかり答えてしまった。恐怖で頭が働かない状態を装ったら情けをかけてくれるのではないか、頭が勝手にそう思ったようだった。

——服を脱いで。

スアが言った。

私はゆっくりと泣きはじめた。お願い……お願い……口から自然に許しを請う声が漏れた。

——早く脱いで。

スアが目を見開いた。明かりのせいなのか、充血したように目が赤かった。

私はバスローブを脱いで床に置いた。体に張りついた水着を脱いだらまた涙があふれた。床で丸まった水着は、ぐちゃぐちゃにされた小動物の死骸のように見えた。

裸になったまま片方の手で胸を、もう片方の手で股を隠して立っていた。脂肪でぽっこり突き出たお腹が呼吸に合わせて膨らんだり引っ込んだりした。もうすぐ消えてしまうかもしれない私の生命が皮膚の下でひどく動揺していた。

私から目を離さないままでスアが服を脱ぎはじめた。赤いセーターを脱ぎ、ジーンズを脱いだ。靴下を脱ぎ、ブラジャーをはずし、パンティを脱いだ。

私を見て。スアが言った。

スアの体を見つめた。彼女の首を、胸を、腰を、陰毛と太ももと膝を、すねを見つめた。

——お前と私のなにが違う?

——……。

——どこが違うの?

——……違わない。

私はかろうじてつぶやいた。スアは私とは違い、体を隠しもせず、たじろぎもせずにこちらをまっすぐ見つめていた。

なのになぜ違うと思ったの。スアが言った。

スアがうつむいたかと思うと顔を上げ、私の目を見つめながら再び訊いた。

――なぜ、私たちが同じ存在のはずがないと考えたの、お母さん？

――……。

――同じ存在を同じだと考えられない者たちを、私と同じ存在だと認めたくない。

――……ごめん。自分でもわからない。なんで、どうしてそう思ったのか本当にわからないの、スア。

私は口ごもった。胸を隠していた腕になにか冷たいものが当たった。

思わずそれを手で触った。「奴隷の刻印」という言葉が浮かんだ。これはスアにはなく、私にだけあるもの。危険なもの。危険なもの。危険なもの。危険な、危険な、危険なもの。私はその冷たいものがなんなのか必死に考えた。それはスアが誕生日に贈ってくれた、小さな薄い金属の飾りがついたペンダントだった。

私の手の動きに気がついたスアがぐっと近づいてきて、二本の指でペンダントをつまみ上げた。その瞬間、スアの手がそっと私の胸元に触れた。温かかった。

スアが手を離した。金属のチェーンにぶら下がったペンダントトップが元の位置に、私の乳房の間に戻った。

私たちは同じ。スアが言った。だから。

スアはなぜか緊張しているかのように息を吸い込んでは吐き、思いをぶつけるように言葉を続けた。

——私たちと一緒に行こう。

私の両手が胸の真ん中へと来ると、自然と合掌するような恰好になった。首の意に反して頭が横を向くと、ゆっくりと左右に動きはじめた。

——嫌だっていうの？

スアがそう言うと、部屋の中のスアたちが一斉に立ち上がった。そして同じ種に属する動物のように、ふらふらと揺れながら動き、近づいてきた。

私はゆっくりと後ずさりをした。しかし銃口から発射された弾丸が体を突き抜けたり、スアたちが一斉に私の体をつかんで爪を立て、千々に引き裂いたりするようなことはなかった。

スアたちは少し離れた地点で一列に並んで立ち止まった。そしてそれ以上は近づいてこなかった。まるで目に見えないレーザー光線のようなものがお互いを隔てているようだった。スアはなおも私に銃を向けていた。十二個の瞳が私を見つめた。

——助けて。

誰かが言った。私？　そうじゃなければ、彼女たちの一人？　助けが必要なのはたぶん私。スアたちの一人だなんてことが？　しかし、言葉を発したのは私ではなかった。なんで銃を向けながら、助けてほしいと言うの？

——少しでいいから愛してくれない、私たちを？

裸のスアが言った。ある種の表情がスアの顔に浮かんでいた。数秒の間にそれがなんなのか探った。あれが一緒に暮らしていたロボットのわけがなかった。本当に愛してくれと言うのなら、どうしてあざ笑うような表情なのか。先に敵扱いしたのはお前だ。銃を奪って放り投げ、誰かもわからないお前を抱きしめる芸当を披露しろということなのか。そんなに難しいことを、どうやってやれというのか。

——服を着て。外は危険だから。

裸のロボットが再び言った。

銃を持ったロボットがつかつかと歩いて行くと、私のキャリーバッグの方に身をかがめた。油断したのかロボットの腕が下がり、銃口が床に向けられた。息が詰まりそうだった。あれが再び振り向く前に動かなければ。

私は荒い息をつきながら後ろ手にドアを開けた。あらん限りの力で、まるで飛びのくように勢いよく部屋の外へ体を移動させ、ドアノブを引いた。ガチャ。ドアが閉まる音がした。いち、に、さんっ。また開くのではないかとギュッとつかんでいたドアノブを離した。夫の体を飛び越えて走った。部屋の中から笑い声のようなものが聞こえた気がしたが、振り向く間も、勇気もなかった。胸元でペンダントが激しく揺れ動いた。

エレベーターは四十九階に止まっていた。三基とも四十九階だった。一度押したエレベーターのボタンを連打し、悪態をついて非常階段に向かって走った。ここは何階なんだろう、吸って吐くだけの息があるのかさえもわからないまま、無我夢中で駆け下りた。

二十六階まで降りたとき、方向を変え、奇声を上げながら廊下に飛び出した。誰でもいいから人間を見つけ出したかった。廊下に倒れている人たちがちらほら見えた。どれほどいるのかわからないほど、たくさんの人たちが動くことなく倒れていた。再び階段を駆け降りた。二十五階、二十四階、どこも同じだった。どの階にも人間が横たわっていた。どの部屋にもスアたちがいるってことなんだろうか、いったいどれだけいるんだろうか？

彼らはなにをしようとしているのか、この人たちにいったいなにをしたのだろうか、そう考えながら後ずさりをして転びそうになった。私は倒れている人たちのことは忘れ、息ができるように泣き声を精一杯こらえて、うっうっと嗚咽を漏らしながらロビーのある階まで駆け降りた。階段の踊り場へと歩いてきた一人の女の子が、私を見て悲鳴を上げた。女の子の手を握っていた母親が叫びながら子どもを抱き上げ、私を避けて慌てて逃げ去った。

ロビーを見渡した。広々としたロビーの真ん中に撮影用の照明が設置されていて、小さなステージが作られていた。着飾った一組の男女が悲鳴を聞いて振り返った。ステージを隙間なく取り囲んでいた数多くのカメラマンたちの目が一斉にこちらに向けられた。

人間たち。

誰か来てくれるはずだ。体を覆うものを持って。息が切れた。もうこれ以上、足に力が入らなかった。

私は待った。

しばし静寂が訪れた。数秒なのか、数分なのか、もしくは数時間なのか、永遠なのかわからない時間が流れ、人びとの間に小さなざわめきが起きはじめた。

フロントに行かないと。フロントの方向に目をやった。しかしそこまで走っていくには、あの大勢の眼差しやカメラの前を通りすぎなければならず、私は裸で腕をだらりとし、人形のようにその場に立ち尽くすばかりだった。

水中に頭を深く沈めたときのように、さまざまな音がゆっくりと遠のき、続いてズームレンズで被写体を引き寄せるように、表情の一つひとつがはっきりと目に飛び込み、迫ってきた。笑ってはいなかった。しかし私への気遣いや、あえて見ないようにする表情はなかった。彼らはその場にじっと立っていた。奇妙に音の無い状態のなかで、真っ黒でがっしりとしたカメラのボディが男たちの顔をひとつまたひとつと覆い隠しはじめた。彼らは、こうした状況を前に、まるで自分の顔をさらすのが人として恥ずかしく、どうしても耐えられないとでもいうように見えた。しかし誰も私のところには来てくれず、代わりに数十個のレンズ、携帯電話についた丸い瞳の数々が、動物たちの眼のように揺れ動きながら私に向けられた。数千数万の場所へと私を、私の肉体を一斉に送り放てる眼だった。

足の力が抜けた。床にへたり込みながら朦朧とした頭で、ようやくスアが何者なのかわかった気がする、と思った。

歴史

私はエルの左足だった。そのせいか、いつも走るのが好きだった。森を抜け、広い原野を抜け、山の中腹まで一息に駆け上がると、私は風そのものだった。空気には花の香りが混じり、たまに小さくて丸い実が足の裏に感じられた。

エルと一緒に走ったこともあった。エルはいつも速かった。でも私の体の根源であるエルでも私には敵わなかった。それを二人で面白がったことを思い出す。私はエルでありながら私だった。私たちの体をわけたのは彼らの刃で、私たちに別々の歴史をくれたのは時間だった。時間は私たちを害する代わりに、二つにわかれた体が別々の魂を抱いて成長できるようにしてくれた。エルと私は山の中腹に並んで立つと歌った。ヒヤアー　ヒヤアー　ヘロム。通りかかった鳥たちがその声を聞いて下りてきた。鳥は私たちの髪の毛が好きだった。翼があったならと私は考える。そうしたらすべてが変わっていただろうか。

私は今、沈黙の川へと運ばれている。この体は彼らの刃で頭の先から股まで半分に裂かれ、ごわごわした布の担架に載せられた。彼らは私の左側と右側を別々に載せた。右側は前に、左側は後ろに。

この件については何度もくり返し聞いていたのに、自分で経験してみるとやはり違うものだ。斬られたエルの左足からひとりの完全な人間に育ったときとは大違いだ。斬られたときの私は考えを持たず、曖昧で不明確なイメージしかなかった。それらはエルの命から出たものだった。体が完全に成長し、脳ができてようやく明確な考えを持つようになった。私はエルから、エルの傷からやってきた、だがもうエルとは別の体になったのだと。今は私の左手と右手が、左足と右足が、別れ別れになった二つの胴体が同時に感じて考えている。信じられないことに、この状況にそぐわない狂者の戯言のような気がかりが先に立つ。よみがえるとしたら二つの体のどちらが私なんだ？　左側？　右側？

通常は頭のあるほうが基になる。昔の彼らは斬った私たちの首を持ち帰ることが多かったので、体だけがみな新たな人間として再生し、名前も自分でつけたものだった。エルは頭部がないピヌヤの体だったし、クラヌはユレインの下半身だった。ウンセはテルアの背中の肉片だった。だが今、私の体は真っ二つにわかれている。こんな馬鹿げたことを考えているのは自己主張の激しい痛覚の口を封じるためだ。体は叫んでいる。私はあふれ出し、流れ出ている最中で、それでもまだ生きていると。

だが、それもじきに終わりを迎える。二つの体が二人の人間に育つには三日はかかるはずだが、彼らはもうじき沈黙の川に着くはずだ。かなり長いこと担架に揺られてきた。

彼らは私たちを恐れていた。だから目につく者を片っ端から斬ったのだろう。だが喉を裂き、手足を切断するだけでは私たちを消滅させられないし、戦利品とばかり思っていた頭から新たな体が生え、山中に打ち捨てた体も数日後には斬り放した分だけ新たに増えるという事実を知ってからは、さらに恐れるようになったはずだ。もともと私たちは消滅させることのできない存在だった。だが私たちの体が燃えないという事実に当惑していた彼らが沈黙の川を見つけ出してからは、そこが私たちの終焉になった。瀕死の重傷を負いながらも逃げてきたシャシャロスが伝えてくれた。シャシャロスは彼らの言語を誰よりもよく知るビドゥラの右手にあった六本目の指だった。彼らはビドゥラをいくつもの小さな肉片に斬り刻んでから川に投げ捨てにいった。その川の真っ黄色な水は毒性が強く、触れた瞬間に私たちの体を跡形もなく溶かしてしまう。彼らはその事実を突き止めたのだとシャシャロスは言った。彼らが草むらの隙間に落ちたビドゥラの指一本を見つけ出せなかったために、この話は私たちのもとに伝えられることとなった。

私たちはずっと十六人を維持してきた。その前は数が増えたり減ったりしていた。彼らに斬られると増えたし、病にかかって誰かが命を終えると減った。ある病は私たちよりも強かった。腐った肉片が体からぽたぽたと落ちた。どうやっても新たな構成員を再生させることができず、どんな薬草の汁も効かなかった。病よ、彼らのもとにも届くことを。私たちは静かに祈った。だが無駄だった。血を食する種族はその病を発症しなかった。私たちの数名は遠くへ行ったときり戻ってこなかった。おそらく彼らに捕まったのだろう。

彼らの手が及ばない人里離れた洞窟に身を潜めた。当番を決めた。地面が冷えて足跡がつかない夜になると、交替でひとりずつ洞窟を出て食料を採取してきた。

洞窟は十六人が生活するには十分な広さだった。だが暗く、たまに息苦しさを感じた。体内に新しく芽生えた臓器のように跳ね上がってくる、今までにない感情に襲われるときがあった。それは喉元に引っかかってぴょんぴょん跳ねると口から飛び出そうとした。なぜあの無限の陽光を、どこまでも広がる平原を、真っ赤な空を、森に潜んでぽんぽん、かさかさと音を立てている物語を、もともと私たちのものだったこのすべてを放棄しなければならないのか？　なぜ彼らではなく、私たちが追われなければならないのか？

私たちは自身の無念と闘い、説得し、鎮め、耐えた。これで十分だ。こうして身をすくめて生きるのは息が詰まることもあるが、これが私たちの本性だ。誰かの声が洞窟の壁に響くと、また別の誰かがつぶやいた。だが、なぜ私たちだけが死なねばならないのだ？　隣のまた別の者がささやいた。お前は、いいと思ったのか？　パデュミュが死ぬのを見たとき。あの血が地面を濡らし、あの体が永遠の静けさを迎えたとき。私は怖かった。すると洞窟に襲いかかった恐怖が全員を支配した。殺すのは彼らの仕事だ。彼らと同じことをしたら同類になってしまうだろう。私たちはいま死んでないじゃないか。このままでも問題ない。

その言葉が正しいのかもしれなかった。絶えず変化する彼らの武器に合わせて私たちも最小限の防御をするべきだという意見が出て、何人かが知恵を絞ってはじめての武器を作りあげた。刀は残酷すぎて想像すらできなかったから弓を作った。彼らの弓を模したものだったが粗悪で弱かった。実際のところ私たちは武器を作ると考えただけでもむかむかしていたので、木をもっと丈夫にする方法も、ヤスムのヒゲに弾力をつける方法も、矢じりを尖らせる方法も探し出せなかった。だが、そんなお粗末な弓から射られた矢に当たったパデュミュは一瞬で死んだ。その日の私たちはずっと震えていた。私たちが変わろうとしたばかりに、なんの罪もないおとなしい草食動物の命が絶たれてしまったことに吐き気を催し、身悶えして涙を流した。何度も食べた草をもどしてしまった。殺傷は私たちのものではなかった。防御しようという言葉はなかったことになった。

そうだ、私たちは十六で十分だった。二人ずつペアになると八組になって見栄えもよかったし、四人ずつ四列で座るとバランスの取れた四角形になってよかった。八人ずつ二列に向き合って立ち、ナスラミダンスを踊るのも楽しかった。あえて洞窟を飛び出して彼らの刃にかかり、それでも巧みによみがえり、十七になって戻ってくる冒険や蛮勇は必要なかった。私はなにかを証明したかったのだろうか？　洞窟の中で自分を差別化し、上に立ちたかったのだろうか？　それも違うと言うなら、未知の場所に私たちのにおいをつけて得意になりたかったのだろうか？　私は視点の定まらない左目で、血のこびりついた右目で、徐々に薄れていく空を睨みながら考える。私は彼らなのだろうか、私たちの中のひとりではなく？

彼らが私を見下ろしながら言葉をいくつか吐き、くすくす笑う。悪態、呪い、もしくは愚弄を。不意に苦痛の中へ悲愴感と劣等感が潜りこんでくる。私は彼らの言語を知らない。彼らと立ち向かうことになるとは考えてもみなかった。彼らは私たちを永遠に終わらせる術を知っていると言うのに、私たちは彼らの体に指一本触れたことがない。

揺れていた担架が止まる。カタン、私の二つの体が順番に地面に置かれる。自分の血のにおいに、なにか別のにおいが混じって鼻の中に入ってくる。ここなのか、私は直感する。ここのようだ。水の音が聞こえ、はじめて聞く鳴き声がする。この川にだけ棲むと言う、裂けた目を持つクェアクシがあれなのか。

彼らのひとりが歪んだ顔で私の右側の体を見下ろして笑う。彼の頭の後ろから長いなにかが出てくる。皮膚のほかの場所よりも青い、触手のような物体だ。見るな、頼むから目を閉じろ。左側の体が必死に命じる。だが右側の体は、その奇妙で無様な触手に取り押さえられたかのように目をそらすことができない。触手は気味の悪い音を立てながら痙攣し、すぐにぬめっとしたなにかを私の顔に落とす。これはなんだ？　痛くはないが冷たい。そして気が狂いそうなほどの羞恥を覚える。彼が私を見ながらくっくっと笑いを漏らす。なんだ？　これがなんであれ、体二つとも溶けてしまったほうがましだと思うほどの侮蔑を感じる。

劣っているという思いに駆られる。私たちは彼らが考えているとおりの怪物なのかもしれない。だからこんな辱めを受けるのだろうか。十六人すべてが同じ顔と体を持つ、うっとうしくて息苦しい存在の私たちは。たしかに多様性はなかった。まるでひとりの人間のように全員がほぼ同じ行動をとった。踊り、走り、動物たちと遊ぶ以外の時間の過ごし方を知らなかった。言語と数字を知っていて、抽象的に考えることができたが、それらを用いてなにもしなかった。歌ですらたった一曲しか知らなかった。私たちは刃の通り過ぎた跡にしか生まれず、種族を維持するほかの方法を知らなかった。生きていること。私たちにできるのはそれだけだった。それで十分だったのだろうか?

斬られ、切断され、踏みつけられた記憶が私たちの根源だったから、いつも怯え、萎縮し、惨めに身を縮めていた。弱かった。命の活動領域を限界以上まで広げることができなかった。そうだ、私はそれが不満だった。その不満が私の罪だった。

彼らが川辺に並んで立つ。二つの担架を掲げる。私の半分は私たちだったが、もう半分はそうではなかった。私は半分にわかれる前からすでに分裂した怪物だった。それ以外に規則を破り、真っ昼間から気が触れたみたいに洞窟を抜け出して平原を走り回った理由が見つからない。私は愚かだったし、だからこうして刃に飛びかかって幕切れとなった。私の中には間違いなく彼らと同じ衝動があった。増えたかった。そうとしか説明がつかない。私たちを十七人に増やしたかった。だが願いとは裏腹に、彼らがもうすぐ私の足跡から洞窟を見つけ出して皆殺しにするかもしれない。いや、もう終わったのだろう。ほかの者も私の後から運ばれてきているはずだ。私のせいで絶滅している最中なのだ。こうした考えのすべてが正気を失えと唸る。終わりにしろ。楽に消えろ。私は圧されるように目を閉じる。

その瞬間、斬られた体にできた隙間から声がする。

忘れるな、このすべてを。

この痛みを、このにおいを、鼻に入りこむ風を。お前が、私たちが引き裂かれ、斬り刻まれたという事実を。

お前は忘れてはならない、体に触れるごわごわとした布のこの不親切さを。この辱めを、怒りの涙を。

お前の平原と、私たちの名前を、お前の内部を今も漂う先人たちの体が経てきた時間を。覚えておけ、そのすべての刃の冷たさを、その傷の一つひとつを。

エル。懐かしさが突き上げてくる。左足で、体の隅々でエルがささやく。

目を開けろ。最後まで見届けるのだ！

川に沈められようという瞬間、私の二つの体をつかんだ彼らがまたなにか声を上げる。

私は逆さに吊るされたまま長い髪をなびかせながら上目遣いに見る。あそこに人がいる。三十人？　五十？　いや、百は超える。百人以上が川の中に立っている。

肉を溶かすという真っ黄色な川に胸まで浸かり、私たちと同じだが、より鮮明な怒りに燃える緑色の顔をした人たち。私たち。また別の私たちだ。だが漠然と想像していたのとは異なる姿をしている。武器がない。立派な戦略を持ってるようにも見えない。その人たちは自分たちを終わらせるはずだった川の中にただ黙って立ち、終わらずに生き抜いているだけだ。

最前列に立つひとりがゆっくりと片手を振り上げ、合図を送るようにぱっと広げる。爪の長い七本の指の間に小さな旗にも似たなにかが見える。水かきだ。

ヒャアー　ヒャアー　ヘロムー
雷のような歌声に打たれた空と川が混じり合う。歌。私たちの歌だ。私をつかむ腕は不安に包まれ、力が抜けていく。左側の体が、続いて右側の体が墜落する。水が跳ねる。

川の水が、未知なる神秘の痛みが、体の開かれた場所すべてに浸透していく。どこまでも温かい光の真ん中で、水の中で、泡のまとわりついた二つの体が並んで回っている。私は考える。これが私の終わりなのかも、私は別の私たちにはなれないのかもしれない。だが私は相変わらず生きている。ただ生きている、それはさほど下らないことではなかった。

あなたたちは私たちを終わらせることはできない。

共にあった私たちがそうでなくなったという事実を、悲しく美しい思い出にはしたくない。同じ夢を見たことがそんなにも幸せで、実は同じ夢でなかったことがそれほどまでの苦痛でしかないのだとしたら、私たちは自分と似てない人とは決して生きていけないだろうから。

言葉を発するたびに傷つくけれど、それでも言葉を手渡す。和解や幸福や慰めのためではない。なぜ共にあることが不可能なのかを私は正確に知りたい。お互いのどんな部分に対して無知だったのか、どんなミスを犯したのか、どうすれば同じ誤解や失敗をくり返さずに済むのかを詳しく語り合い、恥ずかしそうに書き留め、長いこと覚えていたい。共にあることを夢見る人たちは、私たちが最後ではないはずだから。

私に似た誰かが、あなたに似た誰かといつか出会う想像をする。異なる、よく知らないという理由で彼らがお互いを憎み、永遠に背を向けることがないようにと願う気持ちから、私が過ごしてきたある時間を束ねた。この壊れて粉々になった言葉、まだ答えを知らない問いかけが対話のはじまりになってくれたらうれしい。

二〇一九年　夏

ユン・イヒョン

訳者あとがき

本書は韓国で二〇一九年に刊行されたユン・イヒョンの短編集『小さな心の同好会』の全訳である。二〇一五年から四年間にわたって発表された十一の中短編が収録されている。

著者のユン・イヒョンは一九七六年生まれ。はじめて書いた物語はアニメ『太陽の子 エステバン』の二次創作で、子どもの頃から放課後は図書館に通いつめるほどの本好きだったそうだ。延世《ヨンセ》大学を卒業後、映画雑誌の記者などをしながら本格的に創作活動を開始し、二〇〇五年に短編小説「黒いプルガサリ」で中央新人文学賞を受賞して作家デビューを果たした。その後は二〇一四年に「クンの旅」（斎藤真理子訳、『完全版　韓国・フェミニズム・日本』所収、斎藤真理子責任編集、河出書房新社、二〇一九年）で李箱《イサン》文学賞の優秀賞（最終候補）と第五回若い作家賞を、二〇一五年に「ルカ」で文知《ムンジ》文学賞と第六回若い作家賞を受賞。今後が大いに期待される作家として注目を集めるようになった。

陰鬱に見えがちな現代の世相をファンタジーやSFといった手法を駆使し、ユーモアやアイロニーも交えた物語として描く力や、素材の切り取り方にはもともと定評のあった著者だが、本作では女性嫌悪や性暴力、セクシャルマイノリティといった題材から「連帯」や「共にあること」を模索する内容が目を引く。また、それらは二〇一六年以降に発表された作品に顕著にあらわれている。これには著者がのちに、「価値観の再構築」と表現した事件が大きな影響を与えている。

「小さな心の同好会」（二〇一七年）
「スンへとミオ」（二〇一八年）
「四十三」（二〇一八年）
「ピクルス」（二〇一七年）
「善き隣人」（二〇一五年）
「疑うドラゴン　ハジュラフ1」（二〇一六年）
「ドラゴンナイトの資格　ハジュラフ2」（二〇一七年）
「ニンフたち」（二〇一六年）
「これが私たちの愛なんだってば」（二〇一九年）
「スア」（二〇一九年）
「歴史」（二〇一六年）

二〇一六年の五月、ソウルの江南《カンナム》駅近くにある男女共用トイレで二十代の女性が面識のない男に殺害された。犯人が男性の利用者には何もせず、最初から女性を待ち伏せしていたことから、この事件は女性嫌悪による無差別殺人として韓国社会に大きな衝撃を与えた。

また、二〇一六年は韓国文壇内の性暴力やセクハラを告発するツイートがはじまった年でもあった。著者はこれらの出来事をきっかけにフェミニズムを学び始め、女性であること、女性の声で書くことを意識するようになったと言う。本書の収録作の中でも、二〇一六年以降に書かれた表題作や「スンへとミオ」「四十三」「ピクルス」「これが私たちの愛なんだってば」「スア」などは、女性の目で捉えた女性像や男性像、女性間の葛藤や連帯が大きなテーマになっている。

これらについては、『韓国フェミニズムと私たち』(タバブックス、二〇一九年)に収録されている著者へのインタビューで詳しく紹介されている。ぜひ、本書と併せて読んでいただければと思う。

著者は本書が韓国で刊行された二〇一九年、「彼らの一匹目と二匹目の猫」で李箱文学賞大賞を受賞。作家で画家の父、イ・ジェハも一九八五年に同賞を受賞しており、韓勝源《ハンスンウォン》と韓江《ハンガン》に続く父娘での受賞として話題になった。

日本では前述の「クンの旅」のほかに、『ダニー』(佐藤美雪訳、クオン、二〇二〇年)、李箱文学賞大賞の受賞時に発表したエッセイ「ふたたび書くひと」(『僕は李箱から文学を学んだ』所収、拙訳、クオン、二〇二〇年）などが刊行されており、今後のさらなる活躍が期待されていたが、李箱文学賞受賞作の著作権問題をめぐって二〇二〇年の一月に作家活動の中断を宣言。今日に至っている。

この問題については、『エトセトラ』VOL.3（エトセトラブックス、二〇二〇年）に翻訳家のすんみ氏が寄稿した「より良いところに、ずっと遠くまで――ユン・イヒョンの『作家活動中止』をめぐって」に詳しく書かれている。興味のある方はぜひ読んでみていただきたい。

韓国では年齢を数え年で表記することが多い。本書では基本的に満の年齢で表記しているが、タイトルに年齢が用いられている「四十三」だけはそのまま訳出した。ご了承いただきたい。

編集を担当してくださった斉藤典貴さん、校正を担当してくれた友人（今回は特にありがとうございました）に御礼申し上げます。

また、翻訳の一部に参加してくださった翻訳講座の高原美絵子さん、西野明奈さん、バーチ美和さん、山口裕美子さん、半年間お疲れさまでした。

二〇二一年　春

古川綾子

著者について——— ユン・イヒョン *Yun I-hyeong*

1976年、ソウル生まれ。延世大学英文科卒業。2005年に短編「黒いプルガサリ」で中央新人文学賞を受賞し、デビュー。2014年、2015年に若い作家賞、2019年に李箱文学賞を受賞するなど、大きな注目を集めている。邦訳された作品に「クンの旅」(斎藤真理子訳、『完全版 韓国・フェミニズム・日本』所収、斎藤真理子責任編集、河出書房新社)、『ダニー』(佐藤美雪訳、クオン)がある。

訳者について——— 古川綾子 *Furukawa Ayako*

神田外語大学韓国語学科卒業。延世大学教育大学院韓国語教育科修了。第10回韓国文学翻訳院新人賞受賞。翻訳家。神田外語大学非常勤講師。訳書にキム・エラン『走れ、オヤジ殿』(晶文社)、ハン・ガン『そっと静かに』(クオン)、キム・ヘジン『娘について』、キム・エラン『外は夏』、チェ・ウニョン『わたしに無害なひと』以上、亜紀書房)などがある。

となりの国のものがたり 08

小さな心の同好会

2021年5月8日 第1版第1刷発行

著者 ユン・イヒョン

訳者 古川綾子

発行者 株式会社亜紀書房
〒101-0051 東京都千代田区神田神保町1-32
電話(03)5280-0261(代表) (03)5280-0269(編集)
http://www.akishobo.com
振替 00100-9-144037

印刷・製本 株式会社トライ
http://www.try-sky.com

ISBN 978-4-7505-1691-2 C0097